조동일 창작집

시

차 례

조동일 창작집

지식산업사

조동일 창작집

초판 제1쇄 인쇄 2009. 8. 10.
초판 제1쇄 발행 2009. 8. 17.

지은이   조동일
펴낸이   김경희
펴낸곳   ㈜ 지식산업사
         본사: 경기도 파주시 교하읍 문발리 520-12
         서울사무소: 서울시 종로구 통의동 35-18
         전 화 본사: (031)955-4226~7   서울사무소: (02)734-1978
         팩 스 본사: (031)955-4228   서울사무소: (02)720-7900
         인터넷한글문패 지식산업사
         인터넷영문문패 www.jisik.co.kr
         전자우편 jsp@jisik.co.kr
         등록번호 1-363
         등록날짜 1969. 5. 8.

책값은 뒤표지에 있습니다.

ISBN 978-89-423-7051-1 (03810)

이 책을 읽고 문의하고자 하는 이는 지식산업사 전자우편으로 연락 바랍니다.

電 柱

흰 눈 깔린 그 날은
어깨를 겨누었건만,

여월 대로 여윈
메마른 電柱는

무거운 電線과 함께
고달픈 봄을 이고,

먼지분을 바르고
기울어간다.

화려한 옛적
환희의 봄이 그리워,

막히는 숨을 참으며
봄 하늘을 저주한다.

山寺의 한낮

아무런 추억도 불러일으킬 수 없습니다.

다만 모두들 저마다의 모습마저 잃고 목이 말라야 한다는 이 시간의 풍속이 있을 따름입니다.

한나절 싱그러운 분수를 품어 올리던 파초도 이제 한 고비 시무룩해져서 기왓골에다 목을 걸고 무얼 애타게 기다리는 자세를 하고 있습니다.

나의 넋인들……
한 번쯤은 눈부신 공상의 날개를 달고 하늘을 가로질러보았습니다만 머흘머흘 피어오르는 구름에 그만 숨이 막혀 작열하는 산등성이로 미끄러져 내렸습니다.

문뜩 떠오르는 것은 우리네 등골 마디마디 갈갈이 찢어진 생명을 마구 불사르고 있는 매미들뿐입니다.

冥府殿 그 무서운 大王들의 눈언저리에도 졸음이 깃들고 어디
한 가닥 미풍도 없는 여름 날 한낮입니다.

어느 해거름에

저물음이 감돌아오면 누리는 잡초 무성한 古家와도 같이 휘휘
해진다.

한 송이 이글거리는 해바라기도 없고 모두들 고개 숙이고 먼
추억 속에서 서성거리는데.

멀리 석양을 담뿍 뒤집어쓰고 가라앉은 황토 언덕에서는 몇
조각 낙엽이 떠돌다 스러질 뿐.

이제는 가지가지 향그러운 사연들을 휘몰아 오던 바람도 지
나가버린 다음.

다만 공간의 휘어진 곳마다 마지막 몰아쉬며 가냘프게 잔 물
살 짓는 숨소리.

그리고 머리카락처럼 흩날리는 것과 목이 자꾸만 길어가는
것들……

影

1

소녀의 가슴은 이고 가는 물동이와 같은 고요한 水面. 아침마다 우물가에 선 해바라기가 비추어 내린다. 어쩌다 일손을 멎고 두 눈을 감으면, 그 이글대는 모습이 먼 추억의 길 어느 산모롱이에서 떠오르는 그리운 이의 눈망울이 되기도 하나, 생각은 지나가는 구름 그림자 같은 것.

2

누리가 낡은 수묵화처럼 몽롱해지도록 가슴에 깃든 온갖 사연들을 소로시 고백할 때면, 그것은 한 마리 자랑스러운 鳳이 되어 수틀에서 꿈틀거린다.

雅 歌

비 오는 날 죽을 미친 소녀야.
어딘지 모를 희멀건 공간에서
설레다 사위어질 미친 소녀야.

허전히 멀어가 잊혀진
우리네 추억의 외진 창가에서,
그리움에 젖은 목소리에 겨워
물살 짓는 푸념 속으로
울음을 태우며 흘러갈거나.

우리네 서러운 목숨의 가락이
가냘프게 흐느끼며 퍼져 내리는,
가락마다 피가 묻은 구성진 가락이
글썽이는 어둠 속에서 목을 축이는
우리네 서러운 목숨의 가락이.

회한마저 잊고 녹슬어가는

너와 나의 우수로 병든 가슴으로
어두운 안쪽의 창을 막아서는
어딘지 모를 때 묻은 공간에서
생명을 태우며 흘러갈거나.
풀지 못할 사연들을 저주하듯 뇌까리며
비 오는 날 죽을 미친 소녀야.

안으로 이리저리 불타오르는 넋은,
현란하게 빛나며 돌아가야 할 넋은,
눈동자 속으로 비춰드는 애절한 노래는
낙엽 진 대화들이 다 비 되어 내리는 시간이며,
우리 모두 돌아가야 할 그 벅찬 망각의 하늘
암시하고 탄식하는 비가 내리면.

휘휘한 흔적들일랑 다 떨쳐버리고
썩어드는 날개마다 마구 퍼덕이며,
빛나는 울음으로 뒤설렐 단청으로,

황홀한 죽음을 넘어서면
기적보다 더 밝아올 망각의 하늘.

비 오는 날 죽을 미친 소녀야.
우리 모두 아무것도 모르는 허픈 생명.
밤이 또 밤이 되고 밤은 다시 밤이 되는,
살 냄새 서려 있는 어둠 속에서
빗방울마다 흐느낌마다 구비치는
벅찬 하늘을 향해 울어 타는 허픈 생명.

벙어리가 된 넋들이 울어 타면
그 날이 밝아올거나 현란한 하늘이.
갈가리 찢어진 우리네 염원을
잊은 듯 불사를 용의 하늘.

소설

산의 장송곡

구릿빛으로 헉헉 흐느끼는 산허리를 천천히 올라가고 있는 작고 새카만 그림자가 둘 있었다. 바위 사이로 뜨거운 황토 위로 움직이는 '이쪽'은 왼쪽 팔 대신 피 묻은 옷자락만 펄럭이고, 고개를 숙이고 올라가는 '저쪽'은 머리에 붕대를 감고 있었다. 그 붕대가 오른쪽 눈까지 덮고 있었으며 눈언저리에는 양철 쪽에 슨 녹같이 피가 말라 붙어 있었다.

둘 다 남루한 군복을 입고, 기다랗고 큰 소총을 메고 있었다. 철모는 쓰지 않았다. 이따금 지나가는 더운 바람에 먼지가 두텁게 쌓인 머리카락들이 무겁게 날리곤 했다. 퍽 피곤하고 싫증이 난 듯한 표정들이었다. '이쪽'은 수염이 듬성하게 자란 턱에 맺히는 땀을 연방 군복자락으로 훔치고, '저쪽'은 터진 입술 속으로 스며드는 땀을 막기 위해서 푸푸 하고 진한 숨을 내뿜었다.

둘은 왜 산을 올라가고 있는가를 어쩌다가 생각해 보곤 했다. 그러나 낡은 영화 화면처럼 흐릿하게 다가들고 사라지는 몇 개의 막연한 기억들이 꿈틀거릴 뿐이었다. 치열하던 전투…… 아찔하던 순간에 폭음과 보이지 않던 눈…… 상반신을 일으키니 피가 흥건히 흘러내리던 팔…… 어디론지 달리고 있던 흔들림…… 야전병원의 어둡고 갑갑하던 분위기…… 썩어 들어가던 상처……

그리고 어디선지 박차고 뛰어나왔던 일, 어쩌면 야전병원에서 의식을 회복하자, 어쩌면 팔이 잘리고 눈알이 뽑혀 나간 다음 억누를 수 없는 허전함 때문에…… 시체가 즐비하게 햇살에 녹아내리는 들판을 질주하던 일…… 거기서 총을 주워 들던 일…… 앞을 막아서던 우뚝한 산…… 여기까지는 더듬어 알아낼 수 있으나, 왜 구태여 험한 산을 올라가야만 했는가는 도무지 모를 일이었다. 힘들고 괴로운 일을.

이렇게 따지고 보니, '이쪽' 아무래도 숨 막히게 내려앉았던 공기 속에서 뛰어나오던 일이 퍽 대견스러웠고, 앞으로 위로 목마르게 바라던 그 무엇이 산으로 나타났다고 생각하면서, '저쪽'을 바라보고 밋밋하게 웃었다. 웃었다기보다 입가에 있는 근육을 간간이 수축해 보였다. 백치 같은 얼굴로 힘없이 올라가고 있던 '저쪽'은 '이쪽'의 시선을 피해, '이쪽'의 희멀끔한 웃음을 딱 꺾어 버리려는 듯이 고개를 뒤로 돌려서 아래로 내려다보고 멀리 바라보았다.

하늘에는 종다리 한 마리 나는 것이 없고, 쓰레기통같이 어수선하게 썩어 들어가는 대지는 검붉은 해가 마음대로 내리비추도록 내버려 두고 있었다. 끈적거리는 액체 같은 햇살이 여기저기 흩어져 있는 칼날, 총 끝, 드럼통 같은 쇠붙이와 유리조각들에 반사되고 있었다. 얼마 후에 한줄기 비행기가 멀리 둘러 있는 산 뒤로 가더니, 검은 연기가 지렁이처럼 꿈틀거리며 물컹한 하늘 속으로 들어갔다. 이어서 폭음이 들렸다. 거기서 전투가 벌어지나 보다 하면서 '저쪽'은 다시 올라가기 시작했다.

'이쪽'은 십 미터쯤 앞서가고 있었다. 산은 이따금 외진 곳에 가시덤불이 뒤엉키어 있을 뿐, 어디를 보아도 푸른 잎은 다 말라 떨어져 있었다. 아마 화염방사기가 스쳐 지나기라도 했던 모양이다. 어쩌다가 다박솔이 타다 남은 시체들이 내려 밀린 흙 한편 구석에 넘어져 있기도 했다. 불쑥 튀어 나와서는 이끼와 바위손을 부스럼처럼 달고 있는 커다란 바위들, 부드러운 것들은 깎이어 내려가고 엉크런 모습을 하고 있는 짙붉은 황토가 한 발자국씩 옮겨놓을 때마다 가득가득 다가왔다. 그리고 더운 김이 확확 일어났다. 그럴 때마다 후덥지근한 침으로 추겨 놓은 목이 말라들었다.

'이쪽'은 뒤를 돌아보며 '저쪽'이 가까이 오기를 기다리고 있었다. 내려 밀리는 텁텁한 무엇과, 잘린 팔에서 일어나는 참기 어려운 아픔, 그것보다도 산등성이를 하나 넘으면 무엇이 기다리고 있을지 모르는 불안에서 ‘저쪽’이 필요했다. 그러나 쥐어짜 놓은 듯한 모습으로 뻣뻣한 총을 끌고 돌아오는 꼬락서니, 이따금 걸음을 멈추고 서서 내려덮이는 머리카락을 거두고 땀을 닦으면서 두리번거리는 몰골을 보자, 욕설 비슷한 것이 치밀어 올라서 침을 탁 뱉었다.

침이 군화에 떨어졌다. 재와 연기와 목숨들을 살라 먹은 공기가 너무 밀도가 짙어 침이 멀리 튀어나가지 못했을 것이다. 군화를 내려다보니 흙투성이가 되어 있고, 윗부분이 갈라져서 새카만 양말이 밖으로 나와 있는 것이 눈에 띄었다.

둘이 어깨를 나란히 하고 가게 되었을 때, ‘저쪽’은 무어라고 말을 하는 듯 했으나 앞만 보고 가는 ‘이쪽’에게는 들리지 아니했다. ‘저쪽’은 ‘이쪽’이 미웠다. 그런 투미한 자와 동행이 된 것이 잘못이었다. 잘못은 그뿐이 아니었다. 다른 사람들은 아무렇지도 않은데 도대체 무엇 때문에 대열을 벗어났는가? 설사 산이 앞에 있었다고 하더라도 왜 올라와야만 했던가? 돌아갈 수는 없었던가? 그것보다도 어디로 가고 있단 말인가? 생각할수록 터무니없는 짓들이었다. 지난 일은 다 그만두더라도 지금은 왜 올라가고 있는가?

‘저쪽’은 너무나 피곤했다. 땀이 붕대 속으로 스며들어 파편과 눈알만 파내고 어떻게 되었는지 모를 눈 속으로 자꾸 들어가서 말할 수 없이 따가웠다. 뿐만 아니라 겨우 보이는 왼쪽 눈에도 땀이 스며들어서 자꾸 보는 것을 막고 있었다. 두텁게 둘러싼 군복 속에서 몸뚱이는 진한 땀에 듬뿍 젖어있었다. 그 자리에 쓰러져 버리고 싶었다. 처음에는 가다가 보면 아무 그늘이라도 있을 터이니 거기 드러누우리라고 생각했었는데, 이제는 나무그늘을 찾는 것은 포기하고, 어디든지 드러눕고 싶었다. 그러고는 의식을 완전히 잃어버리고 썩어 들어가던 시체에 한몫 끼이고 싶었다. 그러면 해가 내리쪼이는 것이 얼마나 고울까? 장밋빛? 사과 빛?

그런 생각에는 도무지 아랑곳할 것 없다는 듯이 개머리판이 부서진 총이나마 소중히 메고, 다 떨어진 구두를 끌면서 올라가고 있는 '이쪽'을 보자, 정말로 한 번 보라는 듯이 드러누워서, 숨이 딱 끊어져서, 올라가도 아무것도 없으며 끝내 그렇게 되고 만다는 것을 내세우고 싶었다. 그러나 그 혼자 넘어져 누워 있어도 '이쪽'은 그냥 올라가고 있을지도 모른다는 생각을 할 때, 홀로 남아서 햇빛 속에서 허덕일 모습이 확 떠올라, 넘어지지 말고 어떻게 해서든지 올라가야겠다고 마음속으로 외쳤다. '이쪽'보다 앞서가고 싶었다.

'이쪽'의 눈치를 살펴보았다. '이쪽'은 제 키만 한 바위에 부딪혀 기어오를까 돌아갈까 하고 망설이고 있었다. '저쪽'은 그런

하찮은 것을 기어오르지 못하고 돌아간다면 애초에 산을 오르지 말고 돌아가지 하고 코웃음이 나오고 얼마쯤 통쾌했다. 튀어나온 곳을 두 손으로 잡고 성큼성큼 올라갔다.

'이쪽'은 팔이 하나 없는 서러움을 느꼈다. 그래도 돌아가려니 비굴한 것 같아서 올라가려고 몇 번이나 허우적거렸다. '저쪽'은 재빨리 그의 손을 내밀고 그걸 붙잡고 올라오라는 시늉을 했다. 거절할 수 없었다. 붙들고 올라갔다. 손바닥에서 느껴지는 '저쪽'의 촉감이 비단개구리를 쥔 것처럼 징그러웠다. '저쪽'은 한번 싱긋이 웃었다. '이쪽'은 조금 전에 상대방이 하듯이 시선을 딱 꺾어버리고 싶었으나, 그 생각이 났을 때는 무안해 하는 얼굴 위에서 마음껏 웃고 난 다음이었다.

다시 어깨를 나란히 하고 걷기 시작했다. '이쪽'은 또 그런 경우가 있으면 뿌리치고 미끄러질 각오를 하고서라도 기어오르든지 아무리 멀고 험해도 돌아가리라 생각했다. 그리고는 '저쪽'을 슬쩍 쳐다보고는, "자식 애꾸 녀석이" 하면서 마음속 깊이 혼자 비웃었다.

멀리 흐릿하게 펼쳐져 있는 산봉우리를 바라보았다. 그곳으로 올라가고 있구나 생각하자, 산봉우리는 무엇이며 어떤 것이 기다리고 있는지 부쩍 알고 싶었다. 그러나 안개인지 구름인지 누렇게 뜬 것이 산봉우리를 감돌고 있어 아무리 보아도 드러나지 아니했다. 어쩌면 거기는 숲이 울창하고 이름 모를 새가 지저귀는, 그것보다도 여릿여릿 오가는 구름 사이에서 그 무엇이, 애타게 찾던 그 무엇이 아득한 날처럼 있을지도 모른다는 생각이 들었다. 그래도 웬일인지 거기는 여기보다 더 덥고 갑갑한, 아무것도 없는 곳일지도 모른다는 생각이 앞섰다. 뿐만 아니라 올라가고 있는 것이 아니라 내려가는 것만 같았다. '저쪽'은 모든 것을 얼마쯤 짐작하고 있기에 몇 분 전에 그렇게 싱긋이 웃었는지도 모른다고 생각하자, '저쪽'에게 물어보고 싶은 마음이 목마름보다 더 간절했다. 물어보기에 적당한 틈을 살폈다.

그러나 '저쪽'은 줄곧 '이쪽'에게 아무런 관심도 없다는 듯이 올라가기만 했다. 미웠다. 물어보는 대신 한 대 갈겨주고 싶었다. 그렇지만 아니할 수도 없었다.

무슨 말이, 넓게 자리 잡고 있는 이 무거운 침묵을 깨뜨리기에 알맞은가 머뭇거렸다. "임마!" 생각다 못해 귀찮은 듯이 내뱉었다. '저쪽'은 의아하다는 듯이 멀끔히 돌아보았다. 그 순간 '이쪽'은 할 말을 잊었다. "아무것도 아니야!" 이렇게 쏘아붙이고는 정말 아무것도 아닌 듯이 앞서서 빨리 올라가기 시작했다.

산등성이를 하나 넘으니 거기는 바위가 더 많았다. 상여만 한 것, 무덤만 한 것, 관만 한 것들이 더 오래된 이끼를 달고 아무렇게나 뒹굴고 있었다. 그뿐 아니었다. 그보다도 훨씬 크고 거무칙칙한 바위들이 산 아래에까지 온 계곡에 가득 내려밀려 있었다. 그리고 바위 사이에는 탄피, 총알 케이스, 녹슬고 망그러진 소총 같은 것들이 여기저기 흩어져 있었다.

어떤 바위에는 포격을 당했는지 산산이 부서져 있고 어떤 것들은 둘로 갈라져 있었다. 맨송맨송하게 하얀 갈라진 면에는 햇빛이 날카롭게 비치고 있었다. 가시넝쿨에 누구의 군복인지 너저분한 것이 걸려서 바람에 나부끼는 것이 눈에 크게 들어왔다.

'이쪽'은 그 군복의 주인을 생각하면서 상상을 펼럭이었다. 아주 가까이 지내던 병사 같은데, 사살되었는가, 포로가 되었는가? 척후병을 지원한 그 친구는 어떻게 되었는가? 계속 떨어져 작열하는 포탄, 아무 불평도 없이 죽음을 향해서 가고 있던 전우들, 복종만을 강요하던 소대장, 모두 한꺼번에 머릿속에 떠올랐다. '저쪽'의 생각은 더 멀리 나아갔다. 벗어난다는 것이 무엇인가? 언젠가 책에서 읽은 탈옥수의 이야기가 되살아났다. 낙엽지는 봉창 가에 앉아서 〈귀거래사〉를 소리 높이 읽던 할아버지 모습이 번쩍거리기도 했다.

둘 다 다시 걷기 시작했다. 더 서 있을 필요가 없었다. 군복의 주인을 동정하고 있을 처지가 아니었다. 서 있으니 더 가슴이 갑갑하고 목이 타 들어가는 듯했다. 뿐만 아니라 형용할 수 없이 파먹어 드는 고통에 휩싸인 몸뚱이들이 둘러싼 땀 속에서, 냄새가 나는 군복 속에서, 그렇기에 자꾸만 그러한 상태를 벗어나기 위해서도 위로위로 올라가고 싶었다. 그런데 '이쪽'은 구두가 완전히 갈라져서 발이 쑥쑥 나왔다. 그대로 올라갈 수 없었다. 맨발로 바위 위를 걸으려고 하니 너무 고통스러웠다.

얼마쯤 견디다가 웬 군화가 한 켤레 바위 밑에 벗어져 있었다. 별로 낡은 것은 아니었다. '이쪽'은 '저쪽'의 눈치를 살피며 주저하다가, 재빨리 그 군화를 신었다. 그 군화에서는 이상한 냄새가 물컹했다. 그런 걸 상관할 처지가 아니었다. 끈을 매느라고 쭈그리고 앉아 있는 줄 모르고 '저쪽'은 뒤를 돌아보지 않고 가고만 있었다. '이쪽'도 빨리 뒤따라가기 시작했다.

한참 후에 둘 다 어깨에 멘 총 때문에 힘이 든다는 것을 알았다. '저쪽'은 총을 버릴까 하고 생각해 보았다. 그러나 올라가면 무엇이 나올는지 모를 일이니 총만은 버리지 말고 가져가야 될 것 같았다. 총을 벗어서 총알이 얼마나 있는지 조사해보았다. 기대와는 달리 총알이 하나도 없었다. 공중에 대고 방아쇠를 당겨보았다. 짤각 하는 소리 외에는 아무것도 없었다. 총이 아니라 금속 조각들을 적당히 붙여 놓은 이상한 물건이 되고 말았다. 무의미한 것은 버리고 싶었다.

'이쪽'을 건너다보았다. '이쪽'은 '저쪽'이 총을 시험하는 것을 보자 자기도 총을 벗어서 총알을 조사하고 있었다. '저쪽'은 총알이 몇 개나 있냐는 듯이 손짓으로 물었다. '이쪽'의 총에는 총알이 둘 있다고 손가락으로 표시했다. 그러나 '이쪽'의 총은 개머리판이 부서지고, 내부 장치마저 못 쓰게 되어 있었다. 사실을 파악한 '저쪽'은 총알 둘을 달라고 하고 싶었다. 그러나 입을 열기가 싫고, 주지 않을까 겁이 났다.

'저쪽'은 '이쪽'에게 총알은 하나씩 나눠 갖자고 말하려다가, 화가 난 듯이 총을 앞에 있는 엉성궂고 시커먼 바위에다 대고 힘껏 내리쳤다. 총은 소리를 내며 부러졌다. 그러고는 아무런 일도 없었던 듯이 태연히 땀을 닦으면서 올라갔다. '이쪽'도 총을 버릴까 하고 몇 번 망설이다가, 슬그머니 그 자리에 놓아버렸다. 마른 풀들 사이에서 먼지가 풀쑥 일어났다.

총을 버리고 홀가분하게 되니, 총과 파편에 관계되는 것이 아닌 산에 깊숙이 있을 수 있는 어떤 것에 대한 목마름이 더 커졌다. 그러나 아무리 둘러보아도 잎이 푸른 나무는 보이지 아니했다. 이따금 파충류의 시체처럼 거친 나무 등걸만 엉크렇게 남아 있고, 거미일엽초나 지네고사리 같은 풀들이 말라 있을 뿐이었다.

어떤 것의 등걸에는 무어라고 잡다하게 이름 같은 것들이 새겨져 있는데, 거의 망가져 읽을 수는 없었다. 아마 어느 때는 이 산등성이로 등산하러 오는 사람도 있었고 나무등걸에 이름을 파 놓을 만치 이 등성이를 정복한 것이 통쾌했던 모양이다. 자연 예찬을 자연을 훼손하는 방법으로 하다니. 생각이 여기까지 미치자, '저쪽'은 메마르게 먼지 앉은 입술에 "픽" 하고 비웃음이 떠올랐다.

칵칵, 가슴속 저 밑에 있는 가래까지 다 끄집어내서 산에 뱉었다. 마치 산이 마지막 숨을 거두어가는 것 같아, 산을 호되게 걸어찼다. 지금까지 인간들에게 크나큰 동정과 위안을 던져 주던 산, 믿음의 대상이 되고 도피의 대상이 되던 산, 이제는 바위와 돌과 흙으로 이루어진 무의미한 축적물에 지나지 않는 것, 총알과 탄피와 파편과 불꽃이 제 마음대로 파먹어 들다가 남겨 놓은 찌꺼기. 그러나 산이 모든 의미를 생각하면서 피와 고름과 썩은 창자로 뒤범벅이 된 군화로 마구 밟아 오르는 것은 통쾌하기도 했다. 기대가 허물어진 데 대한 실망이 도리어 통쾌한가, 남은 기대를 다 없애니 통쾌한가?

이런 생각을 하면서 '저쪽'은 바위를 하나 저 밑으로 굴려 내렸다. 바위는 성큼성큼 내려갔다. 얼마쯤 가다가 멎었다. 다른 걸 또 굴렸다. 연거푸 또 다른 것을 굴렸다. 와르르 몇 개의 바위가 한꺼번에 굴러 내려갔다. 구르는 바위는 다른 것에 부딪치고 그것은 또 다른 것에 부딪치고 해서 온 골짜기에 가득 바위가 굴러 내렸다. 우레 같은 소리를 치며.

'이쪽'도 그리로 가서 돌들이 미친 듯이 굴러 떨어지고, 서로 부딪쳐서 깨어지는 것을 바라보았다. 산 전체가 그 바위들처럼 미친 듯 날뛰는 율동으로 부서져 내리는 것 같았다. 자기도 '저쪽'도 지금 이 순간에 함께 굴러 떨어질 것만 같았다. 불안하게 생각되어 '저쪽' 가까이 손을 가져갔다. 하나뿐인 오른쪽 손으로 '저쪽'의 목덜미를 잡고, 눈짓으로 산봉우리를 가리켰다.

다시 올라가자 한결 더 심한 목마름이 온몸을 휩쌌다. 땀이 자꾸만 흘러 나와서 이제는 군복 바깥까지 젖었다. 턱에서는 물방울이 뚝뚝 떨어졌다. 한 번 더 산봉우리를 쳐다보았다. 아직도 산봉우리는 드러나지 않았다.

봉우리에 이르는 산줄기를 훑어보았다. 올라갈수록 더 험했다. 그러나 땀이 들어가 흐려진 눈으로는 부분부분 세밀하게 볼 수는 없었다. 다만 중간보다 조금 위에 시커멓게 드러난 부분이 보였다. 바위로 그렇게 시커멓게 되어 있는 것 같지는 아니했다. 어쩌면 거기는 나무가 우거지고 샘이 솟을지는 모를 일이었다. 빨리 올라가기 시작했다.

숨차게 올라가고 있는 '이쪽'의 흔들거리는 왼쪽 옷소매를 보자, '저쪽'은 슬그머니 웃음이 나왔다. 모든 의문이 되살아나더니 풀려 무언가 알 것 같았다. 아픔이 크기 때문에 목이 너무 말라 한 그릇 시원한 무엇을, 피나 고름이라도 아쉽게 여겨 올라가고 있다고 생각했다. 생각이 엇갈려도 발은 규칙적으로 움직이고 있었다.

얼마 후에 그들의 앞은 가파르고 폭포가 흘렀던 흔적이 있고 밑이 깊게 패어져 있었다. 그러나 이제는 물 한 방울 없었다. 어쨌든 그 바위에 붙어 올라가야만 되었다. 어디로 돌아갈 길은 없었다. 오른쪽으로는 절벽이 있고 왼쪽으로 갈수록 바위가 더 높았다. 둘은 서로 쳐다보았다. '이쪽'은 팔이 하나뿐이라 올라가기 거의 불가능할 것 같아서 애를 태웠다. 그렇다고 해서 돌아설 수도, 언제까지나 그 자리에 서 있을 수도 없었다. '저쪽'은 잘 보이지 않는 눈으로 발을 딛고 올라갈 곳을 살피고 있었다. 하는 수 없었다. '이쪽'은 '저쪽'의 눈치만 살피고 있었다. 총을 버리고 온 것을 후회했다.

사방을 둘러보았다. 저만치 나무가 하나 넘어져 있었다. 참나무였다. 그리고 잡고 올라가기에 알맞은 가지가 하나 꺾여 있었다. 그러나 앞으로 나서서 '저쪽'에게 먼저 올라가서 끌어올려 달라고 할 수는 없었다. 이런 눈치를 알았는지 '저쪽'은 자랑스러운 어조로 자기만 믿으라고 말했다. '이쪽'은 그 말투가 미웠으나 올라가고 싶은 마음이 더 컸다. 팔이 하나뿐인 서러움을 뼈저리게 느끼면서 그 참나무 가지를 집어 들었다. 그것을 두 발로 밟고 잔가지들을 꺾었다.

'저쪽'은 바위틈에 말라붙은 칡넝쿨을 휘감아 잡고 한 발자국 올라갔으나 위가 도무지 보이지 않아 어떻게 해야 할지 몰랐다. 올라갈 수도 없고 내려올 수도 없었다. 밑에 있는 '이쪽'은 그 꼴을 보자 자기가 더 초조하고 불안했다. 둘이 힘을 합쳐야 위기에서 벗어날 수 있었다. '저쪽'이 팔을 밑으로 내밀고, '이쪽'은 잡고 있는 참나무 가지를 위로 올렸다. '저쪽'은 물이라고 한 모금 마신 듯이 싱긋 웃더니 잡아당기기 시작했다. '이쪽'은 가슴팍 군복에다 손바닥의 땀을 닦고서 있는 힘을 다해서 꼭 잡았다. 한순간 '저쪽'은 이마에 핏줄이 일어나고 이빨이 떨렸다. 그래도 쉽사리 되지는 아니했다. 손을 놓아 버릴까 하는 생각을 둘 다 했다. 나무가 부러질지도 모를 일이었다. 가장 절박해진 순간에 '저쪽'이 마지막 힘을 다해서 당겨 올렸다. '이쪽'도 바위 위에 올라서자, 둘 다 쓰러졌다. 한참 동안 쓰러져 있었다.

머릿속을 멍하니 돌고 있던 것들이 멈추자, '이쪽'은 위를 쳐다보고 조금 전에 어쩌면 숲이 있을지도 모른다고 생각한 시커먼 부분을 찾으려고 했다. 보이지 않았다. 커다란 바위등성이가 가리고 있었다. 보이지 않으니 빨리 가보고 싶어서 '저쪽'을 일으켰다. '저쪽'은 지금까지 올라온 산줄기를 내려다보고 있었다.

여기저기 바위가 솟아난 등성이로 올라가니 바위틈에는 고사리 무리들이 제법 많이 있었다. 고사리, 고비, 야산고비, 뱀고사리 같은 것들이 푸른빛을 띠고 있었다. 그런 것들을 보자 '이쪽'은 희망이 더 커졌다. 지금까지 메마른 땅이 고사리 밭으로 바뀌었으니, 고사리 밭이 숲으로 바뀔 확률이 더 크다. 그래서 급히 등성이의 남은 부분을 뛰어 넘어갔다. '저쪽'은 '이쪽'이 왜 그렇게 서두르는지 몰랐으나, 여하튼 무슨 좋은 것을 보았거나 물소리를 들은 것 같아서 따라서 뛰었다. 그러나 막 다 넘어가려 할 때 '이쪽'은 돌부리에 걸려서 넘어졌다. 머리가 팽그르르 돌았다. 이마와 팔에서 피가 났다.

뒤따라오던 '저쪽'이 일으켜주자, '이쪽'은 피가 흘러내리는 눈을 들어 앞을 바라보았다. 넘어질 때보다 더 아찔했다. 거기 우거진 숲과 솟아오르는 샘 대신 타다 남아 엉성궂은 나무들과 그 사이에서 휘날리는 재뿐이었다. '이쪽'은 눈을 감고 다시 엎드렸다. '저쪽'은 어리둥절했다. 타다 남은 나무들을 바라보니 '이쪽'의 실망하는 이유를 알 수 있었다.

움직이지 않고 있으니 햇살이 어느 때보다 더 강하게, 햇살이라기보다 쇠 녹은 물이 지르르 흘러내리는 것 같았다. 타는 듯한 느낌이 세포마다 스며드는 것 같았다. '이쪽'은 다시 일어났다. 그곳으로 향해 걷기 시작했다. '저쪽'도 따라갔다.

여기저기 커다란 나무들이 부서진 전주처럼 시커멓고 멋없이 서 있었다. 어떤 것들은 밑동만 남고 어떤 것들은 쓰러져 있었다. 그 속에 무엇이 즐비하게 깔려 있었다. 기왓장이었다. 두께와 무게를 보아서 퍽 오래된 것 같았다. 어떤 것들은 기묘한 무늬가 있었다. 기왓장뿐만 아니었다. 주춧돌이 몇 개 널따랗게 자리 잡고 있었다.

담이 있었던 것 같은데, 제일 밑층만 남고 위의 것들은 다 넘어졌다. 넘어진 것 위에 또 넘어지고 해서 여러 개가 깨어져 있었다. 돌을 다룬 품을 보아서 퍽 오래 되고 정밀했다. 돌이 아주 많은 것을 보아 퍽 높고 컸던 것 같다. 그런데 재가 묻고 물에 젖어서 돌의 색이 쓰레기통에서 뒹구는 집짐승의 시체 같았으며, 군데군데 빨간 독버섯이 나 있었다.

그 광경을 보자 '이쪽'은 마음 깊이 숨어 커다란 무엇이 무너져 내리는 듯했다. '저쪽'은 무엇 때문에 산을 올라왔는지, 이럴 줄 짐작하면서 왜 자신을 속였는지 알 수 없어 참으로 어리둥절했다. 둘 다 아무 말 없이 서 있었다. 멍하니.

갑자기 다시 올라가고 싶었다. 뛰고 싶었다. 그런 것들은 다 덮어둔 채, 조금 남은 산정을 향해서 마지막까지 뛰고 싶었다.

이내 더 뛸 곳은 없었다. 벌써 산정이었다. 산정은 아무것도 아니었다. 몇 번이나 지나온 흔히 있는 넓고 오래된 바위였다. 그런 산정마저 타버린 숲의 일부였다. 거기에도 재가 날리고 기왓장이 몇 개 있었다.

그러나 이제는 정말 아무것도 아니었다. 다만 햇살이, 아픔이, 주림이, 목마름이, 탈출의 기억이, 올라오던 기억이, 쓰러진 탑이, 기왓장이…… 마구 부글부글 끓는 용광로였다.

거기서 뛰어나가고 싶었다. 그러나 뛰어나갈 곳이 없었다. 거기서 모든 것이 끝날 수는 없었다.

"아아…… 아아……"

마지막 남은 힘을 다해서 '이쪽'이 하늘을 향해 외쳤다.

"아아…… 아아…… 아아아……"

'저쪽'은 좀 더 높게 좀 더 길게 외쳤다.

둥근 형상을 그리며 퍼져나가는 외침을 향해 둘 다 몸뚱이를 퍼덕이었다.

전우치 수난사

여러 해 전의 일이었다. 그 때 김순돌 군은 어디라고 구태여 밝힐 필요가 없는 그저 그런 대학 사학년 학생이었다. 하기야 사 학년이라고 말해도 좋을지 모를 일이었다. 팔구 년 전에 입학을 해서 그 때까지 다니고 있었으니, 팔 학년이나 구 학년이라 해도 좋겠으나, 학년을 그렇게 치는 법은 없지 않는가. 학년 계산부터가 이렇게 흐릿하니 김 군의 사람됨을 우선 짐작할 수 있는 일이다.

김 군이 살던 고향 마을은 산골 가운데서도 산골이라 밤이면 별이 하늘 중간에 있는 것들만 보이는 곳이었다. 낡은 자전거 한 대를 전 재산 삼아 이십 리 밖 읍내 고등학교를 통학하면서, 사실 교과서 이외에는 본 책이 거의 없었다. 선생님들은 그 학교로 발령이 나면 아예 그만두어 버리기 일쑤여서, 영어를 한 학기씩 못 배우고 하는 판에 입시 준비란 애초에 무리였다. 분수에 맞지 않게 대학에 보냈다가는 아까운 사람만 버리고 만다고 김 군 부모에게 걱정을 해주던 친척들의 말이 사실인즉 이치에 맞는 것이었다.

그런데도 김 군은 무리를 했다. 서울에 이모가 한 분 계시니, 한두 달이야 밥을 먹여 주지 않겠느냐 하는 배짱으로 서울로 대학 진학을 한다는 엉뚱한 계획을 세우고는, 부모님께 담배 수매로 돈이 나오면 입학금만 대달라고 졸랐다. 버스를 타고 세 시간, 완행열차를 갈아타고 밤새 열차 간 복도에서 새우잠을 자다가 말다가, 고생 끝에 서울에 닿아 입학시험을 쳐 보았으나 결과는 물론 낙방이었다.

그래서 김 군 같은 사람에게는 어울리지 않게 재수라는 것을 일 년 했는데, 학원이다 과외다 하는 것이야 상상도 할 수 없는 노릇이고, 농사일을 거들지 않을 수도 없는 형편이었다. 고급 문자로 주경야독을 일삼다가, 고등학교 선배 한 분이 자기가 보던 참고서라고 하면서 근으로 달아 팔아야 알맞은 종이더미 한 무더기를 주어, 그것들을 보고 공부를 하니 수가 터졌다. 입시 경향이라는 것도 알겠고, 객관식 선다형 문제를 답하는 요령도 터득할 수 있어서, 그 다음 해에는 그리 어렵지 않게 합격했다.

서울이란 썩 야단스러운 곳이었다. 동서남북을 분간할 수 없는 것은 물론이려니와, 삶은 달걀을 방금 까놓은 것처럼 매끈한데다가 말씨마저 엄청 상냥한 서울 아이들을 보면 웬일인지 주눅이 들었다. 교정에 피어있는 라일락 향기만 맡아도 공연히 심술이 났다.

시장에 나가 삯바느질을 하며 가게를 꾸려나가는 이모님 댁에 얼마 동안 신세를 졌으나, 식구는 많고 벌이는 적은 판에 여간 눈치 보이는 일이 아니었다. 책값이랴 용돈이랴 쓰임새가 가당찮아 가져간 돈으로는 한 달을 버티기 어려웠다. 남들처럼 가정교사라도 하겠다고, 고향 사람으로 서울 와서 자리 잡은 분들을 두루 찾아보기도 하고, 나중에는 요령이 생겨 신문광고도 내어보았다.

그래서 생긴 가정교사 생활이 해를 거듭해서, 국민학생, 중학생, 고등학생, 입주제, 시간제, 그룹제, 종류가 있는 대로 다 해보았으나, 어쩐 일인지 그 방면에서도 성공을 하지 못해, 그 알량한 벌이도 공치는 기간이 더 많았다. 이불 보퉁이와 책 몇 권을 들고 이사를 하는 데 이골이 나고, 빈 교실에서 잠을 자며 학교 앞 쌍과부집이나 시장 안 노점에서 싸구려 밥을 사 먹을 줄도 알게 되었다.

고향의 부모님은 일거 후 무소식이라고 성화를 하셨으나, 자세한 사연을 적으려니 끝이 없고 대강 소식만 알리자니 할 말이 없어, 불효자가 되고 말 수밖에 없었다. 대학 다닌다고 서울 갔다가는 사람만 버린다는 걱정이 사실로 나타난다 해도, 그렇지 않다고 들이댈 무엇이 없으니 하는 수 없는 노릇이었다.

대학은 다니다 말다 세월만 보냈지 무얼 했는지 자기도 알 수 없었다. 중간에 군대에 갔다 온 것이야 남들도 다 하는 짓이니 새삼스럽게 말할 것도 없지만, 그렇지 않아도 걸핏하면 휴학이요, 늘어나니 실격과목이었다. 자기는 공부를 하지 않는 주제에 대학생이라고 우쭐대는 것을 남들은 얼마로 치는지 알 수 없으나, 그 계산을 하지 않는다면 내는 돈은 엄청 많은데 받는 것은 너무 형편없다 싶었다.

다니는 학과는 국문학과인데, 무엇을 공부했는지 의심스러웠다. 학기가 시작되면 서론 삼아 설명하는 서양 사람들의 고명한 이론이니 뭐니 하는 것을 대충 듣고 나면, 가정학습이다, 휴업이다, 휴교다 하면서 학교 문을 닫는 것이 예사였다. 고등학교 때 이미 외다시피 한 〈관동별곡〉이니 〈춘향전〉이니 하는 것들조차 다시 들어 보기 어려웠다.

학생들의 데모 때문에 휴업이다 휴교다 하면, 사실 별로 한 일이 없으면서도 자기를 잡으러 오지 않는가, 이번에는 무사한가 걱정하면서 수소문도 하고, 나중에 알고 보면 공연한 짓이었는데 어울리지 않게 피신도 하다가 말았다. 학교에 매이지 않고 정작 조용히 공부할 수 있는 소중한 시간마저 이러고 저러다 보니 다 놓쳐 버리고 말았다.

이런 객쩍은 이야기를 하자는 것은 아니다. 여기까지의 사연이야 김순돌 군만 유독 겪었던 것이 아니니, 대수로울 것이 없다고 해도 그만이다. 처음에 말했듯이, 그때 김 군이 사 학년이었다는 사실이 중요하다. 그 동안 그래도 세월이 용케 흘러서, 등록 횟수를 계산하고, 딴 학점을 합산하니, 그 학기로서 대학 공부를 마칠 수 있게 되었다. 늦기는 했어도 여간 다행한 일이 아닐 수 없었다.

이제 졸업을 하면 고향으로 돌아가서 자기가 다니던 고등학교나 중학교의 국어교사 노릇이나 하고 지내면 세상 편한 백성이 되겠구나 하는 생각을 했다. 서울을 탈출할 수 있게 된 것만 해도 여간 다행한 일이 아닌데, 부모 봉양하며 처자 먹여 살릴 수 있는 알뜰한 직장도 보장된 것이나 다름없다고 생각하니, 김 군으로서는 어울리지 않게 마음이 들뜨기도 했다. 대학 다녀도 사람 버리지 않았다는 것을 보여 줄 수도 있지 않은가.

그런데 졸업을 하자면 졸업논문을 내야 한다는 데 문제가 있었다. 구월에 신학기가 시작되자 모두들 졸업논문 때문에 신경을 쓰니, 자연 김 군도 걱정이 되지 않을 수 없었다. 논문을 낼 기간은 아직 두어 달 남았으나, 생각하니 그게 쉬운 노릇이 아니었다. "졸업논문, 졸업논문" 하고 입속으로 뇌일수록 "졸업"이라는 말도 만만치 않고, "논문"이란 놈은 더욱 낯설었다.

이래서는 안 되겠고 무슨 대책을 마련해야 하겠다고 생각한 끝에, 권위 있는 교수는 감히 찾지 못하고, 만만한 조교더러 물어보기로 작정했다. 조교는 그것도 높은 자리이기는 했지만, 어렵지 않게 부닥칠 수 있는 구석이 있었다. 원래 김 군과 입학 동기였던 것이다. 제때 졸업하고, 대학원생 중에서도 좌장 노릇을 하며, 자기가 교수라도 된 듯이 품을 잡고 있지만, "내게는 그럴 수 없는 처지가 아닌가" 하는 배짱이 생겼다.

"야, 머 좋은 수 없나?"

일부러 퉁명스럽게 말을 건네 보았다. 그랬더니 그 녀석은 보던 책에서 눈도 떼지 않고서, 교수 가운데서도 으뜸인 주임교수의 흉내를 단단히 내면서, 점잖게 한 마디 하는 것이었다.

"논문을 쓰는 요령이란 아직 학계에 소개되지 않은 새 자료를 다루는 게 제일이여."

무얼 묻는지 단번에 알아차리고, 으뜸가는 요령을 바로 이렇게 일러주는 것을 보면, 알기는 어지간히 하는 친구였다. 입학 동기를 알아주고, "후배들이 드나드는데 그게 무슨 고약한 말버릇이야"라고 하지 않은 것만 해도 여간 고맙지 않았다. 그러나 김 군은 이 말만 듣고도 도무지 감이 잡히지 않아 계속 머뭇거릴 수밖에 없었다. 그랬더니 "이런 벽창호 같은 친구 보았나"라는 말을 아주 점잖게 풀이하듯이, 한 마디 해설을 덧붙이는 친절까지 베풀었다.

"그래야 다른 재주는 없어도 자료 소개만으로도 점수를 딸 것이 아닌가. 자네가 지금 무슨 대단한 논문을 쓸 것 같은가?"

말을 듣고 보니 그럴듯할 뿐만 아니라, "자네"라는 칭호까지 썼으니 반가운 일이었다. 지금은 서로 처지가 다르지만, 입학 동기가 아닌가. 우리 피차 나이도 어지간히 든 처지에, 후배들도 듣는데 상소리는 하지 말자. 이런 계산까지 두루 들어 있는 말 같아서 약간 매스껍기는 했지만, 그래도 일이 잘 되어가는 징조임에는 틀림없었다.

김 군이 대단한 논문을 쓸 것 같지 않다는 말이야 누군들 부정할 수 없는 것이었다. 더욱이 김 군으로서는 그러고 싶은 생각도 없으니, 이럴 때 자기를 낮추어서 해로울 것이 없다.

"그래, 나한테 맞는 새 자료가 머 어떤 게 있겠나? 하나 찾아 줄라는가?"

이번에는 말이 아주 순하게 나갔다. 목마른 놈이 샘도 판다는데, 말 한 마디 잘하는 것은 그리 어려운 일이 아니었다. 그제야 보던 책을 덮더니, 잠시 창밖을 내다보면서 무얼 생각하는 것이었다. 인제 책상 서랍을 열고 무슨 자료를 하나 끄집어내 주려는 모양이다 하고 기대를 하고 있는데, 일이 그렇게 되는 것은 아니었다. 약간 실망을 했지만, 말을 듣고 보니 과연 도사구나 싶었다.

말인즉, 도서관에 가서 고도서를 뒤지되, 제일 자세하고 권위 있는 국문학사 색인과 대조해, 그 색인에 나와 있지 않는 것을 하나 찾아내라는 것이었다. 그러면 그게 새 자료일 가능성이 크다는 것이었다. 고도서도 한둘이 아니니, 찾는 종류를 미리 정하는 것이 좋겠다고 하면서, 문집 같은 것은 보아도 이해하기 어려울 터이니 아예 찾지 말고, 어디 허름한 야담이나 패사류를 골라내면 일이 쉽게 될 수 있다고 했다. 야담이나 패사가 어떤 것인지 확실하게 이해되지는 않았지만, 대강 알아들은 바로는 되도록이면 시시껄렁한 자료가 김 군에게는 썩 어울린다는 말 같았다. 이 점도 아주 적중한 것임에 틀림없다. 그러면서 워낙 치밀한 친구라 한 마디 확인하기를 잊지 않았다.

"한문은 좀 알지?"

이 말은 김 군을 알고 하는 것이었다. 촌놈이 서울 아이들보다 더 아는 것이 있다면 바로 한문이다. 사실 중학교 다닐 때까지 서당 공부를 겸해서 했다. 김 군의 아버지는 고등학교란 것은 볼일 없으니 한문이나 더 읽으라고 할 정도로 구식이었고, 김 군의 마을은 그때까지 서당이 있을 정도로 세상 돌아가는 판을 모르는 곳이었다. 대학 입시 때에도 한문 과목은 없고 이상하게 독일어라는 놈이 있어서 사람 죽인다고 불평을 했다.

한문은 좀 아는 것 이상인데, 서당 다닐 때에는 족보에도 없던 야담이니 패사니 하는 것을 보라고 하는 바람에 부아가 치밀기도 했으나, 모처럼 잘 되어 가는 일을 망칠 필요는 없었다. 상대방은 영어, 독어, 불어는 물론 한문까지 뜨르르 꿰고 있는 것으로 해 두고, 김 군 자기는 한문이나 좀 아는 정도라고 피차 지체를 확정해 놓고서는, 요령 설명을 더 들었다.

도서관에 가서 고도서를 열람하려면 교수의 보증이 있어야 한다면서, 무슨 종이를 꺼내놓고 거기다가 교수하고도 주임교수의 도장을 꾹 눌러 주는 것이었다. 거기다가 내 이름이나 기타 필요한 사항을 정중히 기입해서는 도서관에 들고 가면 된다는 것이었다. 세상에 빽도 여러 가지이지만 대학에서는 조교 빽이 상당하다는 것을 새삼스레 느꼈고, 김 군은 조교가 자기 동기이니 자기가 상당한 존재임을 뒤늦게 확인했다. 발걸음도 당당하게 도서관의 음산한 복도로 걸어 들어갔다.

도서관의 고도서 담당 사서는 김 군이 가지고 간 교수 보증서가 미심쩍다는 듯이 한참 살피면서 김 군의 얼굴 모습과 대조를 하더니, 마지못해서 수긍을 하고 고도서 열람을 허가하는 조치를 취했다. 학부 학생으로서는 흔히 누리기 어려운 대단한 은전임은 틀림없었다.

조교가 일러준 대로 하니, 보아야 할 책이 그리 많지 않았다. 언필칭 수십만 권의 장서를 자랑한다는 도서관이지만 무엇으로 권수를 그렇게까지 채웠는지 이해하기 어렵고, 목록이 별도로 작성되어 있는 고도서는 기천 권 정도였다. 그 중에서 문집도 아니고, 경서도 아니고, 역사책도 아니고, 국내 고서로서 잡서에 해당하는 것만 골라보니 몇 십 권, 그 중에서 이름이 그럴듯한

것만 대충 추리니 여남은 권 정도였다. 그 여남은 권을 구경삼
아 뒤적이다가 마침내 아주 재미있는 책을 하나 찾아냈다. 이름
해서 가로되 《해동이적(海東異蹟)》이라는 것이었다.

《해동이적》이라는 책은 자세하고 권위 있는 국문학사의 색인
에도 등장하지 않을 뿐만 아니라, 읽어보노라니 내용이 썩 희한
했다. 행적이 기이한 인물을 두루 소개한 것인데, 남들처럼 예
사로 살아가지 않고 무슨 신선의 도술이라든가 하는 괴이한 것
을 익혀서는, 그저 뻐딱하게 거만하게 너스레를 떨면서 세상을
희롱한 인물이 그 속에 수두룩했다. 신선이란 아득히 높은 산꼭
대기 같은 데서 학을 벗 삼아 오묘한 이치를 논하면서 지내는
것만은 아니었다. 자기네들은 도술을 터득했으니 무엇을 들어도
무겁지 않은 처지이면서 그렇지도 못한 어린 동자에게 차 끓이
는 도구 같은 것을 거추장스럽게 짊어지이고는, 할 일이 없으니
폭포나 우두커니 보고 서 있는, 그런 아니꼬운 무리만도 아니었
다. 오히려 겉으로는 쩌벅하고 촌스러운 거동을 하고, 마음속으
로는 육조 버슬을 따로 하면서도, 몸을 낮추어 시정에 숨어 지
내는 자가 신선이었다.

어찌 보면 못난 놈이 신선 같고, 가난해 빠진 놈이 신선 같고,
세상을 거꾸로 보는 놈이 신선 같았다. 이 책을 읽노라니, 김 군
이 자기도 신선일 수 있는 자격을 대충 갖추었다는 묘한 착각마
저 들었다. 이런 책을 왜 진작 읽어보지 않았던가 하는 후회도

44

생기고, 이 비밀스러운 세계를 혼자만 들여다보고 있다는 흥분도 느꼈다.

그런데 그 중에서 특히 가관인 인물이 전우치(田禹治)였다. 전우치의 행적은 대강 이런 것이었다. 남의 집에 가서 점심 밥을 얻어먹다가, 밥을 뿜으니 밥알이 모두 나비가 되어 날아갔다는 것이었다. 동자를 시켜 하늘의 천도복숭아를 따오게 하고, 벌을 받아 사지가 찢겨져 죽은 아이를 되살아나게 했다는 것이다. 그런데 요술로 백성을 속인다는 죄목을 씌워 나라에서 잡아 죽였는데, 나중에 이장을 하려고 무덤을 헐어보니, 관이 텅 비었다는 것이다. 죽은 후에도 이따금씩 나타났다 하기도 하고, 산중에 있는 이상한 중이 전우치가 남긴 시를 가지고 있다고도 했다.

뭐가 어떻게 되었는지 잘은 모르지만, 천한 위인이 자기대로 세상에 반감을 가져, 그런 괴상한 짓을 했던 것 같다. 도술은 주어진 처지에서 벗어나기 위해서도 필요하고, 무료한 세월을 휘어잡기 위해서도 있어야 할 것이며, 더욱이 자기를 억누르는 세상을 희롱하자면 그런 것이 없을 수 없는 것 같았다. 나라에서 잡아 죽였다니, 그럴 만한 짓을 하지 않고서야 어찌 그럴 수 있겠느냐 하는 점이 의문이었다.

전우치가 어떤 인물인가 더 알아보기 위해서 우선 왕조실록 색인을 보니, 거기에는 나오지 않았다. 벼슬을 했기 때문에 실록에 나오리라고 기대했던 것은 아니지만, 나라에 죄를 짓고 죽었는데도 한 마디 기록조차 남아 있지 않으니, 죽어도 보람 없이 죽었다는 생각이 들었다. 내친 김에 다른 책을 닥치는 대로 찾아보니, 전우치가 도술을 부리고 괴상한 짓을 한 행적은 여러 군데 적혀 있었다. 대충 모아보니, 의문이 더 커졌다.

첫날 교수 보증서를 감정하던 고도서 담당 사서는 김 군을 대수롭지 않게 여겼었다. 한두 차례 책을 보는 체하다가는 이내 자취를 감추고 말 뜨내기로 알았던 것이다. 그런데 며칠 동안 계속해서 부지런히 책을 뒤지고, 무언가 열심히 베끼고 혼자 열을 올리는 것이 차차 눈에 띄자 관심이 생겼다. 공부하는 학생 같이 보이지는 않는데, 그것 참 이상하다 싶은 생각이 들었던 것이다.

이 사서라는 양반은 대학이 생긴 이래로 도서관에서 근무하면서, 반평생 고도서를 만진 사람이다. 원래 급사로 들어와서는, 고등학교를 마친 후 몇 해 만에 준사서 자격을 따고, 그 후 여러 해 애써서 정사서가 되었을 뿐만 아니라, 남들은 관심조차 가지지 않는 케케묵은 책 다루는 데는 아주 이골이 난 사람이다. 배운 것은 없지만 워낙 경험이 경험이다 보니, 고도서라면 어느 구석에 어떤 것이 있는가도 훵하게 꿰고 앉았고, 어느 책에는 무슨 말이 쓰여 있는지도 대충 짐작하는 편이었다.

고도서 열람실이란 워낙 한적한 곳이다. 시험 때가 되어서 일반 열람실은 자리가 모자란다고 아우성들인 때에도 이곳은 평소와 다름없다. 하루에 서너 사람쯤, 교수나 대학원 학생, 아니면 다른 데서 찾아온 사람이 와서 이 책 저 책 잠시 뒤적이다가 가는 곳이다. 전에는 좀 진득이 앉아서 자료를 찾는 대학원 학생이 몇이 있었으나, 다 어디로 갔는지 그나마도 없어졌다.

그래도 담당 사서는 자리도 지키고 책도 지켜야 하니, 일이 없는 것은 아니다. 급사가 하나 있다지만 온통 맡길 수는 없는 노릇이었다. 하루 종일 쉬지 않고 근무를 하지만, 근무 내용이란 책상 앞에 앉아 있는 것인지라, 앉아 있는 데는 도가 터진 셈이다. 행동은 굼뜨고, 요령껏 게으름을 피우지만, 그래도 근무는 근무이다. 겉으로는 모든 것이 대수롭지 않다는 표정을 짓고 있으면서, 속짐작은 항상 넉넉히 하는 편이었다.

며칠 동안 열람실에 아무 변화도 없었는데, 김 군이 자리를 잡게 되자 우선 관찰 거리가 하나 생겨 다행이었다. 학부 학생인 주제에 도무지 공부에 관심을 가진 것 같지는 않은 거동을 하고서는, 오랫동안 아무도 손 댄 사람이 없는 책을 열심히 뒤지고 베끼고 하니 관심거리가 아닐 수 없었다. 며칠 두고 보다가 마침내 도와주겠다는 판단을 내렸다. 판단은 내렸지만 행동은 역시 굼떴다.

그 날도 멍청하게 앉아서 다 본 신문을 이리 뒤적 저리 뒤적 광고까지 다시 보고, 점심시간을 넉넉히 잡아서 근처를 산책하는 둥 마는 둥 하다가 돌아와서는 다시 그 신문을 또 들고 앉았기도 뭣하고, 그렇다고 해서 낮잠을 잘 수 있는 것도 아니어서 한창 무료하던 판이었다. 열심히 일을 하고자 한들 할 일이 더 있는 것도 아니고, 높은 사람이 알아줄 것도 아니고, 승진할 자리가 있는 것도 아니었지만, 책을 열심히 찾는 사람에게 가는 관심을 눌러둘 일도 아니었다. 신문 광고를 다시 연구하는 것도 지겨워 무슨 변화라도 있어야 할 판이었다.

김 군이 무슨 책 어느 대목을 읽는가 한참 건너다보다가, 드디어 입을 열어 한 마디 묻게 되었다.

"학생, 도대체 뭘 찾나?"

도서관 사서가 학생에게 반말을 하는 것이 의외라고 할지도 모르나, 그것은 사정을 모르는 사람의 소견이다. 대학이란 무엇보다도 서열을 앞세우는 사회이다. 교수야 더 말할 나위도 없지만 사무직원도 교수와 함께 교직원을 구성하니 허수히 보아서는 안 된다. 학생과는 지체가 엄연히 구별되는 것이다. 이 점 때문에 학생들 사이에서 말이 있으나, 그야 일부 몰지각한 학생의 탈선이라 치면 된다.

하기야 도서관 사서는 학생과 같은 으리으리한 부서에서 근무하는 직원과는 다른 점이 있어서 학생들이 대단치 않게 여길지 모른다. 그럴수록 언동을 더욱 조심해 위엄을 잃지 않도록 해야 한다는 것이 근무수칙에는 들어가 있지는 않지만 오히려 더 중요한 사항이다. 김 군에게 관심이 생겨 도와주고 싶은 생각이 나서, 서로의 관계에 혼선이 생기지 않도록 하는 것이 우선 긴요한 일이라고 여겼다.

"예. 예. 졸업논문 쓸라고 자료 찾니더. 전우치에 관한 자료 말이씨더."

김 군은 당황한 나머지 자기 고향 사투리로 대답했다. 한 마디 하문이 각별한 배려임을 직감적으로 알아차린 것이 틀림없다. 하문하신 분은 높은 어른이시다. 높은 어른이라면 돌아가신 할아버지 같은 분이다. 할아버지께 말씀을 사뢸 때 어쭙잖은 경사를 쓰는 것은 용납되지 않는다.

그러나 이것은 분명히 실수이다. 자기 일에 너무 몰두하고 있다가 혼란이 생겼다. 하지만 이미 엎질러진 물인데 어찌하랴. 멍청하고 어색한 표정을 지으면서, 그 다음 처분을 기다릴 수밖에 없지 않는가.

그런데 사서 나리는 김 군의 촌스러운 말씨며, 당황해 하는 거동이 하도 재미가 있어서, 김 군을 친절하게 보살펴 주고 싶은 마음이 부쩍 커졌다. 보아하니, 자기를 우습게 여길 그런 문제 학생은 아닌 것이 틀림없었다. 위엄을 차리기 위해서 마음속에다 쳐 놓았던 그물을 걷어내고, 서로 툭 터놓고 지낼 수 있는 사이가 되고 싶은 심정이었다.

김 군의 어깨에다 손을 얹으며,

"전우치라?"

라고 한 마디 더 했다. 김 군이 듣기에 이 말은 질문은 질문인데, 알고서 묻는 말인지, 몰라서 묻는 말인지 분간이 가지 않았다. 그러나 어느 쪽이든지 대답은 해야 할 판이었다. 며칠 동안 전우치 때문에 열을 올렸으니, 전우치에 대해서 말을 하라면 할 말이 너무 많아서 탈일 것 같은데, 오히려 말문이 가까스로 열렸다.

"저, 도술을 부려 백성을 속인다고 나라에서 잡아 죽였다는 사람입니다. 사실은 백성을 구하려다 그렇게 된 것입니다."

이번에는 교수에게라도 대답하듯이, 시골말도 아니고 서울말도 아닌, 문어체의 표준말로 대답했다. 정식으로 설명을 하라면 그런 말로 해야 한다는 생각이 떠올랐던 것이었다. 상대방이 할아버지에서 교수로 바뀌었다. 정신을 차렸지만, 다시 빗나갔다.

그러나 빗나간 것은 말씨가 아니었다. 아차, 큰 실수를 했구나 하는 생각이 선뜻 들었다. 하필이면 나라에서 잡아 죽인 사람이라고 하다니. 도술로 백성을 속였으면 잡아 죽여야 마땅한데, "사실은" 어쩌고 하면서 그 처사가 잘못되었다고 비방하기조차 하다니. 하기야 상대방이 교수라면 그 정도 실수는 너그럽게 보아 줄 수도 있겠으나, 초면은 아니지만, 말은 처음 해 보는 사서가 교수가 아닌 것만은 분명했다. 그래서 한 마디 덧붙였다.

"제 말이 아니고, 책에 그래 나와 있다는 겁니다. 죽은 후에도 다시 나다녔다 하니 다 믿을 수는 없는 수작이지요."

“기특한 학생이로군.”

하는 것이었다.

기특하다는 말은 오해할 필요가 없는 것이었다. 세상에는 별의별 책이 다 있고, 이 도서관만 해도, 알고 보면 진기한 자료가 아주 없다는 것은 아니다. 그런데 교수라는 양반들도 도서관에 책이 없다, 이래서야 어찌 공부를 할 수 있나, 이렇게들 야단만 하지 있는 자료도 착실히 이용하려 드는 사람이 없다시피 한데, 대학원 학생도 아니고 학부 학생이 그만하면 기특하다 해도 잘못이 없다. 사서는 그 순간 무엇이든지 다 내어 주고 싶은 생각이 들었다.

“전우치라? 미정리 도서를 좀 뒤져볼까.”

마침내 이런 대단한 온정마저 베풀게 되었다. 도서관이라는 곳에는 으레 미정리 도서가 있는 법이다. 미처 손이 가지 않아서 그대로 쌓아둔 것도 미정리 도서이다. 워낙 누더기 같은 것이라서 손을 댈 엄두가 나지 않는 것도 있다. 대학설치기준령인가 무엇 때문에 책 권수를 늘리려고 아무것이나 닥치는 대로 권당 얼마씩 쳐서 싸구려로 사 모은 것들도 오랫동안 미정리 도서 신세를 면하기 어려운 법이다.

그러나 미정리 도서를 허수히 보면 실수이다. 도서관 사서를 우습게 여겨서는 곤란하듯이. 미정리 도서에는 아주 희귀한 자료가 더러 포함되어 있을 수 있다. 질이 차지 않고, 겉장도 날아갔고, 낙장도 더러 되고, 글씨마저 알아보기 어려운 것들 속에 아주 묘한 자료가 끼어 있을 수 있는 것이다.

이런 따위의 미정리 도서는 아무도 알아주지 않는 도서관의 비밀 재산이다. 정리가 되지 않았으니, 보자는 사람이 있을 턱도 없다. 도서관장이 이취임식을 하고 인수인계를 할 때도 미정리 도서란 어림잡아 몇 권이라고 확인하는 절차가 있을 뿐이다. 더러 서고 안에 들어가서 미정리 도서를 둔 곳 근처까지 가 본 사람도 귀신 나올 것 같은 인상 때문에도 되돌아서곤 한다. 그런데 이분, 고도서 사서는 이 도서관의 깊숙한 비밀까지 홀로 꿰뚫어보고 있는 별난 사람이었다.

김 군은 사서의 각별한 배려로 미정리 도서까지 이용하는 영광을 누렸다. 묵직한 열쇠 꾸러미를 든 사서를 따라 서고로 들어가 지하실 구석까지 갔다. 학부 학생이 서고로 들어갔다는 사실만 해도 예사로운 것이 아니다. 대학에서의 신분은 서고 안으로 들어갈 수 있느냐 그렇지 못하냐 하는 데 따라서 판별되기도 한다. 전임강사는 들어갈 수 있어도, 시간강사만 해도 들어갈 수 없다. 대학원 학생이 조교를 거치고, 다시 시간강사를 역임한 다음에 마침내 어느 날 전임강사 발령을 받으면, 그 영광을 실감나게 확인하는 절차 중의 하나가 도서관 서고를 방문하는 것이다.

방문을 한들 무슨 의전 절차가 따로 있는 것은 아니다. 담당

직원은 내방객을 무표정하게 바라보다가, 상대방이 전임강사라고 신분을 밝히면 확인 절차를 마땅히 밟아야 하나 특별히 생략한다고 생색을 내고서는 안으로 들어가도 좋다는 허락을 내리면서, 외투 코트 등속은 밖에 벗어두고 가방이나 봉투 따위도 가져가면 안 된다든가 하는 규칙을 덤덤하게 일러주었다. 내방객은 예정된 절차를 무사히 치르고 나서, 적지 않게 금이 간 감격을 애써 되살리면서 어둡고 퀴퀴한 곳으로 발을 들여놓는 것이 널리 알려지지 않은 대학 풍속 중의 하나이다.

그런데 우리 김 군은 이런 절차도 밟지 않고, 친절하신 사서의 안내로 서고 안으로 들어섰다. 서고란 한 번 구경해야 할 곳에 틀림없다. 어두워서 얼마나 넓은지 선뜻 짐작이 가지 않는 공간에 줄지어 늘어섰나니 서가이고, 가득가득 꽂혀 있나니 책이다. 이른바 대학설치기준령에 반에 반도 차지 않는 장서 수만 가진 대학 도서관이라도 서고에 처음 들어서는 사람의 기는 죽일 수 있다. 이리저리 두리번거리기만 하던 김 군은 사서의 재촉을 받고 가까스로 정신을 차려 마침내 지하서고까지 무사히 도착했다. 미정리 도서는 그런 은밀한 곳에 두는 법이다.

미정리 도서를 둔 곳은 과연 어두웠다. 전등을 켰지만, 전구에 먼지가 앉고 거미줄마저 쳐진 탓에, 누군가에게 다른 물건을 비추어 주는 본래의 임무를 잊고 자기 존재만 드러내는 거만한 자태를 취하고 있었다. 전등은 횃불 같기도 했다. 횃불을 들고

서, 이제 지하에 있는 도적의 굴혈로 들어가는 비밀 통로로 들어가서, 거기 숨겨진 보물을 찾아내거나, 아니면 도적이라고 알려진 자가 알고 보니 천하에 둘도 없는 호걸이라 천고의 비밀을 전하는 책을 함께 보며 논하다가 마침내 의형제라도 맺게 될 것 같은 좀 지나친 연상까지 하면서, 김 군은 미정리 도서 더미에 접근해 들어갔다.

그런데 가까이 가보니, 우선 실망부터 하지 않을 수 없었다. 미정리 도서라는 것이 여성잡지 부록 따위, 고등고시 준비용 책자로서 이미 해가 묵어 아무도 거들떠보지 않는 것들, 어느 땐가 미국공보원 같은 데서 공짜로 나누어 주었을 것 같은 표지는 두꺼우나 내용은 별 볼일 없는 영어책 따위였다. 이런 것들이 무엄하게 비밀스러운 자리를 차지하고 있는 것이었다. 이따위가 무슨 미정리 도서인가. 그러나 이렇게 반문하다가 다시 생각해 보니, 미정리 도서라는 말에 지나친 의미를 부여한 것이 실수였다.

하지만 속단은 금물이다. 친절하신 사서는 김 군이 속으로 어떻게 생각하든 개의치 않고 가장 구석진 곳에 가까스로 모습을 보이고 있는 커다란 철제 캐비닛 앞으로 가더니, 한참 실랑이를 한 끝에 그것을 열었다. 숨겨져 있는 보물단지는 아무데서나 찾을 수 있는 것이 아니다. 모처럼 깊은 굴속까지 들어갔다 하더라도 대강 보고 실망해서 돌아선다면 일이 될 턱이 없다. 사서가 캐비닛을 열자 그 속에 들어있는 것들이야말로 진품임을 알 수 있었다. 어두워서 자세히는 알 수 없으나, 고서라기보다는 파지 더미라고 하는 편이 나을 것 같았다. 좀이 치고, 썩고, 냄새가 났다. 밖으로 가지고 나올 수는 없고, 그 자리에 두고 뒤져도 부스러질 염려가 있는 것들이었다.

사서는 근처에 있는 전등을 하나 더 켜더니, 캐비닛 안에 들어 있는 것들을 꺼내서 한 점 한 점, 한 장 한 장 조심스럽게 펼치고 개고 다시 넣곤 하는 것이었다. 이 은밀한 곳에서 남모를 보물을 완성하는 진미야 다른 누가 알아주랴 하는 것 같은 태도였다. 되도록이면 천천히 손을 움직이며, 오늘 옆에서 지켜보고 서 있는 증인마저 구했으니 더욱 다행이 아닌가 하는 기분을 마음껏 맛보고자 하는 것 같았다. 하기야 이런 노릇에는 증인을 구하기도 쉽지 않을지 모른다. 김 군 같은 멍청이가 아니고서는.

여유작작하신 사서는 김 군이 거기 와 있는 본래의 목적을 잊고 자기의 진미를 완상하는 데만 몰두해 있고, 김 군은 자기에게 필요한 자료가 하마만이라도 나올까 하고 부동자세로 기립해 기다리는 동안 시간이 한 삼십여 분 착실하게 흘렀다. 아직 참는 데 훈련이 덜 된 김 군이 마침내 입을 열었다. 제기랄, 뭘 하는 짓인가 싶어서.

"어느 것을 보아야 할까요?"

"아, 그렇지. 이거야, 이거. 내가 보아두었어."

사서는 진미 완상을 방해받았지만, 그래도 즐거운 듯 캐비닛

한 쪽에 놓여 있는 종이 더미를 선뜻 내주었다. 받아보니, 무척이나 낡은 것이었다. 표지도 없고 앞뒤가 몇 장씩 떨어져 나갔으며, 한문으로 쓴 글인데, 필체가 괴상해서 알아보기도 쉽지 않을 것 같았다. 자기 집 다락에 굴러다니는 것과 그리 다르지 않다는 생각도 들었다.

불 가까운 곳으로 들고 와, 다시 살피니, 놀랍게도 책 한 권이 온통 전우치에 관한 것이 아닌가. 세상이 이런 진기한 자료도 숨어 있구나. 소설이라 해야 할지, 야담이라 해야 할지, 또는 사료라고 보아야 할지 모르겠으나, 전우치가 어떤 인물이고, 그 행적이 어떠했는가를 소상하게 적어 놓은 것이었다. 낙장이 된 것이 원통한 일이지만, 이런 것이 용하게 전해졌다는 사실이 여간 다행이 아니었다. 잘은 모르나, 일이백 년 이내의 책은 아닌 것 같았다. 김 군이 정신을 온통 책에다만 쏟고 있는데, 시간이 얼마나 흘렀는지, 사서가 한 마디 하는 것이었다. 기분을 팍 잡치게스리.

"내일 다시 보지."

그러자 김 군은 자기가 지하서고에 들어와 있다는 것을 알아차렸다. 그 책을 사서에게 건네주고, 사서 뒤를 따라 계단을 밟아 위로 올라왔다. 이제 겨우 무슨 내용인지 알아차리고 흥분을 하게 된 판인데, 돌아가자니 원통한 노릇이나 통로는 이미 알았고, 잘 묻어둔 보물단지야 누가 훔쳐 가겠나 싶어서, 따지고 보면 그리 염려할 일은 아니었다.

서고 입구를 지나 고도서 열람실로 돌아왔을 때, 김 군은 자기가 별세계에 가서 이상스러운 경험을 하고 무슨 천서라도 받았던 것 같은 착각이 들었다. 별세계에 갔다 왔다는 것이 꿈도 아니고 환각도 아닌 것이 동행자였던 사서가 있지 않은가. 그런데 사서를 보니, 그 사람은 그곳에 가기 전이나 갔다 온 다음이나 표정이 조금도 달라지지 않았다. 손을 씻고는, 전과 조금도 다름이 없는 자세로 책상 앞에 덤덤히 앉아 있을 뿐이었다.

우리 둘만 이 기막힌 비밀을 안다는 사실을 눈짓으로라도 확인하고 싶었으나, 그럴 틈도 주지 않는 것 같았다. 이 비밀을 지켜 달라고 부탁하고 싶었어도, 그랬다가는 시큰둥한 반응을 보일 것처럼 여겨졌다. 다시 신문을 뒤적이며 광고란에 눈을 주고 있지 않은가. 원 세상에, 저런 천황씨 같은 사람이 있나.

새삼스럽게 인사를 하는 것마저 어색할 것 같아서 밖으로 나왔다. 그런데 이 감격을 누구와 나눈담? 비밀을 지켜야 하는 것이면서 또한 어느 한 사람에게 털어놓고 싶은 것이다. 그렇지 않고서야 비밀을 간직한 보람이 무엇인가. 생각다 못해 다시 국문과 연구실로 올라가 조교를 찾기로 했다. 조교 그 녀석은 좀 거만하기는 해도 통할 수 있지 않은가. 또한 모처럼 길을 인도해 주었으니 경과보고라도 해야 할 것이 아닌가. 이렇게 생각하니 용궁에 갔다가 이제 속세로 완전히 돌아온 기분이었다.

옛날이야기에는 용궁에 갔다가 돌아오니, 마누라나 아들은 이미 죽고 손자가 이미 오인이 되었다고 했는데, 조교는 그 자리에 그 모습 그대로 앉아 있었다. 어찌 세상이 이렇게 변하지 않았나 하는 부질없는 생각마저 싹 가시게 하는 것이었다. 그 뿐만 아니라 조교가 앉아 있는 자리는 너무나 밝은 곳이어서 어수룩한 이야기는 통할 것 같지 않았다. 지하서고에서 삼층에 있는 국문과 연구실까지의 거리도 가당찮게 먼 것이다.

그래서 되도록이면 예사말로 그 동안의 경과를 더듬더듬 설명하기 시작했다. 전우치라는 인물을 발견했다는 것과, 여러 책에서 그 자료를 뽑았다는 말을 하고서는, 이제 지하서고에 들어갔다가 온 경과를 보고할 차례가 되었다. 그런데 조교가 말을 가로막는 것이었다.

"야야, 시시한 소리 그만 해 두어라. 전우치 설화나 〈전우치전〉은 김태준의 《조선소설사》 이래로 책마다 다 나오는 거야. 〈전우치전〉 이본만 해도 한두 가지가 아니야. 영인본으로 출간된 것도 있고. 그런데 새삼스럽게 무슨 수선이냐. 우리 과의 조 선생님이 박사학위 논문으로 〈전우치전〉을 연구하고 계신 줄도 몰랐느냐. 자료란 자료는 깡그리 다 모으셨다. 자료 수집을 내가 거들어 드려서 그 사정을 훤하게 알고 있단다."

조교란 역시 대단한 존재였다. 김 군이 전우치 이야기를 꺼낼 것을 미리 알고 준비라도 한 듯이, 청산유수라면 좀 지나치거나

진부한 표현이겠고, 좀 더 근사한 말로 얼음에 박 밀듯이 주르 륵 설명하는 것이 아닌가. 이어서 〈전우치전〉의 개요며, 문제점 이며 하는 것까지 다 말해 주는 것이 아닌가. 그건 도술소설의 하나이고, 〈홍길동전〉과도 상통해, 작자가 허균이 아닌가 하는 추정이 일찍부터 있어왔다는 말도 하고, 이본마다의 차이나 특 징이 어떻다는 것까지 알고 있지 않은가.

기가 찰 노릇이었다. "아니지, 《해동이적》이나 지하서고에서 찾아낸 책은 그게 아니지" 하고 한 마디 하고 싶었으나, 그런 것 들마저 남들이 다 아는 자료가 아니라는 보장이 어디 있단 말인 가. 그 말을 했다가는 더 세찬 반박을 받을 것만 같아 입을 다물 고 말았다. 남들이 다 아는 자료를 이제야 보고서는 무슨 보물 이라도 발견한 듯이 흥분을 했다면, 얼마나 부끄러운 일인가. 사서 거동이 하도 엄숙하고, 지하서고의 분위기가 유별나, 미정 리 도서라는 말에 속아, 이런 기막힌 실수를 저지르다니.

그리고 보니 〈전우치전〉이라는 소설 이름을 어디서 들은 것 같다. 조 선생이 담당하는 고대소설론 시간에 〈전우치전〉에 관 한 설명도 나왔던 것 같은데, 강의를 듣다 말다 하고 시험은 대 강 어림짐작으로 치러 결국 이런 꼴을 당하고 마는 것이 아닌가.

우리 김 군은 세상에 난 후 삼십 년에 가까운 세월 동안 서러 운 꼴도 당할 만큼 당하고, 창피한 지경도 적지 않게 겪었으나 조상 대대로 물려받은 농사꾼의 뚝심으로 견딜 만큼 견디어 왔

다. 그래도 큰 실수 없이 살아온 것을 알 만한 사람이면 다 알아
준다. 그런데 이번만은 사정이 사뭇 다르다.

따지고 보면 대수로운 일이 아니라고 할지 모르나, 지하서고
에 들어가서는 어울리지 않게 도적의 굴혈을 연상한다든가, 용
궁에 갔다 온 사람에 자기를 비하기도 하면서 잔뜩 마음이 부풀
어 있다가, 대단한 비밀을 단 한 사람에게만 알린다고 했던 것
이, 모든 기대가 고무풍선 터지듯이 터지고 말았다. 그저 흔한
문자로 쥐구멍이라도 있으면 들어갔으면 싶었다. "오늘은 어쩐
지 운수가 너무 좋더니" 하는 말도 절로 나왔다.

조교 녀석은 서울 얌체다. 부모 덕에 어려서부터 호의호식하
고, 겨울이면 따뜻한 방을 찾아 포시럽게 지내면서, 일류 국민
학교, 일류 중학교, 일류 고등학교, 일류 과외를 거쳐 순풍에 돛
을 단 듯이 위로만 올라갔지만, 제까짓 놈이 알면 얼마나 알랴.
멀지 않아 교수가 될 조짐이니, 그 밑에서 배우게 될 학생들이
가련하다. 때로는 이런 마음도 먹고 있었는데, 모든 것이 헛된
반발이었다. 세상은 뚝심만 가지고 살아갈 수 없는 노릇이다.
김 군은 자기도 공부를 하면 그 녀석에게 밀질 것이 없다고 이
따금씩 자신을 가져 보기도 했으나, 이제 보니 자기 꼴이야말로
가소롭게 되고 말았다.

그러나 너무 낙담할 일은 아니다. 조교는 예의 바르고 교양
있는 집안에서 자랐을 뿐만 아니라, 이 가여운 시골 친구를 끔

찍이 생각할 줄도 알았다. 일찍이 김 군이 가정교사를 구하지 못하고 헤매고 다닐 때, 자기 집 전화번호로 신문에 광고를 내보라고 하면서 돈까지 꾸어 준 일도 있지 않았던가. 어쭙잖은 자존심이 상하지 않도록 조심하면서 밥도 더러 사 주었고, 잘 데가 아주 막연하면 자기 집에 와서 며칠 기거해도 좋다고 인사삼아 말하기도 했었다.

김 군이 군대에 갔다 오고, 휴학을 하는 사이에 처지가 달라져서, 한쪽은 학부 학생이고 또 한쪽은 조교이지만, 따지고 보면 그럴 사이가 아니었다. 너무 무안을 주지 않았나 싶어,

"자네 낙심할 것은 없네. 조 선생이 수집하신 자료를 나도 한 벌 복사해 두었으니, 그걸 보고 다시 대책을 마련하세. 애초에 야담이나 패사를 찾아보라고 했는데, 왜 엉뚱하게 〈전우치전〉 쪽으로 갔는가. 그러나 어떻게 해 볼 도리가 있겠지"라고 하더니, 서류함 속에서 복사한 자료를 한 뭉치 내놓는 것이었다. "자네"라는 호칭은 이 미련한 친구를 달래는 데 아직 효과가 있는 것이었다. 요즘 서울에서는 이 말이 거의 자취를 감추고 있지만, 시골에서라면 여전히 술술 하게 쓰이고 있는 터이니, 김 군의 마음을 누그러뜨리는 데 도움이 될 것 같았다.

일이 이렇게 되어서, 김 군은 그 날부터 조교가 준 자료를 열심히 읽었다. 한 판 실수를 만회해 보려는 오기에서랄까, 공부를 하는 품이 아주 결정적으로 달라졌다. 입주가정교사를 하고

있는 형편이니, 저녁시간은 빼앗기지 않을 수 없었으나, 이용할 수 있는 시간은 한 순간도 헛되이 보내지 않으려고 자신을 다그쳤고, 글 한 줄이라도 허수히 보아 넘기지 않겠다고 눈에 불을 켰다.

대학에 입학했을 때부터 줄곧 이렇게 공부를 했더라면, 공부 잘하는 학생으로 소문도 나고, 장학금도 타서 궁색도 좀 면했을 터이며, 부모님께 편지를 해도 쓸 사연이 늘어났을 법한데. 어디 그뿐이랴, 이미 여러 해 전에 졸업을 거뜬히 했을 것인데. 후회스럽기는 하나 늦게나마 속 차린 것이 여간 다행이 아니었다.

세상에서 무엇을 어떻게 말했는가 알아야 자기 말을 할 수 있는 법이다. 어디보자. 〈전우치전〉을 얼마나 잘 다루었는가. 무식이 자랑일 수는 없다. 이렇게 마음을 먹고서, 조 선생이 수집했다는 자료를 다 독파하고, 《조선소설사》라는 것 이래로 전우치를 논한 논저는 다 파헤쳤다. 조교 녀석은 책상 앞에 앉아서 보낸 시간이 가당찮게 많아 저렇게 많이들 안다고 자랑이지만, 지름길도 있으리라. 강의 시간에도 들어가지 않고, 오직 도서관에서만 버티었다. 가까이 가서 무슨 공부를 하는지 살피지 않은 사람이라면, "저 친구가 이제야 속셈 차리고 고시공부라도 시작한 모양이야" 하고 평하기에 꼭 알맞은 그런 광경이었다.

그런데 읽을 것을 다 읽고 나니, 시쳇말로 시시껄렁하다는 생각이 들었다. 지레 이렇게 단정해 버리는 것이 나쁜 습관이고

망할 장본이라고 자기 자신을 엄숙하게 꾸짖어 보기도 했으나, 결론은 변함이 없었다. 고명한 학자라는 분네들이 대단하다는 책이나 논문에서 한 말을 보면, 조교가 소개한 그대로 〈전우치전〉의 작자가 허균일지도 모른다든가, 〈전우치전〉과 〈홍길동전〉은 어느 면에서 같고 다르다든가, 전우치 설화는 어떤 문헌에 나온다든가 하는 것들뿐이었다.

그래서 어쨌단 말인가? 그런 것이야 이래도 좋고 저래도 좋은 심심파적 거리에 지나지 않는다. 설사 〈전우치전〉 각 이본을 치밀하게 대조하고 비교한다고 해도, 결국 무엇을 얻자는 것인가? 그런데도 〈전우치전〉의 이본이 어떻고 하는 것은 아직 논문으로 나오지도 않았다. 조 선생이 하는 작업을 거들고서 조교 녀석이 아는 체하고 떠든 것이다.

조 선생은 조교를 시켜서 관계 자료를 깡그리 모았다고 하지만, 우선 세상이 다 안다는 《해동이적》만 해도 거기 포함되어 있지 않았다. 그런데 공연히 하는 말을 가로막고, 〈전우치전〉을 건드린다고 무어 나무라듯이 나무랐으니 기가 막힐 일이다. 그 자리에서 공연히 주눅이 들고, 기가 팍 죽었던 것을 생각하면 치밀어 오르는 분노가 자기 자신에게로 되돌아 왔다.

〈전우치전〉의 비밀은 이제부터 김 군 자신이 밝혀야 할 것이다. 지하서고에서 발견한 그 낡은 자료는 결정적인 의의를 가지는 것이다. 이렇게 마음을 가다듬고서 실로 여러 날 만에 고도서 열람실에 다시 나타났다. 그 친절하던 사서는 의아한 눈으로 김 군을 바라보았다. 모처럼 깊이 감추어져 있는 자료를 일러주었는데, 중도에서 팽개치고 말다니, 이 학생도 공부를 적당히 하고 마는구먼. 이런 생각을 하고 있는 것 같아서 낯이 뜨거웠다.

그러나 김 군의 표정이 워낙 진지해서 그랬던지, 사서는 고개를 끄덕이더니 전에 보던 열쇠 꾸러미를 들고서 말없이 앞장섰다. 순간 둘 사이에는 서로 말이 필요 없을 정도로 통해 버린 것이었다. 그래서 문제의 캐비닛을 여는 데까지의 순서가 차질 없이 진행되었으며, 그 책을 다시 받아들게 되었다.

불 가까이 가서 읽을 수 있는 대로 우선 대충 읽어보니, 이제는 내용이 머리에 들어오기 시작했다. 조 선생이 수집했다는 국문본들과는 확연하게 다른 점이 쉽사리 부각되었다. 국문본 소설이나, 각 문헌에 흩어져 있는 단편적인 설화로서는 도저히 풀 수 없는 의문이 바로 해결되는 것 같았다.

내용은 이미 확인했던 바와 같이 전우치의 일대기인데, 첫 부분은 떨어져 나갔으나, 요긴한 대목은 남아 있었다. 전우치는 신분이 상민인 처지에서 서화담의 문하를 드나들었고, 특히 도가서에 두루 통달했던 사람이었다. 일생을 불평객으로 지내면서, 가족은 돌보지 않고 사방 돌아다니기를 일삼았으며, 화적의 스승 노릇을 한다는 소문이 파다하게 났다고 했다. 그런데도 행색을 숨기고 서울 장안에까지 들어와 장안패거리들과도 작당을 했다는 것이었다. 그래서 나라에서는 전우치를 잡지 못해 안달이었다 하였다니, 전후 맥락이 다 통한 셈이다.

전우치가 재령 군수 박광우라는 사람과 만났다는 사건이 있다. 다른 자료에서는 둘은 원래 서로 잘 아는 사이였고, 전우치가 박식하기 때문에 박광우가 가까이 했다고 해 놓고서는, 나라에서 전우치를 잡으라는 밀서가 오자 박광우는 전우치더러 도망을 치라고 했는데, 전우치는 그럴 것 없다고 스스로 목을 매죽었다고 되어 있었다. 그런데 그 책에서는 그런 것이 아니었다.

재령 군수 박광우가 애매한 백성을 전우치라고 잡아 가두자, 전우치가 당당하게 찾아가 자기가 진짜 전우치임을 밝히고 죄인이 아닌 죄인은 놓아주라고 했다는 것이다. 박광우는 전우치의 인품에 감복하고, 말을 해보고서는 식견에 다시 탄복해 이런 인물을 차마 죽일 수 없다는 생각에서 몰래 도망치라고 했는데 전우치는 그럴 것 없다고 하더니, 감영으로 압송하는 도중에 화적패가 나타나 전우치를 빼내 갔다는 것이다.

이런 행적을 보인 전우치가 화담의 학문을 이었다는 대목은 그 다음에 나와 있었다. 대충 보니 어려운 문자도 많이 들어 있으며, 전우치가 화담의 학문을 정리해 다시 논한 글도 실려 있는 것 같았다.

그런데 이런 내용을 정신없이 훑어보고 있는데, 옆에 섰던 사서가,

“그럴 것 없이 이걸 복사해 가지.”

라고 하는 것이었다. 사서가 옆에 서 있는 것까지 잊고 있었는데, 그 말을 듣고 주위를 돌아보니, 그곳은 여전히 도서관 지하서고였다.

복사를 하면 쉽게 이용할 수 있을 터인데, 왜 그걸 깨닫지 못했던가 싶었다. 그러나 복사를 맡기고 나자, 그걸 찾을 일이 난감했다. 계산을 해보니, 그 비용이 적지 않았다. 그 돈을 갑자기 어디서 구한담? 걱정이 다시 시작되었다. 가정교사 월급을 받을 날은 아직 까마득하게 남았는데, 가불을 해 달라고 할 염치는 없었다. 아이의 성적은 자꾸 내리고 있어서, 거의 쫓겨나게 될 형편이었다.

하는 수 없는 일이었다. 이럴 때 의지할 수 있는 사람은 역시 조교 그 친구였다. 미우나 고우나 친구는 친구가 아닌가. 입학 동기 중에서 학교에 남아 있는 사람은 둘뿐이 아닌가. 같은 사학년이라고 하지만 새카만 후배들에게 돈을 꿀 수야 없지 않은가. 다시 국문과 연구실로 찾아가서 사정을 설명하기 시작했다. 그랬더니, 그 친구가 하는 말이 대뜸 이렇게 나왔다.

“야, 복사한 자료 다 빌려주었는데, 무얼 또 복사한단 말이냐? 그걸 다시 복사할 것 없이 논문 다 쓸 때까지 그대로 두고 보아.”

말을 잘못 알아들었던 것이었다. 조 선생이 수집한 자료야 모처럼 빌려 주었는데, 다시 복사할 것 없다는 말이 맞았다. 그러나 사정은 다시 설명을 해야만 되게 되어 있었다. 도서관 지하 서고에 있는 미분류 도서에서 한문본 〈전우치전〉이라고 할 수 있는 것을 발견해서, 그걸 복사하려 한다고 또박또박 알아듣게 말했더니, 조교는 평소에 침착하던 태도가 어디로 갔는지,

“그래?” 하면서 펄쩍 뛰듯 놀라는 것이었다. 허허, 이런 수도 있구나. 상대방이 그처럼 놀라는 것을 보고서 김 군은 마음속으로 쾌재를 불렀다. 그런데 조교는 말을 바로 이렇게 이었다.

“그러면 그거 조 선생 갖다 드리자. 아주 좋아하실 거야. 됐어!”

조교는 머리가 이처럼 빨리 돌았는데, 김 군은 한참 멍하니 서 있었다. 그러고 보니, 이번 판도 김 군의 승리는 아니었다. 패배가 아니라 기권을 택해야 할 것 같은 기분이 들었다. 그러나 조교는 상대방의 기권을 묵인할 사람이 아니었다. 재빨리 보충설명을 하는 것이었다.

“복사 요금을 갑절 줄 터이니, 나중에 자네 것만 형편 되거든 갚게. 두 벌 복사해서 한 벌은 이리로 가져오고.”

어쨌든 복사 요금을 꾸어 준다는 말이고, 상환 기일도 지정하지 않았으니, 목적은 달성한 셈이었다. 조교의 제안대로 하니, 난관을 또 한 고비 넘긴 것 같았다.

그러자 졸업논문 제목을 적어내라는 통지가 있었고, 다음 순

서로 지도교수를 지정해서 공고하는 것이 있었다. 김 군, 김순돌의 이름은 조 교수가 지도하는 학생 명단에 나와 있었다. 예상했던 대로였다. 제목이 〈전우치전 연구〉이니 다른 데 갈 까닭이 없었다.

지도교수를 만나서 지도를 받아야 하는 것이 정해진 절차이니, 그대로 따를 수밖에 없었다. 조교가 있는 연구실에서 한 층 더 올라가 삼 층에 조 교수의 연구실이 있었다. 성을 불러도 조 교수이지만, 마침 직급도 조교수(助敎授)였다. 소장 학자로서 기대를 모으고 있는 분이었다. 공부도 대단하다고 알려져 있고, 학생을 엄격하게 지도하기로도 이름이 나 있었다.

그래서 김 군은 조 교수 연구실 앞에 서자 약간 두려운 마음이 앞섰다. 보아하니, 문에는 "요담 오분간"이라고 씌어 있었다. 워낙 공부를 열심히 하다 보니, 학생들이 찾아와 중구난방으로 떠드는 것을 가장 싫어하는 분이다. 그래서 김 군은 더욱 걱정이었다. 말을 요점만 추려서 요령 있게 해야 할 것인데, 마음속으로 말을 다듬어 뭉쳐도 자꾸 흩어지기만 했다.

조 교수가 보여 준 첫 반응은 "너야 웬걸 졸업하겠나?" 하는 것이었다. 말을 그렇게 하지는 않았지만, 표정에서 나타났다. 그럴수록 김 군은 그 동안 자기 잘못 때문에 형성되었던 인상을 씻어내야만 할 판이니, 여간 부담 되는 노릇이 아니었다.

"그래 무얼 쓰겠다는 거냐?"

이것이 첫 질문이었다. 첫 질문에 대한 모범답안은 논문 제목을 말하는 것이었다.

"〈전우치전〉을 연구하고자 합니다."

그런데 이 말을 듣더니 교수는 적이 놀라는 눈치였다. 논문 제목을 적어냈는데, 그걸 보지 못했거나 보고도 기억하지 않았던 것에 틀림없었다. 지도교수 배정은 주임교수가 혼자서 했는지도 모를 일이었다.

"그래, 〈전우치전〉을 어떻게 다루겠다는 건가?"

이것이 두 번째 질문이었는데, 이 질문에는 모범답안이 쉽게 떠오르지 않았다. 그래서 얼마 동안 머뭇거리지 않을 수 없었다. 머뭇거리는 동안에, 교수는 교수대로 생각을 가다듬었다. 하필이면 지금 자기가 연구하고 있는 〈전우치전〉을 택하겠다니, 무얼 어떻게 하겠다는 건가, 졸업을 해낼 것 같지도 않은데, 왜 이렇게 엉뚱한 착상을 했을까? 이걸 어떻게 타이른담. 생각을 가다듬어도 잘 가다듬어지지 않았다. 그런 판에 대답이 나왔다.

"전우치 설화나 소설이 생겨난 시대적인 사정 같은 것이 궁금합니다. 도술을 부리면서 백성을 구했다는 이야기가 우연히 생긴 것 같지는 않다는 의심이 들어서입니다. 실제로 있었던 일이 어떻게 소설로 나타났느냐, 이게 문제입니다." 하고 보니, 김 군으로서는 아주 조리 정연한 대답을 한 셈이었다. 연구실 문 앞에서 마음속으로 연습한 보람이 이제야 나타났다. 그런데 교수는 다른 점 때문에 의심이 들었다. 이 녀석이 어디 있는 말을 그대로 옮기는 것이 아닌가 하는 의심이었다. 논문지도에는 우선 표절 방지가 급선무라고 하는 것이 교수의 평소 지론이었다. 그런데 요즘 학생들은 표절을 일삼으면서 교수의 눈을 속이려 하니, 철저하게 캐묻지 않을 수 없었다.

"그럼 자료는 무얼 보았나?"

그래서 세 번째 질문을 했다. 그러자 김 군은 자기가 본 대로 설화 자료며, 소설 이본이며, 도서관에서 찾아낸 새 자료까지 두루 말해 버렸다. 말을 듣던 교수는 몹시 언짢은 표정을 하더니,

"그걸 어떻게 다 구했지?" 하고 보충 질문을 하는 것이었다. 이렇게 되자, 김 군은 아차 싶었다. 조교가 제공해 주었다는 말을 해도 좋을지 몰라서, 그 말을 하려다가 멈칫했다. 이상스럽게 돌아가는 분위기가 말을 막았던 것이다. 그 말을 했다가는 조교가 혼이 날지도 모른다. 모처럼의 호의를 베풀었는데, 난처하게 될 지도 모른다. 이런 생각이 얼핏 머리를 스쳐갔다. 설사 그렇지 않다 하더라도, 교수가 모처럼 애써 수집해서 이제 막 연구를 하려고 열을 올리는 자료를 자기도 다 가지고 있다고 하는 것이, 그 경위야 어쨌든, 무엄한 짓이 아닐 수 없다.

무어라고 대답은 해야 할 것인데, 도무지 대책이 서지 않았다. 이럴 때에는 후퇴를 하는 것이 상책이다. 자료는 아직 안 본

것으로 해 두자. 이런 어쭙잖은 꾀로 위기를 모면해 볼 생각이
나서, 말이 이렇게 나오고 말았다.

"선생님께서 그런 자료를 두루 가지고 계신다는 소문을 듣고
저도 이용했으면 해서 드리는 말씀입니다."

그러나 이렇게 말한 것이 더 큰 실수였다. 이런 놈을 보았나.
내 자료를 자기도 이용하겠다니! 아직 논문을 발표하지도 않았
는데, 요즘 학생들은 이렇게까지 전방지단 말이야. 원 세상이
어떻게 돌아가는지. 이런 한탄이 절로 나올 판이나, 말을 그렇
게 할 수는 없으니 슬쩍 돌렸다.

"야 이놈아! 아직 보지도 못한 자료를 다 아는 것처럼 이야기
하다니. 내가 그걸 다 구하는 데 몇 년이 착실히 걸렸다. 네가
다시 시작해 보아라, 졸업은 한 십 년 후에 하게 될 꺼다."

하지만 말을 이렇게 해 놓고 보니, 학생과 자료 수집 경쟁이
라도 벌이는 것처럼 되고 말았다. 그런 인상을 주어서는 교수의
체면이 말이 아니다. 자료는 만인의 것인데, 누가 독점할 수 없
다고 조 교수는 강의 시간에도 이따금씩 역설을 하곤 했다. 느
지막이 고전문학을 연구하려고 드니, 좋은 자료는 대부분 선배
대가들이 비장하고서 내놓지 않는 통에 고통을 겪다 못해 이런
지론을 강조해 온 터이다.

이래서는 논문 지도가 되지 않겠다 싶어 말머리를 돌렸다.

"분수에 넘치는 주제를 잡으면 논문은 실패하는 거야. 알겠

나.”

이 말에는 주제를 아주 바꾸면 어떻겠느냐 하는 뜻도 포함되어 있었다. 그런데 눈치 없는 김 군은 난처하게 되었는데도 그대로 밀고 나가려 들었다.

“영인본으로 나와 있는 것만 다루면 안 될 긴가요?”

그대로 밀고 나가려고 안간힘을 쓰다 보니, 말투가 고향 말투로 나왔다. 교수는 예상했던 대로 곤란한 학생이구나 싶어서, 자초지종을 설명하면서 달래기 시작했다.

“논문이란 그렇게 쉽게 되는 것도 아니야. 그것만 다룬다면 다른 사람이 이미 한 작업과 무엇이 다르겠나? 논문이란 자료가 새롭거나, 방법이 새롭거나, 결론이 새롭거나, 적어도 이 세 가지 요건 중에 하나는 새로워야 해. 더구나 내가 지금 〈전우치전〉 연구를 하고 있어. 내 논문이 먼저 완성될 거야.”

논문 작법의 기본 원리는 교양국어 책에도 다 나와 있는 것인데, 학생이 한 사람 올 때마다 되풀이해서 설명해야 한다니, 교수 노릇이 이래서 힘들다고 담배 연기를 내뿜으면서 마음속으로 한탄을 했다.

그런데 김 군으로서는 동서남북이 다 막혀버린 셈이다. 이거 어쩐지 졸업논문 준비가 잘 된다 싶었더니, 결국 이렇게 막히고 마는 것이었다. 평소에 하지 않던 짓으로, 너무 열을 올린 것이 화근이었던가 싶기도 했다.

교수는 학생을 보고, 학생은 교수를 보았지만, 한동안 피차 말이 없었다.

조 교수는 그 동안 교수 노릇을 오륙 년 하고 나니, 학생을 보는 데 어느 정도 자신을 얻었다. 학생이라고 하지만, 이 중에는 여러 부류가 있다. 착실한 학생도 있지만, 덤벙대기만 하는 작자도 있으며, 아무것도 아는 게 없으면서 못된 송아지 엉덩이에 뿔이 난다고 교수나 강의를 우습게 여기는 것만 능사로 삼는 녀석도 있다. 앞에 앉아있는 김순돌 군으로 말하자면 두 번째 부류가 아니면, 세 번째 부류이다. 두 번째 부류는 그래도 나으나, 세 번째 부류는 참으로 다루기 힘들다. 조 교수는 논문을 명쾌하게 잘 쓰듯이, 학생 분석도 이렇게 잘하고 있었다.

그뿐이 아니었다. 근래 학생들이 다시 움직이기 시작해서 걱정이었다. 성토대회를 한다더니, 벌써 시위가 시작되지 않았는가. 학생 지도 때문에 골머리를 앓게 생겼다. 그런데 학교 당국이나 당국에서는 시국과 관련된 학생의 움직임에만 신경을 곤두세우지, 지금 분류한 것과 같은 기준에서 본 세 번째 부류의 학생들, 시큰둥하게 놀고 시건방져 빠진 녀석들의 문제는 심각하게 생각하지 않으니, 근본은 파헤쳐 보지 못하는 것이 탈이라고 개탄했다.

다시 보니, 앞에 묵묵히 앉아 있는 김순돌 군은 이름에는 순하다는 "순"자가 들어가 있으나, 얼굴에는 불덕 고집이 역력히 드러나 있었다. 학생들이 시끄러울 때 적극적으로 나선 흔적은 없는 줄 알지만, 무언가 안심이 되지 않았다. 사람이 용모를 보고 판단할 수는 없고, 학생에 대해서 교수가 편견을 가지는 것은 금물이지만, 그런 마음이 자꾸 드는 것은 어쩔 수 없었다. 출석은 하다 말다 했고, 성적도 좋지 않으며, 졸업도 이렇게 늦어지지 않았는가.

이제 졸업을 하겠다고 논문을 상의하러 찾아왔으니 그런 다행한 일이 없겠지만, 이 녀석을 어떻게 타일러서 논문 비슷한 것이라도 쓰게 할지 걱정이었다. 그런 판국에 이 불농군 같은 녀석을 잘 타일러 세련된 교양인으로 만드는 것이야 더욱 어려운 일이 아닌가. 분담지도교수로서 직접적인 책임은 맡고 있지 않아서 그 점은 운수가 좋은 편인데, 논문지도교수가 되었으니, 없던 걱정거리가 생기고 말았다. 이래저래 교수 노릇하기가 힘들다는 한탄이 절로 나왔다.

피차 말이 막히고 나면, 회의를 일단 휴회하는 것이 현명한 방법이다. "요담 오분간"이라고 분명히 적어 놓았는데, 그 사이에 한 사십 분도 더 흘렀는가 싶었다. 김 군은 황소처럼 버티고 앉았기만 하는데, 교수는 가볍게 휴회를 선언했다.

"좀 더 생각해 보고, 다시 와."

이 한 마디가 김 군에게는 석방 명령이었다. 감방에라도 갇혔다가 해방이 된 기분으로 교수 연구실에서 나왔다. 이럴 때면,

누구와 마음을 터놓고 이야기라도 해야 후련해지는 법이라, 애꿎은 조교를 다시 찾았다. 한 층만 내려가면 조교가 있는 방이니 그리 수고스러울 것도 없었다. 가면 언제나 그 자리에 있으니, 여러 모로 편리한 존재가 아닐 수 없었다.

"자네에게 그만한 센스가 있는 줄 몰랐어. 교수님을 만나러 가는 줄 알았더라면 내가 일러 둘 걸. 내 불찰이었어. 그러나 어쨌든 잘 됐어."

대충 경과를 말하니 조교가 이렇게 논평을 하는 것이었다. 교수에게 자료 입수 경위를 말하지 않은 것이 잘 한 일이라는 뜻이었다. 그랬더라면 자기 입장이 곤란하게 될 뻔했다는 말이다.

"사실은 내가 그 자료를 한 벌 따로 복사해 둔 것도 교수님은 모르실거야. 워낙 까다로운 분이라, 나도 여간 조심되지 않아. 조교 노릇이 어디 쉬운 줄 아느냐. 자네 같으면 하루도 못할걸."

듣고 보니, 자세히는 모르나, 교수와 조교 사이는 시어머니와 며느리 사이 비슷하지 않은가 하는 생각이 들었다. 며느리가 시어머니 몰래 준 떡을 시어머니 앞에서 자랑을 할 수는 없지 않은가. 제사를 지낸 다음에야 떡을 나누어 먹게 마련이듯이, 조교수의 논문이 나온 다음에는 자료는 만인의 것이지만, 아직은 제사 지내기 전이니 조심해야 하는 것이 당연하다.

그러나 지난 일은 그렇고 앞으로의 대책이 더욱 문제였다. 어쨌든 졸업논문은 써야 하겠는데, 그 첫 관문은 조 교수가 논문

작성 계획을 승낙하는 것이 아닌가. 이럴 때면 다년간 연구실 물을 먹고, 이 눈치 저 눈치 다 잘 보는, 며느리 중에서도 맏며느리인 조교가 역시 지혜롭기 마련이다.

"이렇게 하는 게 어떨까? 교수님이 〈전우치전〉 연구를 하는 데 도울 일이 있으면 도와드리고, 그걸로 졸업논문을 삼겠다고 하면 되겠다."

너무 엉뚱한 제안이라 김 군은 무슨 말인지 선뜻 이해할 수 없었다. 조교는 이번에도 보충 설명을 해야만 했다.

"조 선생은 지금 조수가 필요할거야. 그런데 자네가 조수 노릇을 할 수 있다고 생각할지, 그 점이 약간 난관이기는 하지만."

말을 잠시 멈추더니만, 드디어 결론을 내렸다.

"내가 먼저 말씀드린 후에 가면 되겠다. 순서가 그래야 일이 된다. 내가 잘 말씀드리면 자네를 믿을 걸세."

조교는 이 촌스러운 친구를 줄곧 상대하자니, 평소에 쓰지 않는 "자네"라는 말이 입버릇이 될 판이다. 어쨌든 도와주기로 했으니, 중도에 내팽개 칠 수는 없다. 어떻게 해서라도 졸업만 시키면, 짐을 덜 것이 아닌가. 이왕이면 서로 돕고 살아야지.

김 군은 얼마 후에 조교가 정해준 날짜, 정해준 시간에, 정해진 거동을 하며, 삼 층으로 올라가 조 교수의 방을 다시 찾았다. 과연 놀랍게도, 첫 마디부터 말이 아주 부드럽게 나오는 것이 아닌가. 새삼스러운 설명이 필요 없을 만큼 조교가 일을 다 꾸

머놓았던 것이다.

"조교와 입학 동기라지. 그런 줄 몰랐어. 그런데 이 일은 여간 세심하지 않으면 할 수 없는 것이지. 미리 단단히 각오를 해야 해. 착실하고 부지런하게 하면 졸업을 하게 될 거고."

이번에는 단계적 질문의 절차를 밟지 않고, 바로 본론으로 들어가 해야 할 일을 설명했다. 그런데 듣고 보니, 가관인 것이, 〈전우치전〉의 어휘 통계를 내라는 주문이 아닌가. 교수는 작품의 한 대목을 턱 젖혀 놓더니,

"이런 대목이 있다 하자. 내가 읽어볼게. 그런데, 아 참, 필사본 이런 거 읽을 줄 아나?"

라고 하는 데서 말을 그쳤다. 김 군이 필사본을 읽을 줄 모른다면, 그 일을 할 수 없는 것이 당연하다. 보아하니, 글씨마저 고약해 누구나 판독할 수 있는 것은 아니었다. 그러나 김 군 대답은 바로 나왔다.

"집에서 오는 편지는, 지금도 이래 써가주 오는데요. 촌에 계신 어른분네야 이런 국문 빽이 모르니더."

대답의 말투마저 이렇게 촌스럽게 나왔으니, 그리 나무랄 일은 아닌 것 같다. 대학에 들어와서 사 년 동안 국문학을 배웠다지만, 국문 필사본 뜯어보는 연습을 할 기회가 있었던 것은 아니다. 두메산골에서 온 덕분에 평소 실력으로, 집에서 오는 부모님 편지글 같은 글에야 어지간히 정통해 있었던 것이다. 어찌

돌아가는 판인지, 촌에서는 흔해 빠져 내버렸던 것이 서울 와서 골동품 취급을 받기도 하지 않는가. 덕석이며, 여물통이며, 하다 못해 짚새기까지도. 김 군의 평소 실력이란 이 따위들과 한 통 속인 것이었다.

김 군의 촌스러운 말투 때문에 교수는 오히려 적이 안심을 할 수 있었다. 이 녀석에게 이런 신통한 구석도 있었구나. 잘하면, 고대소설이나 가사 자료를 수집할 수 있는 기회가 생길지도 몰라. 이런 생각까지 하게 되었던 것이다. 그래서 하던 말을 이었다.

"이런 대목이 있다 하자. 어디 한번 읽어 보아라."

김 군은 〈전우치전〉 한 대목을 읽게 되었는데, 촌에서 할머니나 어머니가 읽던 투로 읽을 것인가 아니면 신식으로 읽을 것인가 선뜻 결정을 내리기 어려웠다. 두 가지 낭독 방식을 어물쩍 섞어서, 제법 신이 나게 읽어 내려갔다.

"이 째 남방 희변 여러 고을이 여러 해 바다 도적의 노략을 닙은 늠아지, 업친디 덥쳐 무서운 흉년을 맛나니, 그곳 빅셩의 참혹흔 형상을 이로 뭇으로 그리지 못흘지라. 그러나 조뎡에 버슬흐는 이들은 권세롤 닷호기에만 눈이 붉고 가슴이 탈 뿐이오, 빅셩의 질고는 모르는듯키 브려두니, 뜻잇는 이의 팔을 뽐내어 통분홈이 닐을 길 업더니, 우치 쏘훈 참다 못흐여 그윽히 뜻을 결단흐고, 집을 브리며 세간을 헷치고, 텬하로써 집을 삼고, 빅셩으로써 몸을 삼으려 흐더라."

읽다가 보니, 김 군은 자기도 모르게 신명풀이를 하게 되어 소리가 낭랑하게 높아질 지경이었다. 할머니나 어머니가 소설을 읽을 때면 모여서 듣던 사람들도 얼마나 가슴이 울먹였던가. 그러나 교수는 감동되는 빛이라고는 조금도 없이 오직 김 군의 실력만 정확하게 측정했다. 그만하면 되었다는 판정을 하고, 마침내 중지 명령을 내렸다.

"됐어. 그만 읽어."

그 순간 자기 스스로 감동에서 깨어나고 말았다. 아차, 실수였구나 하는 생각이 섬뜩하게 들었다. 그러나 교수의 표정은 칭찬하는 쪽도 아니고, 나무라는 쪽도 아니었다. 해야 할 일을 정확하게 설명하는 것이 이제부터의 과제일 따름이었다.

"하는 일은 어휘 출현 빈도수를 조사하는 거야. '이때 남방 해변 여러 고을이'라고 하면, '이'도 한 말이고, '때'도 한 말이니, 카드를 만들어서 '이'가 한 번 나왔고, '때'도 한 번 나왔다고 기입하는 거야."

이렇게 말을 시작해서는 여러 가지 자질구레한 주의사항까지 빠짐없이 설명했다. 그리고 김 군은 주의사항을 하나하나 적어 놓아야만 했다.

이렇게 해서 김 군은 뜻하지 않게 조 교수의 조수가 되었다. 조 교수의 연구실에 작은 책상을 하나 놓고 거기 앉아서, 다른 일이 없는 시간이면 어휘 출현 빈도수 조사를 하는 데 몰두했다. 일은 여간 따분한 것이 아니었다. 일이란 원래 화끈하게 하는 맛에 하는데, 도무지 화끈한 구석이라고는 없고, 잔손만 가는 것이었다.

더욱 갑갑한 노릇은 일을 하면서도 그 일이 왜 필요한 것인지 도무지 이해할 수 없다는 점이었다. "남방"이라는 말이 열두 번 나오고, "고을"이라는 말이 한 서른 댓 번 나온다 치자. 그게 어쨌다는 말인가. 세상에 별 괴상한 연구도 다 있다 싶었으나, 그렇다고 해서 캐물을 수도 없고, 이래저래 난처하게 되었지만, 시키는 대로 할 수밖에 없었다.

잘못 말을 걸어서, 왜 이런 짓을 시키느냐고 따졌다가는, 모처럼 잘 되어가는 판국을 뒤집어 놓게 되어, 졸업논문을 딴 것으로 쓰라고 하면 낭패가 아닐 수 없는 노릇이었다. 사실은 어떻게 돌아가서 잘 되어가는 판국인지는 자세히 몰랐으나, 시키는 대로만 하면 졸업논문은 염려 없다 하는 것 같으니, 그만하면 더 바랄 것이 없었다. 졸업을 하고 고향에 돌아가 국어 선생을 하자는 알뜰한 소망은 달성할 수 있게 되었으니까. 언제 무슨 학문을 하겠다고 했나. 부모님은 장가들어 손자 보는 일이 급하다고 벌써 여러 차례 독촉을 하지 않았던가.

어차피 서울 와서 재미 본 것이라고는 없고, 끝내 축에 끼이지도 못하고, 멍청하게 지내기만 했으니, 막판에도 멍청한 짓만 적당히 하면 무사히 서울 탈출을 하게 될 판이었다. 따져도 될 일이 아닌 것을 깐죽깐죽 따져서 무얼 하겠는가. 학생이야 어차피 교수 시키는 대로 하면 될 것이 아닌가. 그 동안 어긋난 행동만 하다가 교수에게 점수 깎인 것을 얼마간 회복한다 해서 신상에 해로울 턱도 없었다.

더구나 교수 연구실 안에 자리를 잡고, 무얼 열심히 하고 있는 이 이상스러운 광경을 남들이 흠선하고 있지 않은가. "언제부터 저렇게 됐나?" 하고 기웃거리기도 하고, 이유를 제각기 분석한 끝에, "역시 조교 빽도 상당하구나." 하며 무언가 부정이 개재된 것처럼 시비를 차리기도 하는 모양이다. 특히 대학원 진학을 생각하며 교수를 되도록이면 가까이 접촉할 기회를 엿보던 학생들에게는 교수가 하필이면 김 군을 발탁한 처사는 참으로 납득하기 어려워 말이 많았다. 흠선하는 말은 기분 좋게 듣고, 시비는 한 귀로 들었어도 한 귀로 흘려버리면 그만이 아닌가.

그러나 이렇게 마음을 잘 먹는 것만이 능사도 아니었다. 김 군은 참을성이야 남에게 빠지지 않는 편이었지만, 어휘 출현 빈도수라는 것을 계산하고 있노라니 자꾸 정신이 헷갈리고, 이중으로 계산하기도 하고, 빠뜨리기도 하고, 이래서는 안 된다고 다짐하면 더욱 당황하게 되는 것이었다. 무엇보다도 금물은 소설의 내용에 관심을 가지는 것이었다. 그런데 소설을 그렇게 열심히 만지면서 그 내용에는 관심을 가지지 않아야 한다는 것은 고역 중에도 고역이었다.

전우치는 백성을 구하겠다고 마음먹고, 도술을 부려, 자기가 하늘에서 내려온 선관인 것처럼 꾸며, 임금에게 하늘나라에서 천하 각국에 명령을 내려 황금 대들보 하나씩을 바치라고 했다는 대목 같은 것은, 나오는 어휘를 다 계산했는데도 머리에 남아 있어서 작업진행을 방해했다. 그랬더니 임금은 하늘의 명령이라고 황공하게 여기며, 팔도에 있는 금을 모조리 거두어 바쳤다는 것이었다. 전우치는 거둔 황금을 외국에 나가 팔아서는 곡식을 사다가 백성들에게 나누어 주었다는 것이었다.

이렇게 되니 백성들이 기뻐하는 것은 말할 나위도 없는데, 전우치는 사람들이 많이 다니는 거리에 방을 한 장 써다 붙였다고 하는 것이 아닌가. 그 방에 하였으되, 연래 백성의 것인 재물을 백성에게 되돌려 준 짓이야 너무나도 당연하니, "잠시 늚의게 맞겼던 것이 돌아온 줄로만 알고, 늚의 힘을 닙는 줄은 아지 말지어다"고 했다는 것이었다. 머릿속에 또렷이 남아 있는 이런 내용을 지워내야 어휘 출현 빈도수 계산에 착오가 생기지 않게 되어 있었다.

옆에 앉아 있는 교수는 김 군이 하는 일이 미덥지 않는 듯이 이따금씩 건너다보기도 했지만, 자기가 하는 작업을 끈덕지게 계속했다. 공부란 역시 책상 앞에 앉아서 버틴 시간 수에 비례해서 성과가 난다는 평범한 진리를 몸소 입증하고 있었던 것이다. 그 동안 다른 자료는 다 다루었는지, 김 군이 도서관 지하서고에서 찾아낸 바로 그 자료를 검증하고 있었다. 김 군은 기회가 좋다 싶어, 한 마디 물어 보았다.

"그게 어떤 건가요?"

이때 교수가 "무슨 참견이냐?" 하고 나섰다고 생각한다면, 그것은 오해이다. 오히려 그 동안 앉아 버티어 보더니, 공부에 관심이 생겼구나 하고 생각하며, 김 군의 질문을 기다렸다는 듯이 바로 대답하기에 앞서서 그 동안 잊고 있었던 인사말까지 했다.

"그래, 참, 이 자료를 김 군이 복사해 봤다면서, 조교가 일러준 말을 내가 잊고 있었구나. 수고했어. 〈전우치전〉 한문본이 있다는 것은 신통한 일이지. 학계에 소개되지 않은 새 자료임에 틀림없어. 우리 도서관에 이런 것이 있다니. 이런 자료가 있었으면 일찍 알려주었어야지. 도서관 사서라는 작자들은 참 무얼 하고 있는지. 그건 그렇고. 모처럼 발견된 한문본이기는 하나 전기라고 보아야 할지 소설이라고 보아야 할지 모를 일이고, 내용도 신통할 것은 없어. 신자료 발견이 무슨 연구인 듯이 착각하는 사람이라면 벌써 신문에다 소개라도 했겠지만, 나는 그게 아니야. 사실은 대수로운 자료는 아니야. 다 있는 것도 아니고. 또 이미 문제가 되는 부분은 논문을 다 썼는데, 이제야 나타나다니. 약간 처치 곤란한 것이지만, 이용하지 않을 수도 없고. 그저 그래."

교수는 말을 시작해 놓고 보니, 아주 친절한 설명을 하게 되

었다. 처치 곤란한 자료 어쩌고 하는 대목은 학생 앞에서 할 말
이 아닌데, 그런 걱정까지 털어놓을 정도로 김 군과 친해져 버
렸다. 하기야 교수가 논문 작업을 하는 현장을 지켜보며, 그 고
민까지 엿듣는다면 학생으로서야 그 이상 좋은 공부가 없을 것
이 아닌가. 김 군은 운이 좋은 편이었다.

김 군은 자기와는 인연이 없다고 생각하던 조 교수가 이처럼
다정한 사이가 된 것이 스스로 놀랄 일이었다. 한 마디 더 물어
보는 말이 쉽게 나왔다.

"선생님 연구는 거의 다 됐는가요?"

어느덧 교수님이 선생님으로 바뀌었다. 자기가 선생의 제자가
되었다는 느낌이었던 것이다. 교수와 학생 사이라면 어차피 가
까울 수는 없고 불신감이 조성되기 십상인 것이다. 학생 지도라
는 말이 이상한 어감을 가지게 된 후에는 더욱 그렇다. 그러나
선생과 제자 사이라면 우선 말부터 얼마나 포근한 느낌이 드는
가. 조 교수도 자기가 이 제자의 선생이 되었다는 것을 인정했
음인지, 학생을 엄격하게 다루기로 이름났던 분으로서는 어울리
지 않게, 속마음을 털어놓았다.

"응. 거의 다 됐어. 자료 고증도 되었고, 도술의 모티프 분석
도 끝났고, 비교문학적 고찰도 어지간히 한 셈이야. 《서유기》의
영향을 밝히느라고 어지간히 힘이 들지 않았어. 순돌이가 지금
하고 있는 일 덕분에 이본의 문체 비교도 더욱 정밀하게 될 수

있어서, 다행이야."

말이 이렇게 나오는 데는 두 가지가 전제 되었던 것이다. 멍청한 김순돌이가 상당히 어려운 말까지 알아듣는 것으로 전제했다. 그래서 "모티프"라는 전문적인 용어까지 그대로 썼다. 분위기나 표정을 보아서는 이 전제는 잘못된 것이 아니었다. 또 하나는 자기 제자를 "순돌이"라고 부르게까지 된 것이다. 그만큼 사이가 가까워졌다는 전제는 마음먹기에 달린 것이었다. 선생과 제자 사이에 머무르지 않고, 스승과 제자 사이에까지 이른 것처럼 되었다. 스승은 내친 김에 아주 친절한 말씀을 베풀었다.

"각 이본의 어휘 분포를 비교해 보면, 문체론적 접근의 새로운 시야를 개척할 수 있게 되거든. 이런 착실한 작업은 하지 않고 공연히 자기 선입관만 내세워서 작품이 이렇다 저렇다 하는 한심한 학풍은 하루 빨리 시정되어야 해. 그러고 보면 우리 국문학계는 아직 낭패지. 이건 뭐 문학을 논하는지 사회를 논하는지 구별도 못하고. 외국에서는 지금 문체론이 한창이야. 불란서 구조주의도 따지고 보면 문체론이지. 어디 그뿐인가. 문체 분석에 컴퓨터까지 동원한다고 하지 않는가."

이 말을 들어 보니, 김 군이 공연한 짓을 해 온 것은 아니었다. 마치 자기가 부역에 동원된 것처럼 마음속으로 불평만 하고 있었던 것은 조상 전래의 나쁜 습관 때문이었는지 모른다. 외국에서는 컴퓨터를 동원해서 한다는 일을 자기가 직접 손으로 하

니, 어느덧 현대 과학기술문명의 첨단에 동참하고 있는 것이 아
닌가.

"자 그러면 어서 부지런히 해. 한 눈 팔지 말고. 소설 내용에
는 관심을 쏟지 말고, 기계적인 작업을 해야 돼. 그렇지 않으면
아무 짝에도 소용없는 헛수고를 하고 말 거야!"

강의를 마치고 과제를 내어 주듯이, 말을 이렇게 마무리했다.
그러면서 마무리 단계에서는 스승이 다시 교수로 되돌아갔다.
스승의 입장에서 제자를 돌보아 주기만 할 수는 없는 것이었다.
교수님은 연구에 몰두해야 하는 법이다.

김 군은 다시 일을 시작했다. 그런데 "기계적"으로 하라는 말
이 자꾸 마음에 걸렸다. 사람이 어떻게 기계적으로 일을 한담.
컴퓨터를 동원해서 한다는 일을 자기가 하는 것이 자랑인 것은
아니었다. 다시 생각해 보니, 그게 아니었다. 컴퓨터야 시키는
일 한 가지만 하고 자기대로 계획을 바꿀 턱이 없지만, 사람이
야 어디 그럴 수 있는가. 내용에 관심을 가지지 마라는 것은 참
으로 가혹한 주문이었다.

가령 이런 대목이 있다. 전우치를 나라에서 잡아 죽이려고 했
다. 목이 날아가려는 판이었다. 그런데 느닷없이 임금에게, 평생
배운 재주를 보이지 못하고 죽으면 죽어도 원혼이 될 것이라고
하니, 임금은 원혼이 되면 곤란하겠다 싶어, 무슨 재주냐 하고
물었다. 그랬더니 그림을 그리겠다면서 필요한 도구를 가져다

달라고 했다. 그만한 청이야 들어주지 못하랴 하며, 준비를 시켰더니, 그 다음에 벌어진 사건이 실로 가관이었다. 산천을 그리고, 나무를 그리고, 그 밑에 매어 둔 나귀를 그리더니, 임금에게 하직 인사를 하고, 선경에 들어가 여생을 보내겠노라 하면서, 그 나귀를 타고 그림 속으로 들어가 자취를 감추었다는 것이다.

이렇게 재미있는 대목을 읽노라면 어휘 출현 빈도수 조사를 잊어버리기도 했다. 다시 정신을 차려 단어만 하나씩 떼어 보면서 앞뒤의 연관은 아예 무시하려 해도, 자기가 전우치처럼 희한한 도술을 부렸으면 하는 엉뚱한 생각마저 지워지지 않고 따라다녀서 말썽을 부렸다. 전우치는 죽을 죄를 짓고도 탈출을 했는데, 자기는 무슨 꼴인가 싶었다.

밉다고 일 분량은 끝이 없었다. 〈전우치전〉 이본이라고 알려진 것은 모두 이런 식으로 어휘 출현 빈도수를 조사하라는 것이었다. 이 말을 들었을 때는 부아가 치밀어 오르지 않을 수 없었다. 혼자 다 하기 벅차면 다른 학생 몇을 더 붙이겠다고 했다. 그러자 다른 학생 목의 부아까지 자기가 맡아야 할 것 같은 착각이 들었다.

그렇지 않아도 〈전우치전〉은 자꾸 뜨거운 것이 가슴에서 치밀어 오르게 하는 작품이었다. 그런데 하필 이런 뜨거운 작품을 택해서 컴퓨터가 하듯이, 기계적으로, 차가운 작업만 하라니 사람 죽을 노릇이었다.

그러다가 졸업논문 중간발표회가 다가왔다. 원래는 더 있다가 하게 되어 있었는데, 학생들의 움직임이 심상치 않게 되다 못해 시위가 격해지자, 서둘러 하게 되었다. 예정된 날짜까지 미루어 두었다가는 중간발표회를 하지 못할 염려가 있다는 것이 누가 보아도 그럴 법한 일이었다.

중간발표란 그 동안 준비한 바를 정리해서 이십 분 이내에 다 읽을 수 있는 날렵한 요지를 만들어, 교수들이며, 조교며, 대학원 학생들까지 쭉 앉아있는 데서, 요지에 있는 대로 읊어나가는 것이었다. 그러면 듣고서 질문도 하고 평도 해주어, 논문을 온전하게 다듬을 수 있게 지도를 해 준다는 것이었다. 다른 학과에서는 하지 않는 것이 예사인데, 모든 것을 곧이곧대로 하며 공부 많이 시키기로 이름 난 국문학과에서는 비상사태가 아니라면 학기마다 반드시 하는 중대 행사였다.

발표회 날짜가 정해지자, 졸업예정자들은 야단이었다. 예정된 날짜에 해도 걱정인데, 더구나 날짜를 앞당기기까지 했으니, 소동이 일어나지 않을 수 없었다. 학과 연구실을 부지런히 드나들면서 서로 상의를 하기도 하고, 눈치를 보아가면서 조교에게 묻기도 하고, 발표 요지를 만든다, 발표 내용을 가지고 입씨름을 한다, 아연 활기를 띠었다. 졸업논문이 면학 분위기 조성에 결정적인 기여를 한다는 것이 참으로 지당한 말씀이었다.

하지만 우리 김 군은 새로운 걱정이 태산 같았다. 조 교수의 착실한 지도를 받아, 남다른 환경에서 매일 부지런히, 모두들 부러워할 정도로 해 온 작업이 기껏해야 어휘 출현 빈도수 조사이니, 그걸 가지고서 무슨 발표거리를 만들 수 있을지 걱정이 아닐 수 없었다. 이십 분 이내의 날렵한 발표라? 그렇다면 가장 출현 빈도수가 높은 어휘 몇 개를 들고 나와서 설명을 한단 말인가? 그래서는 도무지 말이 되지 않는다. 이렇고 이래서 이래 됐다고 자초지종을 갖추어 설명을 해야 할 것인데, 그럴 수 있는 거리가 없었다. 교수가 시키니 그래 했다고 할 수도 없는 노릇이고.

그렇다고 해서 이 고민을 교수와 상의해서 무슨 대책이 없느냐고 묻는다면, 그것도 피차 난처한 일일 것 같았다. 교수로서는 묻는 말을 그 동안 자기가 일을 시킨 데 대한 항변으로 들을 수도 있다. 지도를 해주었다면, 어휘 통계가 문체론 연구 방법으로 어떤 의의를 가지는가 하는 것인데, 들은 말을 기초로 해서 더 공부하지 않은 것은 김 군의 잘못이라고 한다면, 할 말이 없게 될 것이다. 논문을 교수가 말해 주는 대로 쓰는 것은 아니지 않은가.

조교와 상의하는 것이 순서이지만, 이번에는 좀 어려운 점이 있었다. 연구실 분위기가 어수선해지고 하도 많은 학생이 와서 묻는 통에 조교는 근자에 적지 않게 신경질을 부리고 있는 판이었다. 중간발표 일자를 앞당기자, 그 준비다 무어다 하는 잡무까지 곁들여서 가장 큰 곤욕을 치르고 있는 사람이 바로 조교였다. 불 난 집에 부채질할 수는 없으니, 이번에는 김 군이 고민을 자기 스스로 해결하지 않을 수 없게 되었다.

혼자 힘으로 해결해보자. 이렇게 마음을 먹고 발표 요지를 준비하기 시작했다. 대강 어물쩍 넘어가면 되지, 무어 그리 대단한 일이라고 고민하고 있겠나. 졸업은 시켜주기로 이미 교수가 마음먹었을 것이 아닌가. 머슴에게 새경을 주듯, 졸업논문 통과를 약속한 것이나 다름이 없는데, 야단스럽게 굴 것도 없다. 중간발표란 어차피 요식행위가 아닌가. 이렇게 치부하니, 속을 앓은 것이 오히려 부끄럽기조차 했다.

그러나 준비를 하다 보니, 그게 아니었다. 어휘 출현 빈도수 통계를 내면서 애써 눌러 놓았던 뜨거운 것이 마구 치밀어 오르는 것이 아닌가. 김 군은 적지 않게 버티었어도, 전우치가 김 군을 그대로 놓아두지 않았다. 전우치가 나서서 자기가 할 말은 해야 하겠다고 하는 판이었다. 어휘다, 통계다, 컴퓨터다 하는 것이 모두 전우치 자기에게 무슨 큰 모독이라도 되었던 듯이, 차갑게 눌러 놓았던 소리가 뜨겁게 터져 나왔다.

드디어 중간발표 날이 다가왔다. 장소는 조 교수 연구실보다 한 층 더 위에 있는 사층 세미나실이었다. 바로 옆에 주임교수 방이 있고, 학교 안에서 가장 지체가 높은 곳이었다. 무슨 국제 학술회의다 하는 것도 그 방에서 했으니, 거기 들어서는 것만 해도 영광이 아닐 수 없었다. 붉은 융단까지 쭉 깔려 있는 곳이었다. 학생들이 발표를 한다는 점을 보아서는 도저히 그 방을 쓸 수 없지만, 고명하신 주임교수께서 모임을 주재한다는 데야 누가 말할 사람이 없었다. 주임교수는 연세가 육순에 가깝고, 대학원장까지 이미 역임했으며, 조 교수의 은사가 되는 분이기도 하다. 하기는, 근래 주임교수의 호칭이 학과장으로 바뀌었지만, 모두 주임교수라는 말을 그대로 썼다. 학과장 중에는 젊은 사람도 있지만, 서열을 존중하는 국문학과에서는 주임교수가 그대로 눌러앉아 학과장 일을 보고 있었던 것이다.

발표를 시작해 보니, 다른 학생들의 발표는 그런대로 수긍할 만한 것이었다. 내용은 별 것 없어도 미끈하게 다듬어서, 서론, 본론, 결론이 잘 갖추어져 있으니, 크게 나무랄 필요는 없었다. 발표의 짜임새마저 어수선해서 짜증이 날 법한 것도, 학생의 말씨가 공손하고 태도가 세련되어 있으니, 그런 대로 보아 줄 점이 있었다. 공부가 시원치 못한 학생은 인간성이 어지간하고, 인간성이 다소 결함이 있으면 공부가 당차고, 그럭저럭 대학 교육은 공부와 인간성 양면에서 성과를 거두고 있는 것이었다. 졸업논문 발표란 이 점을 확인하는 소중한 기회이기도 했다.

그런데 발표가 거듭되니, 쭉 서열대로 둘러앉은 교수들은 보이지 않는 인내력 경쟁을 슬금슬금 벌이기 시작했다. 노장 쪽에서는 아무런 동요의 빛도 보이지 않았지만, 소장 쪽은 벌써 들먹들먹 하는 사람도 있었다. 듣기 좋은 꽃노래도 한두 번이라고. 처음 시작할 때 주임교수께서 시간 엄수를 거듭 당부한 바 있는데, 횡설수설하다가 시간을 넘기는 학생도 있게 마련이었다.

발표를 해야 할 학생 수는 이십여 명이나 착실히 되었다. 입학할 때는 사십 명이 차게 들어왔지만, 휴학이다, 입대다, 제적이다 하느라고 결국 반타작 조금 넘게 하게 되는 것이 근년의 형편이었다. 그래도 하루에 다 발표를 하기에는 너무 많은 숫자였다. 질문 시간도 있어야 하고, 강평도 해야 하니, 점심 먹고 다시 시작해, 시간은 어느덧 다섯 시가 가까웠으나, 아직 남은 학생이 적지 않았다. 인내력 경쟁에서 탈락하는 교수라면, 이러다가는 밤까지 해도 끝이 나지 않겠다고 불평을 털어놓게 되었다.

우리 김 군은 이럴 때 자기 차례가 되었다. 그런데 김 군은 등단하자마자 우선 첫 마디부터 어조가 너무 높게 나왔다. 이 점이 마음에 걸리자, 자세마저 난조를 보였다. 이래서는 안 되겠다고 다짐을 하자, 목이 말라오고, 무슨 말을 하는지 자기도 잘 모르게 되었다.

그건 그렇고, 발표한 내용을 들어 보자. 처음은 대충 이렇게 시작했다.

"저는 어짜다 보이, 〈전우치전〉이라는 거를 택하게 됐습니다. 소설만 보지 않고, 인물에 관한 자료, 전설 자료를 두리뭉시리로 해서, 머 어짜자는 게 아이라, 전우치란 어떤 사람이고, 어떤

전설을 낳았으며, 소설에서는 어찌 표현되었는가, 머 이런 거를 알아볼라고 하는 겁니다. 새 자료도 찾아냈고요. 좌우지간 그래요."

말투가 좀 이상하기는 했지만, 웬만큼 할 말을 했던 것이다. 새 자료 찾은 건에 대해 길게 말하지 않은 것은 조 교수와의 관계를 보아서 다행이기도 했다. 그런데 그 다음이 문제였다.

"그런데, 지금까지 〈전우치전〉을 연구했다는 것들을 보니, 모두 어짜자는 건지, 알다가도 모를 일입니다. 본래 도사니까 도술을 부린다. 이거는 말도 안 됩니다. 〈홍길동전〉하고 둘 다 중국소설 무엇이의 영향을 받았다. 그래서 무엇을 말할려는 건지. 소설을 연구하면서 판본이다, 서지다, 이본이다, 이것도 다 지겨운 이얘깁니다. 그런데 한 술 더 떠서 어휘 출현 빈도수 조사까지."

이건 분명히 실수였다. 그 순간 조 교수의 표정이 적지 않게 일그러진 것만 보아도 그 점이 확실했다. 조 교수는 서열로 보아 끝에서 두 번째 앉아 있어서 인내력 경쟁에서 탈락될 판이었는데, 이 말을 듣자 고함을 질러 김 군을 끌어내리고 싶은 판이었다. 학생들은 김 군을 보지 않고 조 교수의 거동을 살피기 시작했다. 그래도 눈치 없는 김 군은 목에다 힘을 주면서, 자기 할 말만 계속 했다.

"전우치가, 멀쩡한 사람이 왜 세상에 불만을 품었던가, 이게 바로 문제입니다. 그런데 여러분들은 잘 모를 겝니다. 우리 마을에 가면, 장수가 났는데 역정이 된다고 서답돌로 눌리가주 죽있다는 말이 전해옵니다. 겨드랑이에 나래도 났고, 용마도 울었는데. 그런데 전우치는 도술을 부리서 백성을 구하고, 어쩌고 했습니다. 도술이란 별 게 아니지요. 어린 백성이 하고자 하는 바를 하자면, 그 당시로서야 도술이 아니면 용 뺄 수가 있는가요. 아무 용맹 없이 살다가 죽지 않을라 하이, 도술이 있다 이래 가정한 거지요. 밥을 뿜어서 나비가 되게 하고, 천도복숭아를 따오고, 이런 거야 그래도 그만이고, 그렇지 않아도 그만이지만, 임금한테 황금 들보를 바치도록 하고, 잡아 죽이려 하는데 도망을 치고, 이런 것이야 우째 안 그럴 수 있습니까. 전우치란 사람은 실제로 있었던 사람입니다. 그 행적이 책에 다 있어요. 서화담의 제자로서 학문의 오묘한 이치를 전수받았고, 화적패의 선생 노릇한다는 소문이 나있었다고. 그게 소문이 아닐 겝니다.”

하는 말마다 어긋지지 않으면서 위태로운 것이었다. 말씨부터가 자기 고향 사투리로 완전히 넘어가는가 싶어서 다시 들어 보면 그래도 표준말을 아주 버리지는 않았으니, 딱 꼬집어서 어느 대목이 어떻게 잘못되었다고 하기는 어려우니, 듣는 사람을 공연히 불안하게 하는, 발표 치고는 이상한 발표였다.

그런데 밖에서는 아까부터 들려오던 시위 학생들의 고함소리가 더 커졌다. 무슨 노래인지 한참 부르더니, 이번에는 누구를 물러나라고 하는지 "물러나라! 물러나라!" 어쩌고 야단들이었다. 상황이 이렇게 되자, 인내력 경쟁에서 이미 우승한 거나 다름없던 주임교수가 마침내 자리에서 일어났다.

창밖을 향해서 무슨 훈계라도 할 것 같은 상상을 한 사람도 있을지 모르나, 그건 착각이었다.

"여보게. 김 군. 김순돌."

김 군의 발표를 중단시켰다. 이렇게 되니 소장 교수들은 큰 짐이라도 던 기분이었다. 자기들이 김 군에게 무어라고 하고 싶은 생각이 간절했으면서도, 차마 그럴 수 없어서 참고 있었는데, 주임교수가 나섰으니, 하회를 기다려 볼 일이라고들 생각했다.

"자네 지금 하고 있는 게 뭔가?"

이 말에는 분명히 연륜이 실려 있었다. 사태가 주임교수가 직접 나설 만큼 심각하다는 것은 누구나 바로 알아차릴 수 있었으나, 무얼 묻는지 학생들은 물론, 조교나 소장 교수들까지도 얼른 짐작이 가지 않았다. 김 군으로서야 더 말할 나위도 없었다. 무언가 크게 잘못했다는 것은 갑자기 굳어진 분위기를 보고도 짐작이 갔지만, 무얼 묻자는 질문인지는 전혀 알 도리가 없었다.

"하고 있는 게 뭔가 하고 묻지 않는가. 만담인가? 설교인가?"

이번에는 목소리를 한층 더 낮추어서 되물었다. 그런데 그 효과는 좌중을 완전히 뒤흔들어 놓기에 충분한 것이었다. 무슨 뜻인지 미처 깨닫지 못하고 있던 학생들까지도 사태의 핵심을 바로 파악하는 충격을 일제히 맛보았다. 그러나 김 군은 아직 멍청한 상태에서 덜 깨어난 채 일단 무조건 항복을 하는 것으로 위기를 모면하려 했다.

"잘못 했는 갑십니다."

하지만 이런 경우에는 무조건 항복이 오히려 불경스러운 것이다.

주임교수의 목소리는 더 부드러워졌으나, 퇴로는 완전히 차단되고 말았다.

"아니야. 잘못했다 하고 말 것이 아니라. 대답을 해 보아라. 만담인가? 설교인가?"

전우치가 아닌 김 군으로서야 전혀 대책이 없었다. 사형집행이라도 해 준다면, 그것도 구제되는 길일 수 있으나, 그런 길도 열어주지 않았다.

사태가 이쯤 되자, 조 교수가 나섰다.

"제가 명색이 김순돌 군 지도교수입니다. 제 방에 데려다 놓고 공부시키기도 했습니다. 모든 것은 제 불찰이니 용서해 주시기 바랍니다. 힘 자라는 대로 다시 지도해서 사람을 만들겠습니다."

이 말이 나오자, 학생들은 일제히 안도의 한숨을 내쉬었다. 역시 조교수는 대단한 분이라는 마음속의 찬사도 뒤따랐다. 주임교수는 자리에 앉았다. 김 군도 살아서 단에서 내려왔다. 그 뒤에도 발표회가 계속되었으나, 누가 무슨 발표를 하는지 김 군에게는 하나도 들리지 않았다.

발표회가 끝났을 때는 이미 시간이 늦었는데도, 조 교수는 김 군을 자기 연구실로 데리고 갔다. 김 군을 자리에 앉히고 나니, 무슨 말부터 해야 할지 막막했다. 아무래도 정서가 불안해진 나머지 착란을 일으킨 것 같았다. 그러니 알아듣도록 이르는 것이 힘든 노릇이었다. 교수는 정신과의사까지 겸해야 한다니, 그건 너무 무리한 요구이지만, 어쩔 수 없었다. 생각 끝에,

"너무 상심하지 말게" 하고, 첫 마디 말을 아주 부드럽게 했다. 둘 사이는 다시 스승과 제자였다. 제자의 고통이 또한 스승의 고통이 아닐 수 없었다.

"자네 너무 흥분했던 모양이야. 평소에는 말이 없더니. 평소에 말이 없는 사람은 어떤 때에 욕구불만을 과격하게 발산할 수 있어. 다시는 그런 실수를 하지 않도록 주의하게. 논문이야 다시 준비하면 될 게 아닌가. 그 동안 해 온 일이 훌륭한 거야. 공연히 딴소리를 하려다가 그리 되었어. 염려하지 말게. 논문은 될 터이니."

이쯤 말하고 나서 김 군의 동정을 살폈다. 알아듣는 것 같기도 하고, 도무지 통하지 않는 것 같기도 했다.

"내 말 알아듣겠나?"

도무지 답이 없으니, 알아듣는 것으로 치고 다음 말을 이을

수밖에 없었다.

"자네 환경이 불운하다는 것은 나도 짐작하는 바이네만, 그럴수록 이성을 가다듬어 모든 것을 정상적으로 판단할 수 있도록 자기 훈련을 해야지. 그렇지 않다면 애써 대학에 다니는 보람이 무엇이겠는가? 대학에서 논문이다 연구다 하는 것이 다 지성인이 되도록 하는 훈련이야. 학문이란 객관적인 증거와 엄밀한 논리를 무엇보다도 존중하네."

김 군의 무반응은 조 교수를 짜증나게 했다. 그만큼 타일렀으면 알겠다든가 모르겠다든가 무슨 말이 있어야 할 것이 아닌가. 애써 보살펴 주고, 도와주려는 뜻이라도 고맙게 여겨야 할 것이 아닌가. 운수가 사나워서 이런 학생이 걸렸다고는 할 수 없으나, 주임교수에게 그처럼 정중하게 필요 이상으로 사죄를 한 보람이 하나도 나타나지 않으니, 이건 너무 심하지 않으냐 하는 울화통이 치밀었다.

그런데 김 군은 정색을 하더니, 이렇게 나오는 것이 아닌가.

"제가 발표하는 방법은 서툴렀고, 논리 전개에도 허점이 많았다는 점은 인정하고 뼈아프게 반성합니다. 그러나 제 발표 내용은 기본적으로 잘못이 없습니다. 이 점은 분명히 말씀드릴 수 있습니다."

그 사이에 김 군은 자기가 한 발표를 다시 검토하고, 이런 결론을 내렸던 것이다. 대답하는 말도 미리 연습이나 한 듯이 한 마디도 더듬거리지 않고 나왔다. 착란이고 비정상이라니, 그게 무슨 말인가. 조 교수가 일방적으로 진단한 데 대한 항변이 김 군의 어조에 서려 있었다.

"뭐라고?"

조 교수는 자기도 모르는 사이에 언성을 높였다. 그러고는 말을 이었다. 교수의 말이 오히려 더듬거렸다.

"무어 이런 학생이 있어. 내가 너를 위해서 이렇게까지 애쓰고 있는데. 무어 이런 학생이 있어! 대책이 안 서는 놈이로구나. 응. 당장 나가. 나가!"

김 군을 쫓아내다시피 내몰았다.

"졸업을 못해도 내가 알 바는 아니다. 배은망덕한 놈 같으니라고!"

교수는 쫓아내고도 흥분이 되고, 김 군은 쫓겨나면서도 이상스러울 정도로 마음이 가라앉아 있었다. 김 군은 밖으로 나오면서, 삼십 년 가까운 세월 동안 무의미했던 자기 인생이 이제 갑자기 어떤 의미를 가지게 되었다는 생각이 들었다. 무질서하게 흩어져 있기만 하던 모든 것이 말끔히 정리되어 나타나는 것 같았다. 비장한 결단이라는 말이 이 경우에 썩 어울린 달까, 그런 상태였다.

그러나 친절한 조교가 비장한 결단을 허용하지 않았다. 부랴부랴 김 군 뒤를 따라 나오다가, 김 군을 근처의 술집으로 데려

갔다. 조교는 조 교수의 연구실에서 금방 무슨 일이 일어났는지 자세히는 몰라도, 자기대로 대강 짐작이 갔다. 이 촌스럽고 멍청한 친구를 마지막 파탄에서 구해 주지 않으면 안 되겠다는 사명감을 절실하게 느꼈다. 전우치 사건이 시작된 후에 본의 아니게 자기가 자꾸 말려들었으니, 이제 와서 자기는 모르겠다고 발뺌을 해서는 사람의 도리가 아니었다.

"자네 인제는 속 좀 차리게."

"응"

"사람이 세상을 살아가려면 요령도 있어야 하고, 눈치도 있어야지, 원 그럴 수가 있나."

"응"

"조 교수가 모처럼 자네를 잘 보아서 지도하는데, 무슨 망발인가?"

"응"

"더구나 어휘 빈도수 통계를 나무라다니."

"응"

"발표 내용은 그게 또 뭔가?"

"응"

"조 교수가 나무라는 데 대들었다면서? 정신이 나갔나?"

"응"

"이 사람. 취했나? 왜 이래?"

“응”

“내가 마지막으로 한 번 조 교수께 말씀 잘 드려 볼 테니까, 내일이라도 찾아뵙고 정중히 사죄해라. 주임교수께도 가고.”

“응”

“아직 다 끝난 것은 아니야.”

김 군은 술도 취했지만, 다시 더 할 말이 없어서, “응”, “응” 그러고만 있었다. 이 친구가 자기에게 계속 관심을 가져 주는 데 대해서는 응당 감사하게 느끼고, 최소한의 감사 표시로 하는 말에 대답은 해야 도리일 것 같으나, 어서 빨리 해방시켜 주었으면 하는 생각만 간절했다. 그럴수록 조교는 이 멍청이를 그냥 보낼 수는 없었다.

“내일 아침에 학교에 나와. 내가 다시 일러 주지.”

“응”

시인도 부인도 아닌 “응”을 조교는 시인으로 해석하고서는 마침내 자리에서 일어났다.

“혼자 갈 수 있겠나?”

“응”

조교는 김 군을 잠시 부축해 주더니, 다시 당부했다.

“몸 다칠라, 조심해서 가.”

“응”

김 군은 조교와 헤어지자 머리가 맑게 개었다. 갑자기 모든 사리가 분명해지는 것 같았다. 논리를 갖추지 않고 함부로 말한 것은 다시 한 번 뼈저리게 뉘우칠 일이었다. 그래서야 대학 다니는 보람이 무엇인가 하는 말이 참으로 적절한 것이다. 누가 무슨 소리를, 얼마나 허튼 소리를 하는지 똑똑히 알기 위해서 대학에 온 것이다. 알았으면 내 글을 쓰자. 졸업논문이든 무엇이든, 그 따위는 가리지 않고, 써야 할 말을 철저하게 다져서 쓰자. 멍청이 짓이나 하고 주눅이 들어서 살 것은 아니다.

그러자 김 군 머릿속에는 자기 고향 마을의 정경이 선명하게 전개되었다. 아버지, 어머니, 이웃들, 어려서의 벗들. 모두가 자기를 기다리고 있는 것이 아닌가. 무엇으로 도착 신호를 보낼까? 어려서 나무꾼들을 따라 산에 오르내리면서 배웠던 노래가 하나 생각났다. 이런 것은 노래가 아니고 소리이다. 소리라야 제격에 맞다. 지게목발 두드리는 소리.

구야 구야 까마구야, 지리산 갈가마구 얘이.

한 짝 다리 뿕어진 찜빠리 까마구, 두 짝 다리 뿕어진 앉인뱅이 까마구야,

한 짝 눈 까리 까진 애꾸눈 까마구, 두 짝 눈까지 까잔 장님 까마구야,

작년에 났는 묵은 까마구, 올게 난 햇 까마구야,

니 새끼 껌다고 한탄 말아래이,

니 껌은 줄은 온 조선이 다 알건마는,

이내 속에 태산 같은 울횟병 든 줄은 그 누가 알아줄꼬.

구야 구야 까마구야, 지리산 갈가마구 얘이.

구야 구야 까마구야, 지리산을 우에 넘노……

그런데 이렇게 흥얼거리다 보니 자기 집에 다 왔다. 집은 집인데, 고향 집이 아니었다. 입주 가정교사를 하고 있는 집이었다. 대문이 아주 거만하게 버티고 서 있었다. 아차, 그게 아니었다. 가르치는 아이가 내일 시험이라는데, 이렇게 늦게 술이 취해서 들어가다니, 이놈의 집에서도 보따리를 싸야 할 날이 멀지 않았구나. 보따리를 싸면 또 어디로 가노?

김순돌 군의 이야기를 이렇게 적어 나가자면 끝이 없다. 그러니 건너뛰기로 하자. 그 뒤 몇 주일이 지나자, 예감한 대로 대학이 다시 턱 휴교에 들어갔다. 한 달포가량 휴교를 했다가 학기 말 시험이 임박해서야 개교를 하게 되었다. 한 학기가 훌쩍 지나가 버린 것이었다.

그런데 개교를 하자, 그 사이 사정이 많이 달라졌다.

조 교수는 논문을 부지런히 완성해서 박사학위를 받게 되었다는 소식이었다. 물론 주임교수가 주심을 했는데, 흘러나오는 말이, 논문이 썩 우수한 논문이라는 것이었다. 주임교수의 뒤를 이어서 국문학과를 떠맡아 나갈 인재로서 조금도 부끄럽지 않은 것이라는 말이었다.

제목은 물론 〈전우치전 연구〉였다. 작품 자료의 서지학적 고찰, 중국의 전례와 견주어 본 비교문학적 고찰, 도술의 모티프 분석, 이본의 문체비교 등이 모두 치밀한 고증을 갖추었을 뿐만 아니라, 서구의 새로운 연구 방법을 도입하는 데 있어서도 애써 노력한 흔적이 잘 드러난다는 것이었다. 이 모든 것이 조 교수의 뒤를 다시 이어야 할 조교에게는 피가 되고 살이 되어야 할 교훈이었다.

허나 유감스러운 일은 김 군이 하다 만 어휘 출현 빈도수 조사는 그 결과가 온전히 나오지 않아 이번 논문에 활용하지 못했다는 점이었다. 김 군이 아닌 다른 학생들을 시켜 계속 하려고 차비를 차리고 있는데, 휴교가 닥쳐왔던 것이다. 그러나 그 부분은 앞으로 다른 논문으로 내기로 주임교수와 의논이 되었다고 한다. 예사 사람들은 학위 논문을 내면 공부를 다 끝낸 듯이 행세를 하지만, 조 교수의 경우에는 다음 논문이 더 기대된다는 것이 연구실 주변의 한결 같은 이야기였다.

논문을 마지막 손질하는 데 사실 휴교 덕을 적지 않게 보았으나, 그 말은 하지 않는 편이 좋겠다.

그런데 개교가 되었어도 김순돌 군은 나타나지 않았다. 학기말 시험이 시작되었어도, 그 시험이 졸업 예정자에게는 졸업시험인데도, 소식조차 알 수 없었다. 조교는 사정이나 알아보자고,

학생들 사이에 오가는 소문에 비교적 정통할 법한 학생을 대여섯 명 모아놓고, 물어 보았다. 그랬더니 나오는 말이 실로 중구난방이었다.

"졸업을 포기하고 시골로 내려가서 처박혔겠지."

"아니야 김 군 부모가 아들 찾는다고 서울 와서 헤맨다는대."

사실 바로 전날도 김 군 아버지가 연구실을 다녀갔다. 조교는 민망할 노릇이었으나, 어쩔 도리가 없었다. 더 알아보겠다고 하면서, 지금 이 모임을 주재하고 있는 것이었다.

"마지막 날 시위에 앞장섰다가 어떻게 되었다는 말도 있어."

"설마 그럴라고. 그 머저리 같은 친구가."

"논문인지 무엇인지 자기 고집대로 쓰다가, 그것도 시위에 관련되지 않은가 하는 조사까지 받았다는 말도 있던데. 물론 그렇지 않다는 사실이 밝혀졌겠지만."

"야야, 그런 근거 없는 소리가 바로 유언비어다."

"그렇지 않고서야 보이지 않을 턱이 있나."

"그렇다고 해서 말을 함부로 지어내?"

"비관 자살을 한 것은 아닐 거고."

"어떻게 됐다는 말이 그럴듯해."

"야, 허튼 수작 하지 마라. 생사람 잡겠다."

조교는 이러다가 국문과 연구실이 유언비어의 온상이라는 혐의를 입을까 염려해서 결론 없는 토론을 종식시켰다.

“모두들 그만 하고 가서 시험공부나 해. 허튼 소리들 지어내지 말고.”

그러고 나서도 조교는 무언가 허전하고 염려스러워, 김 군의 전우치 사건과 관련된 현장을 한 번 두루 돌아보았다. 사층 세미나실은 여전히 붉은 융단이 깔려있었고, 주임교수는 그 옆방에 건재하셨다. 삼층 조 교수 연구실 문 앞의 팻말은 변함없이 “요담 오분간”이었다. 일층 도서관 고도서 열람실의 사서는, 김 군에게 들었던 바와 같이 세상일에는 아무 관심도 없는 듯한 달관된 무표정을 짓고서는 다 본 신문이나 뒤적이고 있었다. 지하 서고야 들어가 본들 달라진 것이 있을 턱이 없다.

그런데 김순돌 군이 아무데도 없었다.

“야, 이 친구가 전우치라도 되어서 어디로 가 버렸나?”

이런 상상을 하면서 자기 자리로 돌아와 전에 보던 책을 다시 펼 수밖에 없었다.

너도 먹고 썩 물러나라

어디라고 구태여 밝힐 필요가 없는 그저 그런 대학이면 조용할 것 같은데 별의별 일이 다 일어났다. 세월이나 시국 탓이라고 하고 덮어둘 수는 없다. 글쟁이는 닥치는 대로 우려먹어야 하니, 본 대로 들은 대로 이야기하기로 한다. 도무지 말이 되지 않는다느니, 모든 것이 달라져 지금은 이해할 수 없다느니 하고 나무라지 말고 들어주기 바란다.

"탈춤패 탈놀이가 탈이야."

사단장, 1연대장, 2연대장, 3연대장, 4연대장, 그리고 총무부장, 문예부장을 포함한 각 부장이 죽 둘러앉아 회의를 하는 자리에서 말이 나와, 모두들 염려를 하는 중이다. 회의 참석자들이 군인이라고 오해해서는 곤란하다. 격식을 갖추느라고 책상 위에 명패까지 놓았지만, 그곳은 학생회관의 학생회의실이다.

국가 시책으로 대학의 학생회를 모두 없애고 그 대신 학도호국단이라는 것을 일제히 만들면서, 전에는 선거로 뽑던 총학생회장이나 단과대학 학생회장이 사단장이나 연대장으로 바뀌었다. 각 대학 나름대로 문화부장이니 학예부장이니 하던 직책들은 그 이름이 문예부장으로 못을 박아 시달했다. 이름부터 융통성이 없도록 해서 질서를 잡았다.

사단장이 회의를 주재하고 있지만, 논의되는 안건은 무슨 군사훈련 작전 같은 것이 결코 아니다. 군사훈련과는 아주 거리가 먼 개교기념 가을 축제 계획 때문에 논란을 벌이는 판이다. 사단장이니 연대장이니 하는 말이 주는 인상이야 어쨌든, 학생회 소관이던 개교기념 축제를 이제는 학도호국단이 맡게 될 것이다. 제도가 달라졌어도, 대학가의 낭만이야 자취를 감추어야 할 까닭이 없었다.

그런데 지금 막 축제 행사의 주무자인 문예부장이 계획안을 죽 설명하고 나서 끝으로 한 마디 덧보태는 참이었다. 한참 기다려도 다른 사람이 말이 없자, 보충설명을 했다.

"탈춤반에서도 올해도 탈춤을 하겠다니, 야단이야. 일정이나 예산을 보아서는 끼워주지 못할 것도 아니지만, 무슨 내용으로 어떤 수작을 할지. 학교 당국에서도 마음 놓지 못하겠다는 것이 근거 없지도 않은 것 같아."

　사실 이 문제가 오늘 회의에서 결정해야 할 가장 중요한 안건이었다. 탈춤을 계획에 넣을 것인가 뺄 것인가 하는 것으로 문제가 압축되었다. 문예부장은 문제만 제기해 놓고, 사단장을 건너다보았다. 사단장은 다른 사람이 발언해 주길 기다리고 있었다.

　"그럼 빼지 뭐."

　"그럴 수도 없어, 어찌 된 판인지, 학생들이 잔뜩 기대를 하고 있단 말이야."

　"도대체 뭐하겠다는 말인가?"

　"탈춤을 하겠지, 뭐 다른 걸 하겠나."

　"탈춤이라도 예사 탈춤이 아니야. 몇 해 전까지만 해도 봉산탈춤을 배워서 그대로 공연했는데, 요즘은 새바람이 불어서, 새로 지어서 한다나. 탈춤은 탈춤인데, 노는 방식도 달라졌고, 대사도 아주 엉뚱하지."

　마지막의 말은 문예부장이 다시 설명하는 것이었다.

　"그럼 대본을 미리 내서 지도를 받도록 하면 어떨까. 우리가 나설 일도 아니고."

　어느 연대장이 이런 제안을 하자, 문예부장이 사정을 더 설명하지 않을 수 없게 되었다.

　"그것도 곤란한 일이야. 그자들의 말이, 새 탈춤은 마당극이라나. 마당극은 정해진 대본이 없이 즉흥적으로 해야 한다나.

실제로 대본을 글로 적어서 프린트를 하지는 않거든. 연습이라는 것도 가관이지. 저희들끼리 모여서 입씨름이나 하지. 그저 떠들어대기만 해. 그러니 대본을 미리 내라고 하면, 코웃음만 칠거야."

문예부장은 실무 책임답게 과연 많이 알고 있었다. 전문적인 해석까지 덧붙였다.

"나는 불문과를 다녀 연극이라면 어지간히 아는 편이야. 그런데 이런 연극이 있다는 말은 아무 책에도 나와 있지 않아. 이건 연극을 하자는 것인지, 말썽을 일으키자는 것인지, 도무지 분간을 할 수가 없어. 한국 연극의 전통이 이렇다면 재고해 볼 일이야. 그런데 그게 좋다는 논설을 국문과 이 교수도 쓰지 않았나. 사실 세계적인 안목에서 보면 이러 장난거리 빈정거림은 연극 축에도 끼지 못해."

이쯤 되면 이번 축제에 탈춤은 포함시키지 않는 것이 상책이었다. 사단장은 일단 이렇게 마음먹었다. 오늘 아침 학생처장도 말썽이 생길 소지가 있는 행사는 아예 하지 말라고 당부하지 않았던가. 그런데, 되도록이면, 많은 학생들이 자발적으로 참여할 수 있는 행사를 계획하라고도 했다. 사실 학도호국단 체제를 정착시키려면 학생들의 요구를 폭넓게 반영해야 할 일이다. 그렇다면, 학생들이 탈춤이라면 야단인 것도 문제려니와, 탈춤 패거리들이 학도호국단이 주최하는 행사에 참가하겠다는 것도 어느

110

의미에서는 반가운 일이었다.

"계속 이러고 있으면 뭐하나, 무슨 계획을 내려야지."

"야, 탈춤 이야기가 나오니 회의가 탈춤 식으로 되었나, 왜 이렇게 분위기가 산만해."

"그러지 말고, 사단장님 방침대로 따르기로 합시다. 이제 결단을 내리시지요."

그 순간 사단장은 자기 위치를 생각했다. 선거로 뽑힌 총학생회장은 아니지만, 총학생회장이 하던 일까지 모두 자기 소관이니, 무엇보다도 먼저 학생의 의사를 존중하는 것이 마땅한 태도이다. 이런 근거에서 마침내 정치적 결단이라 할 수 있는 것을 내렸다.

"하기로 합시다. 대학 축제라면 그런 것도 있어야지. 그 대신 연습을 하는 데 문예부장이 자주 가보면서, 말썽을 미연에 방지하기로 해야겠어."

이미 결정은 났다. 문예부장은 무거운 짐을 지게 되어서 불만이었으나, 어쩔 수 없는 노릇이었다. 이러다가 축제를 아주 망치지나 않을까 하는 극단론자도 있었으나, 더 말하지 않았다. 학생처장의 재가를 얻어야 최종적인 결말이 나겠지만, 사단장이 일단 결정을 내렸으니, 모두들 마음이 홀가분해졌다.

말머리를 돌리기 위해서, 사단장은 문예부장에게 다른 계획들을 다시 한 번 정리해 설명하라고 했다.

　"명사 초청 강연회도 하고, 각종 전시회도 하지만, 가장 큰 행사는 역시 전야제입니다. 포크댄스 쌍쌍 파티를 하는데, 가수도 초청해야 하겠고요. 가설무대도 만들어야 하고요. 예산은 좀 듭니다만, 굳이 아낄 것도 아니라고 봅니다. 젊음을 발산하고, 낭만을 즐길 기회를 살립시다. 각자 파트너를 동반하라면, 다른 대학의 남녀 학생들도 많이 올 건데, 우리 학교의 본때를 보여 줄 필요도 있다 이겁니다. 가수는 몇이나 부르면 될까요? 누구 누구로 할까요?"

　그러고 보니, 문제가 아직 많이 남아 있었다. 문예부장이 신명을 내니, 다른 참석자들도 열이 났다. 가수 초청 건을 놓고 열띤 토론을 벌였다.

　"요즘은 누가 인기인가?"

　"아니야 그 애는 한물갔어."

　"그 노래가 히트한 게 어느 태고적인데."

　"엉덩이짓은 일품이야."

　"죽여 주네."

　사단장, 1연대장, 2연대장, 3연대장, 4연대장, 그리고 각부 부장이 모여서 가수 초청 건을 놓고 이처럼 열띤 토론을 벌였다. 누가 말했던가, 대화란 참으로 유익한 것이라고. 모든 문제를 대화와 토론으로 해결하라고. 더욱이 각자 일가견을 가진 것처럼 보이는 사람들만 모였으니, 토론내용이 더욱 진지했다.

그런데 누가 굵직한 소리로 엄숙하게 말했다.

"회의가 이게 뭐요! 회의 진행절차를 밟읍시다."

사회자인 사단장은 자세를 가다듬고, 위엄을 차리면서 말했다.

"그럼 의견이 있으면 동의안으로 내주십시오. 정식 절차에 따라서 처리하겠습니다."

그래서 격식은 갖추었으나, 다시 생각하니 우스운 노릇이었다. 가수 누구누구 초청에 동의합니다. 재청 있습니까? 예, 재청합니다. 개의 있습니까? 그러지 말고, 누구누구를 초청합시다. 가수 초청건을 두고 이렇게 진행하자니, 무언가 어색해서 웃음이 피식 나왔다. 어느 연대장이 일어서더니, 이렇게 말하는 것이었다.

"그럴 것 없습니다. 제가 좋은 안을 내지요. 전체 학생에게 가수 인기투표를 하도록 하는 것이 어떻겠습니까? 각자 한 사람이 한 명씩. 남학생은 여자 가수를 뽑고, 여학생은 남자 가수를 뽑고. 남녀 각 5명씩, 10대 가수를 우리 학생들이 뽑아서, 트로피나 기념패도 주고, 그 날 노래도 부르게 하는 것이 좋겠지요. 온통 화젯거리가 될 겁니다. 주간지에도 날 거고."

농담인지 진담인지, 이 제안은 참으로 기발한 것이었다. 모두들 좋다는 바람에 더 생각해 볼 겨를도 없이 가결되었다. 지루하던 회의가 막판에는 아주 기분 좋게 끝났다. 자세한 계획은 문예부장이 짜서 사단장의 재가를 받도록 둘에게 일임되었다.

문예부장은 이래저래 바쁘게 되었다. 탈춤 연습도 가보며, 가수 인기투표도 관장하려, 동분서주해도 일을 다 못할 판이었다. 게다가 명사초청강연회다, 각종 전시회다, 각 서클에서 담당할 것은 서클에다 맡기고, 명사초청강연회 건도 문예부 차장에게 맡기고, 대충 배정을 하고 나도, 두 가지 중대한 행사야 자기가 직접 나서지 않을 수 없는 것이었다.

탈춤패의 연습장은 학교 뒤에 있는 낡은 콘센트 건물이다. 어느 시절에 군인들이 쓰다 버리고 간 것인지, 그런 것이 하나 있다. 늘 비어 있었는데, 지금은 탈춤패가 차지하고 있다. 언제 누구의 허락을 얻었는지, 그렇게 되어있다. 양쪽 문이 떨어져 나가고, 바닥의 콘크리트도 말이 아니나, 그런데 개의하지도 않는 모양이었다. 누가 와서 참견하지 못하게 하려는지 그런 괴상한 곳에 굴혈을 정하고 있었다.

문예부장은 지나다가 우연히 들린 것처럼, 문간에 서서 안을 기웃거려 보았다.

노장·취발이·목중·말뚝이가 다 보였다. 이 녀석들은 봉산탈춤을 하면서 배역에 따라 별명을 정했는데, 항상 그 별명을 그대로 부르고 있었다. 양반 삼형제는 저만치 딴전을 벌이며 거들먹거리고 있었다. 서기도 하고, 앉기도 하고, 천태만상으로 하고서는 중구난방으로 떠들어대는 판이었다.

"이번 놀음은 무얼로 논다고 했던가?"

노장이 하는 말이었다. 봉산탈춤에서는 무언인 노장이, 지금은 보아하니 의장 노릇이라도 하는 모양이었다.

"다 말하지 않았나."

"그렇게 되면 너무 많아."

"무얼로 정해야지."

"교내문제인가, 교외문제인가, 그것이 문제야."

문예부장은 이거 큰일 나겠구나 하는 생각이 먼저 들었다. 어느 쪽이든지 곤란하다. 그러나 엿듣는 처지에 무어라고 나설 수는 없는 노릇이다.

"둘 다 할 수는 없지 않나?"

"그야 거리로 나누면 되지. 어차피 한 거리 놀고 말 것은 아니지 않나."

"그럼 안거리, 바깥거리로 나누나?"

"좋지!"

이 말에 맞추어서 장구 소리가 떵 하고 났다.

"두 거리만으로는 재미가 없어."

"안거리, 안팎거리, 바깥거리는 어때?"

"안팎거리는 또 무언데?"

"들락날락 하는 것도 있잖나."

"들락날락, 들락날락!"

이 말은 장구 소리에 맞추어서 신이 나서 하는 것이었다. 문예부장은 안팎거리라니, 그게 무슨 말인지 알 수 없었다. 학교 안의 문제도 아니고, 학교 밖의 문제도 아니며, 들락날락 하는 문제라니, 무언가 짚이는 것이 없었다.

"안거리는 어떻게 시작한담."

장구 소리가 계속 나는데, 목중인가 하는 녀석이 나서더니, 춤을 추어대서는 너스레를 떠는 것이었다.

"사단장님, 연대장님, 높은 어른이란 높은 어른 다 모여서 노시는데, 탈춤 패거리 동냥 왔소. 작년에 왔던 각설이 죽지를 못해 또 왔소도 아니고. 홍문연 잔치 소리 풍편에 넌짓 듣고, 소인 배도 한 잔 목이나 축이려고 왔소도 아니고. 일등 미색가수들을 초청해 풍류를 잡힌다기에 훼방 놓으러 우리가 왔소도 아니고. 그럼 뭔가?"

아니라는 소리만 잔뜩 늘어놓더니 그쯤 하고는 말이 이어지지 않았다. 그 다음 말이 어떻게 나오는가 잔뜩 기다리는 문예부장은 조바심이 나지 않을 수 없었다.

그러자 이번에는 취발이 녀석이 일어나서 덩실덩실 춤을 추면서 문예부장이 몸을 숨기고 있는 데로 오지 않는가. 와서는 두 팔로 얼굴을 어루만지려는 듯이 어르면서 결판진 수작을 늘어놓았다.

"아니요, 아니요, 그게 아니요. 우리 탈춤패 노는데, 문예부장 나리 동냥 왔으니, 걸인이라 괄시 말고, 소리나 한 가닥 들려 보냅시다. 삼대 구년 주린 귀에 장구 소리 들어가면, 힘도 벌떡, 사람 구실 하게 되리.”

그러자 다른 녀석들도 하나씩 차례로 문예부장 있는 데로 춤을 추며 나오면서, 온갖 잡소리를 하는 것이었다.

“보아한즉 문예부장 나리, 사단장 영감 분부 받잡고 암행어사 출두하려다 중로에서 화적 만나, 가진 보따리라고는 없으나 서푼어치 체면을 남김없이 털렸구나. 애이고 이 일을 어떡허나, 돌아가서 뭐라 하리.”

또 한 녀석 썩 나서며,

“에쉬 이게 무엇이냐. 사람이면 같이 놀고, 짐승이면 물러나라. 생긴 모습 보아하니, 사람도 같건마는 낮말은 새가 듣고, 밤말은 쥐가 듣는다더니, 한밤중 아니니 쥐새끼는 아닐 거고, 대면천지 밝은 낮에 어느 새가 날아왔나. 심보 검은 굴뚝새, 말 잘하는 앵무새, 눈치 빠른 참새, 그 새 저 새 다 버리고, 사람 새가 날아왔네.”

또 한 녀석 썩 나서며,

“어허 이 사람 누군가? 앞을 보니 아플 상이요, 뒤를 보니 뒤질 상이라. 삐뚝산에 무덤을 썼나 삐뚤어지기는 일등이요, 잔치집 지나치다 술 한 잔 못 얻어먹고, 주당살이나 맞았는지, 얼굴은 어이 붉은고? 염려 말고 놀다 가소.”

문예부장은 이거 잘못 걸려들었다 싶었다. 이 자들은 버릇이 이랬다. 이게 무슨 연극인지, 사람 욕보이자는 수작인지. 자기가 당하고는 끝날 일도 아니었다. 초장부터 이렇게 나오니, 나중에는 어디까지 갈 것인지 겪고 나니 더 걱정이었다. 탈춤을 아예 그만두게 했더라면 좋겠다는 생각이 절로 났다. 그러나 이 자들은 그만두라면 더 극성이니, 말린다고 될 일이 아니었다. 축제 계획에 탈춤이 들어있지 않으면, 자기들끼리 준비해서 불청객이라 자세하고 더 야단일 터이니, 그리 돼도 걱정이었다.

장구 장단에 맞추어 안으로 끌려 들어온 문예부장은,

"내 다시 들리지 않을 터이니, 말썽 없이 잘 해주시오. 그 말만 명심하면 내 다시 안 오리다."

하면서 빠져나가려고 몸부림쳤다. 어쩌다 보니, 문예부장의 이 말도 탈춤 가락에 맞는 것처럼 되었다.

그러자 말뚝이가 썩 나서며,

"그 무슨 섭섭한 말씀, 어찌 말씀 그리하오. 나라에는 국법이요, 학교에는 학칙이라. 나라님이사 말하지 않아도 알고, 학교님은 총장님인가 사단장님인가. 나라대감은 예조판서, 학교대감은 문예부장 나리. 나리 분부 계시지 않아도, 소생들 같은 어린 백성, 이래하면 이래 기고, 저래하면 저래 기고, 기고만 살다 보니, 하늘은 높은 줄은 모르고, 땅 넓은 줄은 알게 되었으니, 안심하고 돌아가소서."

점입가경이었다. 더 말하다가는 무슨 봉변을 당할지 몰라서,

도망쳐 나오고야 말았다. 나오면서 생각해도 대책이 서지 않는 녀석들이었다. 안거리는 이따위 수작으로 엮을 모양이었다. 사 단장이나 자기가 욕을 먹는 것은 이미 각오한 바이나, 안팎거리 는 무엇이며, 바깥거리는 또 무엇인가? 이 녀석들이 기어이 일 을 내지 않을까 하는 염려도 들었다. 그 다음 날 인기가수 투표 를 한다는 공고가 붙었다.

공　고

　　본 단에서는 학생 여러분의 자발적이고도 민주적인 참여에 의해, 남녀 가수 각 5명씩 인기가수 10명을 투표로 선정하고 자 하여, 이에 그 취지와 절차를 공고하는 바이다.

　　10대 인기가수는 개교기념 축제 전야제에 초대되어, 시상식 에 이어서, 시연을 할 예정인 바, 이 행사는 대학문화 창달에 기여하고, 면학 분위기 조성에도 일조를 할 것으로 사료된다. 투표에 따르는 절차는 아래와 같으니, 학생 여러분은 빠짐없 이 투표에 참여해서 이 행사가 소기의 성과를 거둘 수 있도록 일치단결로 협조해 주시기를 바란다.

　　투표 일시　　　　9월 27일 오전 9시~오후 5시
　　투표 장소　　　　학생회관 내 투표장
　　투표시 지참물　　학도호국단 수첩

투표 요령 　　　　남학생은 여자가수 1명씩, 여학생은 남자

가수 1명씩 소정의 투표용지에 기입 후,

투표함에 투입.

개표 결과 발표 　투표 익일 오전 9시 본단 게시판

기타 유의사항 　과열방지, 기권방지.

19○○년 ○○월 ○○일

학 도 호 국 단 사 단 장

이 공고가 나붙자, 무엇이든지 구경이라면 다 좋아하는 학생들이 적지 않게 모여들었다. 그 사이 2학기 개학을 하고 한 달이 넘는 기간 동안 사실 학교에서는 아무 일도 일어나지 않아서 심심하던 차였다. 학도호국단에서 갑자기 무슨 공고를 내다니, 전에는 이런 일이 없었는데, 하루아침에 세상이 달라졌나 하고 놀라는 패도 있었다.

그러나 다 읽어보고 하는 수작들은 그게 아니었다.

"민주적 참여라니, 아직 그런 게 있나?"

"대학문화 창달이란 놈이 인기가수와 촌수가 어찌 된단 말이여?"

"언 눔이 대리 투표를 한다고. 이왕이면 호적등본을 띠가 오라 카지. 막걸리 한 말 받아 놓고 빈다 캐도, 그깐 놈우 투표 안한다."

"와따, 먼 말투가 그런당께. 그래서야 사람 쓰갔어?"

"이럴 줄 알았으면 주간지라도 부지런히 보아 둘걸. 참고문헌이 있어야지."

"싸가지 없게 놀지 마."

"누굴 찍으라고 정해 주지도 않고 투표를 하다니. 정답 모르고 시험 치는 것처럼 불안해."

"그야 자율적으로 해야지."

"아니야. 공고에는 분명히 '자발적'이라고 했어. 말을 함부로 바꾸지 마."

"자율적이든, 자발적이든, 그런 말을 들으면 공연히 부담이 돼."

"좌우간 이야깃거리가 있어서 좋다. 요새 같은 보리 흉년에."

"야, 부정적 사고방식의 만연은 오늘날 대학가의 심각한 문제점이라고 했어. 말들 조심해. 말이면 다 말인 줄 아나."

"가수 인물도 점수에 들어가나?"

"야, 촌 영감태기 같은 소리 하지 마. 요즘 누가 인물을 본대? 엉덩이 흔드는 걸 보지."

어쨌든 이번 행사는 학생들 사이에서 커다란 반향을 불러일으킨 것만은 틀림없었다. 대학신문에서 이 사건을 기사로 다루기 위해 논란을 벌이면서도, 우선 이 점만은 누구나 시인할 수 있었다. 그러나 이것을 몇 단 기사로 실어야 할지, 워낙 전례가 없던 일이라 선뜻 판단하기 어려웠다. 마침 기사가 별로 없던 판이라, 크게 취급할 만한 지면은 있었으나, 그럴 수는 없었다. 기사는 4단 정도로 뽑아, 1면 왼쪽으로 보내면서, 공고 내용의 개요만 소개하기로 했다.

하지만 그러고 말 수는 없었다. 논평이 없을 수 없었다. 그렇다고 해서 사설로 취급할 문제는 물론 아니었다. 역시 칼럼에서 문제 삼는 것이 좋겠다는 데 의견을 모으고, 편집국장은 자기가 맡고 있는 칼럼에다 이렇게 썼다.

한때 누군가 청바지와 통기타가 청년문화니 어쩌니 하는 말을 해서 구설수에 오른 적이 있다. 청년문화가 고작 그따위라면 이 나라의 장래가 암담하다는 말이 쉽게 나오겠지만, 사실은 나라의 장래를 염려한다기보다는 그런 수작을 글로 써서 책권이나 팔아보자는 사람의 정신 상태를 염려할 일이다.

그러나 문화란 말이 유행하더니, 누구나 대학문화를 내세우기에 이르렀다. 대학문화의 창달이라는 말도 쉽게들 하는데, 말이란 흔해지면 그 뜻이 타락된다는 평범한 진리를 새삼 깨닫지 않을 수 없다. 가수를 초청해서 대중가요를 부르게 하고, 그 분위기에 들뜨자는 축제가 대학문화의 창달이라는 가면을 쓰고 나타나도 위기의식을 느끼지 않게끔 되었다.

학생들을 즐겁게 해주려는 뜻이야 이해하지 못할 바는 아니지만, 까닭 없이 즐거워하는 것도 멋쩍은 일일 뿐만 아니라,

왜 스스로 즐거움을 창조할 수 없는가 하는 의문을 제기하지 않을 수 없었다. 대학은 주어지는 지식을 받아들이기 위해 다니는 곳도 아니므로, 그 의문은 참으로 심각한 것이다.

대학문화란 기존의 질서를 넘어서려는 창조적이고도 진취적인 기풍을 지녀야만 그 이름에 걸맞은 내용을 지닐 수 있다고 한다면, 이것이 위험한 사고방식이라고 규정할지도 모르는 판국이다. 그럴수록 토론의 자유나마 확보해야 대학이 대학다울 수 있는 최소한의 요건만이라도 잃지 않는다.

편집국장이라고 해도 학부 4학년 학생이다. 편집국장 김영중은 1학년 때 견습기자로 신문사에 들어온 이래 대학이 변하는 모습을 누구보다도 관심 있게 지켜보며, 그때마다 써야 할 글을 쓸 수 있는 데까지 썼다. 그런데 지금 이 글은 참으로 힘들게 썼다. 여러 차례 찢고 고치고 하다가 마감시간 때문에 더 버틸 수 없었다. 교정을 보면서 다시 고치려 했으나, 부분적으로 고치기에는 이미 때가 늦었음을 알고, 그 대신에 자기 마음가짐을 손질했다.

이 글이 나가자, 학도호국단 간부 중에는 적지 않게 분개하는 사람들도 있었다.

"대학신문이 평소에도 우리 호국단이 하는 일에 비협조적이더니, 또 이렇게 나오는군!"

이 말 때문에 관심이 생겨서 신문을 다시 보더니, 그 다음에 나타나는 반응은 거의 같았다.

"그 녀석들은 무엇이든지 씹기만 한단 말이야."

"어째서 신문이 학도호국단 산하로 들어오지 않는단 말인가? 서클도 다 들어왔는데."

"이거 어떻게 해야겠는데."

"야, 설마 신문사를 때려 부수겠다는 것은 아니겠지?"

"항의성명이라도 내야 하나?"

"위신 서지 않게, 무슨 그런 말을."

"신문사 주간에게 항의하자."

"신문사 사장은 총장이여."

"지금이 이러고 있을 땐가!"

사단장은 쓸데없는 소리 그만 하라고 했다. 사실 사단장으로서도 할 말이 없는 것은 아니다. 그러나 분위기가 이렇게 되니, 자기가 하고 싶은 말은 마음속으로나 할 수밖에 없었다. 학교 신문이란 것이 그 동안의 버릇대로 정치적인 문제를 들고 나올 수는 없게 되고, 그렇다고 해서 학교당국의 처사를 비방하는 것도 허용되지 않으니, 학도호국단 학생간부들의 처사나 시비를 하는 것이다. 생각은 이렇게 했으면서도, 일단 분위기를 진정시킨 다음에 대책을 강구하는 것이 좋겠다고 생각했다.

"모두들 그렇게 말하는 뜻은 충분히 이해하겠지만, 신문은 신문대로 할 말을 할 수 있어야지."

이런 말을 넌지시 했다.

그랬더니, 분위기는 더욱 험악해졌다.

"그러면 당하고만 있을 건가?"

"학도호국단이 사단장 혼자만의 학도호국단인가?"

"우리 여론은 누가 대변하는가?"

이렇게 되자, 사단장은 자기가 학생처장을 만나서 상의를 해서 좋도록 할 터이니, 우선 진정하라고 했다. 가장 모범적인 행동을 해야 할 학도호국단 간부들이 스스로 이성을 잃는 일은 있을 수 없다고 했다. 이 기회에 무슨 거조를 차려야 한다는 생각은 사실 자기가 먼저 했지만, 성사가 되기 위해서는 조용한 분위기가 선결조건이라고 판단했던 것이다.

"아직도 문제를 삼을 정도는 아니야."

사단장의 건의를 받고서, 학생처장은 이렇게 말했다.

"이게 어디 한두 번입니까? 이번에도 가만있으면, 무슨 불상사가 날지도 모릅니다. 신문사를 그대로 두지 않겠다고 벼르는 학생들이 적지 않습니다. 진정시키자니 고충이 말할 수 없습니다."

사단장은 그냥 물러설 수 없었다.

"아아. 알고 있어. 하지만, 신문 논조에 동조하는 학생들도 있다는 것도 알아야 해. 학생들 사이에서 충돌이라도 생기면 어떻

게 하겠나? 이번 학기는 아무 일도 없이 넘어가야 할 거 아닌
가."

　"그 점은 저도 염려하고 있습니다. 그래서 가만있지 않겠다는
학생들을 눌러 놓았습니다."

　"잘 했어. 사단장 노릇을 하자면 정치적 안목이 있어야 하지
않겠나. 정치란 어차피 타협의 산물이라고 하지 않나. 타협을
하면서 결과적인 양보만 얻어내면 성공하는 거야. 지금은 학도
호국단 체제를 착실하게 정착시키면서 학생들의 지지를 얻어내
는 것이 기대해야 할 최대의 양보이지. 그러니 웬만한 일은 참
고 견디는 게 좋아. 힘센 사람은 작은 일이라면 맞아주는 거야."

　학생처장은 법학과 교수이면서도 평소에 법의 논리에 매이는
것을 싫어한다고 늘 자기 입장을 밝혀 온 분이다. 법의 논리는
아주 엄격하고 예외를 허용하지 않는데, 그 점이야말로 법이 지
닌 최대의 맹점이라는 것이다. 더구나 지금은 법을 내세울 때가
아니라는 말도 잊지 않곤 했다. 법은 막혀 있다면, 정치야말로
얼마나 툭 트였는가. 정치학 강의를 한참 하니, 더욱 흥이 났다.

　사단장은 학생처장더러 신문사 주간에게 압력을 넣도록 하기
위해서 학생처장을 찾아왔다. 학도호국단 간부들을 일단 눌러
놓았기 때문에 목적 달성이 쉬워진다는 계산도 거듭하고 왔다.
그런데 정치학 강의를 한참 듣다가 보니, 이번에는 참아주고,
다음에 더 큰 일이 있을 때 반격하는 것이 마땅하다는 생각이

126

들었다. 힘센 사람은 작은 일이라면 맞아준다는 말이 특히 마음에 들었다.

일단 이야기는 끝난 셈이지만, 한 마디 더 묻지 않을 수 없었다.

"다른 학생들에게 뭐라고 할까요?"

"그야 자네가 알아서 해야지. 학생처장도 함께 걱정을 하고 있다고 해도 좋고."

학생처장은 사단장을 보내고, 총장실로 들어갔다. 총장에게 학생 동태를 보고해 두는 것이 좋겠다고 생각했다.

"어때? 이번 학기에는 아무 일도 없을 것 같은가요?"

총장의 질문은 핵심을 파악한 데서 나온 것이었다.

"예, 아직은 별다른 조짐이 보이지 않습니다. 개교기념 축제 때문에 잔뜩 열을 올리고 있으니 다행입니다. 학생들끼리 사소한 시비가 있지만, 어느 의미에서 이런 것이 있어야 다른 데 관심이 생기지 않습니다."

"축제규모가 예년보다 크다면서요."

"예, 그렇습니다. 호국단비만 가지고 예산이 모자라면 보조를 좀 하는 것이 어떻습니까?"

"아니, 그건 왜요?"

총장으로서는 돈이 필요하다는 데 관심이 부쩍 생기지 않을 수 없었다. 일을 떠벌리면서 돈만 쓰겠다는 사람은 분명히 아닌 학생처장이 이런 말을 하니, 그 이유가 더욱 궁금했다.

“학생들이 온통 축제에 몰두하도록 하는 것이 좋겠습니다. 이런 뜻에서 10대 가수를 투표로 선정하겠다는 계획도 좋다고 했습니다. 무언가 정열을 발산할 데가 있어야지요. 착실히 공부만 하라는 것은 학생 지도의 능사가 아닌 줄 압니다.”

총장이 그 의도를 십분 이해하는 것 같아서 긴 말은 하지 않았다. 그래도, 돈을 더 보조한다니, 그 점이 석연치 않은 눈치였다.

“보조하겠다는 돈은 그리 큰 액수도 아니고, 교비는 아닙니다. 학생 지도에 쓰도록 배정된 것이지요. 학생들이 교비보조를 기어이 요청하면 못 이기는 체하고 양보를 할 작정입니다. 그런 경우를 대비해서 총장님의 재가를 미리 얻어두었으면 합니다.”

교비가 아니고 별도 출처에서 온 돈이라면, 총장이 말릴 일은 아니었다. 한 가지 단서만 붙이고는 선선히 허락했다.

“좋도록 하시되, 장학금 늘리는 데도 계속 유의하셔야 해요.”

“예, 물론이지요. 학생들은 장학금에 관심이 많습니다.”

장학금을 늘리는 예사방법이야 교비 예산을 편성할 때 장학금을 증액하는 것이지만, 그걸 몰라서 말이 오고 가는 것은 아니었다. 총장은 교비 부담은 줄이면서 장학금은 줄어들지 않도록 하는 데 관심이 있고, 학생처장은 그렇게 하도록 노력은 하고 있지만 장학금 총액이 다소 늘어난 것처럼 보이기라도 해야 학생들에게 면목이 서겠다는 생각이었다.

하기야, 학생처장은 교비 부담 없이 장학금을 늘리는 좋은 방안을 구상하기도 했다. 대학 출판부에서는 매년 교양과목 교재를 대량으로 판매해서 상당한 수익을 올리면서도 그 수익금으로 팔리지 않는 학술서적을 출판하겠다는 약속은 지키지 않고 있다. 학생들은 왜 출판부 책이 시중 출판부에서 나온 것들보다 그렇게나 비싸냐고 이따금씩 항의를 했는데, 그럴 때마다 답변이 궁했었다. 출판부 수익금을 일부라도 장학금으로 돌리면 모든 문제가 한꺼번에 해결될 수 있겠다는 것이 학생처장의 착안이다.

이 기회에 그 말을 할까 하다가, 그만두었다. 출판부의 수익금이 실제로 어떻게 사용되고 있는지 모르면서 그런 말을 할 수 없다. 말을 했다가는 그 말이 학교의 숨은 내막을 파고들자는 것으로 오해되면 곤란하다. 학생처장 노릇을 하기가 참으로 어렵다는 것을 절감하는 바이지만, 학생들의 항의가 아직은 크게 표면화되지 않았으니, 견디어 볼 수밖에 없다는 생각을 하면서 총장실을 나왔다.

그 다음 일은 신문사 주간을 만나는 것이었다. 사단장에게는 그렇게 말했지만, 신문사 주간을 만나 가벼운 경고는 해 두는 것이 좋겠다고 생각했다. 그런데 어떻게 만날 것인가가 문제였다. 학생처장과 신문사 주간 사이에는 미묘한 갈등이 있다. 학생처장의 입장에서는 신문사가 학생처 산하로 들어오는 것이 좋겠다고 거듭 말한 바 있다. 다른 대학에서도 그런 방향으로

나간다. 처장 회의가 열릴 때에도 그 문제가 이따금씩 거론되었
다. 총장을 사장으로 하는 데 그치지 않고, 학생처장을 부사장
으로 해서, 신문사가 학생처장을 거쳐 총장의 지휘를 받도록 하
면 신문사 때문에 말썽이 생길 가능성이 줄어든다는 것이 당연
한 논리이다. 그러나 신문사 주간은 이에 대해서 계속 난색을
보여 왔다. 신문사 주간 회의에서의 여론은, 어떤 상황에서도,
신문사의 독자성은 보장되어야 한다는 쪽으로 기울어졌다고 하
기도 했다.

그러나 학생처장은 사정이 이럴수록 신문사 주간을 어렵지
않게 대해야 하겠다고 생각했다. 신문사 주간을 자기 방으로 부
르기로 하고, 전화를 했다.

"무얼 하고 계십니까? 심심하면 내 방에 와서 차나 한 잔 하
지요."

이렇게 좋은 말로 했다.

학생처장과 주간은 한참 동안 세상 돌아가는 형편이며, 이사
장의 기분이며, 총장의 근황이며, 이것저것 잡담을 나누었다. 어
느 것이나 두 사람의 공동 관심사이다. 둘 중 어느 쪽도 가볍게
스치고 지나가는 말만 하면서 공동 관심사를 즐겁게 음미하는
데서 벗어나지 않았다. 그러다가 학생처장은 상대방이 눈치 채
지 않게, 준비했던 본론을 슬그머니 제기했다. 요컨대 학도호국
단 간부들과 신문사 학생기자들 사이에 대립이 생기면 피차 입

장이 곤란해질 터이니, 잘 해보자는 것이었다. 그 이상 구체적인 말은 하지 않았다. 그러나 주간은 무엇을 지적하는 것인지 바로 알아차릴 수 있었다.

"신문사 아이들이 요즘은 착실해졌다던데요."

학생처장은 오히려 말을 이렇게 슬쩍 돌렸다.

"무슨 말씀입니까? 참 어렵습니다."

예상한 대로, 주간은 이렇게 대답했다. 이렇게 대답했으니, 학생처장은 "그럴수록 더욱 애를 쓰셔야지요."라고 하면 하고자 하는 말을 끝낼 수 있게 되었다. 그 말을 하면서 어조만 좀 예사롭지만 않게 하면 드러내지 않고 목적을 달성하는 셈이다. 그런데 이 눈치를 아는 주간은 가볍게 반격을 했다.

"잘 아시면서."

이 말뜻은 "당신은 별 수 있었나요." 하는 것이었다. 학생처장이 전임 주간이었다. 주간을 하다가 총장이 신임을 하면서 학생처장으로 발탁되었지만, 주간을 하면서 학생 기자들과 적지 않게 충돌했었다. 결국 주간으로서의 능력은 발휘하지 못하고 퇴진한 셈인데, 총장은 학생들과 맞서서 학교의 입장을 옹호하려고 한 노력이 그 결과보다 값지다고 평가를 한 것이었다. 이쯤 되면 학생처장의 입장이 곤란해질 것 같으나, 그렇지 않았다.

"그때와 지금은 상황이 다르지요. 그 당시야 아직 요순시절이었지요."

학생처장은 이렇게 말했다. 이 말에 대한 반론을 제기할 수는 없으니, 결정적인 반격인 셈이다. 주간이 대답할 말을 찾지 못하고 있는 동안에, 학생처장은 재빨리 한 마디 더 했다.

"이번 학기는 무사히 넘겨야 할 것입니다. 조금 전에 총장님도 그 점을 강조하셨어요."

지금 밀리고 있는 처지이면서도, 주간이 할 말이 없는 것은 아니다. 무사히 넘기지 못한다면, 그것은 학생처장의 책임일 터인데, 왜 주간에게 책임을 전가하려 하느냐고 따질 수도 있다. 그러나 둘 사이의 다툼은 보이지 않는 다툼을 드러내는 쪽이 지는 것처럼 되어 있다. 더욱 입장이 어렵게 된 것은 상대방이 총장까지 끌고 들어온 점이다. 총장이 주간에게 하는 말을 자기가 전하는 것처럼 들리도록 말을 했는데, 정말 그런가 하고 따질 수는 없는 노릇이다.

"여하간 잘 해봅시다."

학생처장은 이렇게 일방적인 결론을 맺었다. 주간은 상대방의 속셈을 빤히 들여다보면서 지고 말았다.

나중에 반격을 하더라도 일단 후퇴해야 상대방이 내심으로 승리감에 도취해 있는 시간을 단축할 수 있다고 생각해서, 그만 일어났다. 그런데 학생처장이 한 마디 붙이는 것이었다.

"시간 있으면 맥주라도 합시다."

이제 그쯤 했으면 패배자의 마음을 어루만져야 하겠다는 말인지, 아니면 부아를 더 돋우자는 말인지, 분간이 되지 않았다. 막판에는 상대방의 속셈을 들여다본다는 자신감마저 잃고, 주간은 학생처장 방에서 내심으로는 처참하게 물러나왔다.

신문사로 돌아온 주간은 편집국장을 자기 방으로 불렀다.

"주간 선생님. 무슨 일입니까?"

편집국장 김영중은 뻗더듬한 자세로 시큰둥하게 물으면서 들어왔다. 주간은 그 순간, 학생처장 방에서 나올 때 잔뜩 올라온 부아를 편집국장을 향해서 터뜨릴 뻔했다. 그러나 가까스로 참고서는, 아주 부드러운 말로 상대방을 맞이했다.

"거기 앉지. 우리 커피 마실까?"

"방금 마셨습니다. 무슨 일이라도 있는가요?"

그런데 상대방은 아직 선 채로 이렇게 말하는 것이었다.

"무슨 특별한 일이야 있겠나. 특집원고는 탈 없이 들어오나?"

대화를 계속하자니, 다른 걱정거리를 집어냈다. 다음 주에는 8면을 발행하면서, 〈현대사회와 대학〉이라는 특집을 꾸미기로 했다. 사회가 변하는 데 따라서 대학의 기능이 어떻게 달라져야 할 것인가 하는 문제를 다루겠다는 것이다. 대학신문이라면 응당 관심을 가질 문제이지만, 주간으로서는 원고가 들어올지 염려되지 않는 바는 아니었다. 교내 교수들이 쓰는 것이야 그리 염려하지 않아도 좋으나, 외부에 나간 것이 두 건 있다.

"예, 한두 건이 좀 늦어지겠습니다만, 나머지는 다 예정대로 들어오겠습니다.”

　편집국장은 주간이 원고 내용을 염려하는 줄 알면서도, 원고가 차질 없이 들어오겠다는 말을 했다. 원래 편집국장은 신문사의 재정권, 편집권, 인사권을 다 장악하고 있었다. 그런데 지금에 와서는 재정권은 완전히 주간에게 넘어갔고, 학생 기자들에 관한 인사권은 여전히 실질적으로는 편집국장의 소관이다. 제일 문제가 되는 편집권은 주간과 편집국장이 함께 행사하고 있는 셈인데, 이 때문에 서로 견제를 한다는 것은 알려진 비밀이다. 주간은 지도를 해야 하는 입장이니 편집국장이 하자는 대로 할 수 없다. 그런데도 편집국장은 자기가 학생들의 총의에 따라서 신문을 만들겠다고 하는 판이다. 둘 사이의 대화가 어긋날 수밖에 없는 사정을 주간은 주간대로, 편집국장은 편집국장대로 잘 알고 있다.

　그러나 주간은 사정이야 어떻든 본론을 제기해야만 했다.

　“그런데 말이야, 대학축제에 대한 자네 칼럼. 그 내용은 나도 전적으로는 동감이지마는, 학도호국단 측의 반응도 생각하면서 써야 할 것이 아닌가?”

　“무슨 일이 있었습니까?”

　편집국장은 자기대로 짐작이 가는 바 있어서, 무슨 일이 있었느냐고 세 번째 물었으나, 주간은 그 점을 일단 완강하게 부정했다.

“아니야. 왜 자꾸 그런 소리를 해. 내 생각이 그렇다는 거야. 이번 칼럼까지는 그래도 좋다 하더라도, 앞으로 무슨 일이 생기지 않도록 조심하는 것이 어떨까. 그저 염려가 되어서 하는 말이고, 자네를 위해서 하는 말이야.”

주간은 학생처장과 말을 할 때보다 더 힘들다는 생각이 들었다. 자기 말이 논리정연하지 못하다는 점을 느꼈기 때문에, 더욱 혼란에 빠졌다.

“신문이 그 정도의 자유가 없어서야 되겠습니까?”

그런데 편집국장은 정색을 하고 나섰다. 또 다시 언론 자유를 역설할 판이다.

“모든 자유가 그렇듯이 언론 자유도 상황에 따라서 행사해야 방종으로 흐르지 않는 거야.”

주간도 정색을 하고 반론을 제기했다. 그러자, 편집국장은 어조를 높였다.

“이 경우에는 상황이란 무엇입니까? 상대방의 입장을 봐주라는 말씀인가요? 제가 개인적으로 누구의 입장을 봐줄 처지는 아닙니다. 우리 신문은 만 명 가까운 학생의 여론을 대변하고 있습니다.”

이쯤 되자, 주간은 자기가 아주 늙은이 같은 거동을 하면서 상대방을 타일렀다.

“나도 자네 나이 때에는 자네에 못지않은 정열이 있었어. 타협이란 것은 몰랐고. 그러나 다 지나고 나면, 사람은 자기 뜻대로만 세상을 살아갈 수 없는 거야. 후회할 짓을 무수히 한 다음에야 이걸 깨달았어. 이런 말이 구세대의 낡은 수작이라고 탓하지 말게. 나도 아직 늙지는 않았어. 나도 원리원칙은 존중하는 사람이야."

그런데 상대방은 말이 없었다. 말이 없으니 말을 더 이어야만 했다.

"이 세상은 남과 더불어 사는 세상이야. 누구나 자기를 내세우고 싶어 하고, 자기 뜻대로 무엇이든지 하고 싶어 하지만, 남이 동의하고 받아들일 수 있는 범위 안에서 해야 한다는 것이야말로 불변의 원칙이다. 그렇게 할 때 자기 주장이 더욱 값진 것으로 승화된다는 점도 반드시 유의해야 할 사항이야. 어째 그렇지 않은가?"

이렇게 말해도 상대방은 대답이 없었다. 무언의 항변을 하는 것 같기도 하고, 반론을 제기할 여지가 없으니 그 말을 수긍하는 것 같기도 했다. 주간은 일단 후자로 해석하고 싶었다. 그래서 그 이상 더 말하지 않았다. 다른 대학에서는 신문사 학생기자들이 신문제작을 거부한다, 총사퇴를 한다 하는 등의 소요가 일어나기도 했다는데, 아직 그런 일은 없었으니 참으로 다행이다. 주간은 편집국장이 그런대로 대견하다는 생각도 들었다.

"우리 피차 고충이야 있지만, 잘 해보도록 하자."

“예.”

둘 사이의 대화는 원만하게 끝났다. 그래서 주간은 강의를 하러 가고, 편집국장은 편집실로 갔다.

편집실에서는 편집국장이 돌아오기를 기다려, 하던 말이 더 격해졌다.

“무얼 어떻게 한다던가?”

“때려 부수기라도 한다냐?”

“하여튼 가관이라고.”

“주간이 그 일 때문에 불렀던가요? 뭐라고 해요?”

“그건 그렇고, 다음 주에는 인기가수 투표 결과를 보도해야 하겠는데. 무얼 어떻게 쓰지.”

“대학문화 창달에 크게 기여한다고 쓰지.”

“야, 그건 진부한 문자야.”

“10대 가수 사진을 크게 내고, 히트곡 해설도 하고…….”

“그런 인터뷰를 해야지.”

“바스트는 얼마, 웨이스트는 얼마. 치수는 내지 않아도 될까?”

“수영복 차림의 천연색 사진은 어떻고?”

“우리 신문이 무슨 포르노 잡지인 줄 아나?”

편집국장은 말이 더 격해지기 전에 가로막았다.

“야아, 시시한 소리들 그만 하고, 하던 일이나 계속 해. 결과 보도야 사실대로 간단하게 하면 되지. 신문을 말로 제작하나.

할 말 있으면 글로 쓸 일이지.”

편집국장이 이렇게 말하자, 모두들 자기 자리로 돌아가, 원고지를 펴놓고, 글을 쓴다, 고친다, 빼고 넣고 한다, 일을 하기 시작했다.

“그런데 탈춤연습은 어떻게 되고 있던가.”

편집국장이 갑자기 생각이 나서 물었다.

“열심히들 하고 있어요. 아주 재미있어요.”

탈춤반 취재를 담당하고 있는 기자가 말했다. 이제 막 견습을 면한 1학년 학생이다. 이렇게 말머리를 꺼내놓고는, 신이 나서 그 뒤를 이었다.

“이제 줄거리도 잡혀가고, 대사도 아귀가 맞아갑니다. 그렇게 재미있는 거는 처음 보거든요. 안거리, 바깥거리, 안팎거리, 세 가지를 한다나요.”

예사말로는 더 설명하기 어려워서 그런지, 일어섰다. 일어서서, 탈춤패의 거동과 몸짓을 흉내 내었다.

“어 이 대방놀이판에 우리 탈춤패가 왜 왔는고 하니, 잡귀가 득실대 꿈자리가 사납다는 말 하도 요란해, 잡귀 내몰라고 우리가 왔으니, 어찌 알지 마시오. 잡귀가 없다니, 그 무슨 말씀. 잡귀 없다는 사람이 잡귀여.”

그러자 누가 책상을 장구 치듯이 쳤다.

“어 그렇고말고!”

“잡귀라니, 머리에는 뿔이 나고, 온 몸에 털이 숭숭, 그런 잡귀로 알지 마시오. 이빨은 멧돼지고, 상판이 시뻘건, 그런 잡귀로 알지 마시오. 그런 몰골이야 만화에나 나오는 거, 아이들 겁주려고 지어낸 것. 만화야 안 보고, 안 믿으면 그만이지만, 사람 잡을 잡귀가 소문도 없이, 이 놀이판에도 돌아다닌다오. 집안에는 집안잡귀, 대문거리에는 안팎잡귀, 거리에는 바깥잡귀, 잡귀 때문에 못살겠는데, 그런 줄도 모르다니!”

이렇게 떠들어대자, 모두들 자기 자리에서 일어나, 그 주변으로 모여들었다. 거기서 놀이판을 벌이는 것처럼 되었다.

“말씀이야 옳겠다.”

“잘한다!”

편집국장은 이러다가는 신문을 누가 만드나 싶어서, 제지를 했다.

“야, 그만 해 두어. 탈춤을 추는 패도 있어야 하지만, 탈춤이 어떻다고 풀이하고 해설하는 사람도 있어야지. 탈춤 취재를 가라 했지, 누가 탈춤 배우러 가라 했나. 그걸 해설기사로 써보아. 탈춤 공연이 끝나거든. 그게 우리가 할 일이야.”

“그런 말씀 부디 마소.”

누가 탈춤패의 흉내를 내며 빈정거렸다.

“아니 이러다가는 학교가 온통 탈춤판이 되겠다. 각자 일이나 해. 오늘 들어온다는 원고는 들어왔나?”

편집국장은 이리저리 돌아다니며, 원고 들어오는 상황을 점검하랴, 원고 고치는 데 말 물어보랴, 떠드는 사람 간섭하랴, 한창 바쁘게 설쳐댔다. 그런데 자기도 모르게, 어깨는 실룩, 팔다리는 들썩들썩, 거동이 탈춤을 추는 것처럼 되었다. 이거 뭐 이런 일이 있나.

드디어 10대 가수 투표일이 닥쳐왔다. 그 사이에 학도호국단에서는 모든 준비를 완료하고 만반의 태세를 갖추었다. 투표율이 저조할까 염려해서, 단결된 의지를 과시하자느니, 참여의식을 드높이자느니 하는 호소문도 써다 붙였다. 학교분위기를 온통 선거분위기로 바꾸어 놓으려고 했다.

그런데 투표일이 되자, 예상한 대로 투표율이 저조했다. 하기야, 이게 무슨 선거도 아니고, 투표율을 따질 것도 아니고, 당선무효나 선거무효라는 시비가 벌어질 것도 아니니, 사실 너무 신경 쓸 일은 아니었다. 투표장에다 기표소다, 투표함이다, 전에 학생회장 선거를 할 때 쓰던 기구를 다 꺼내다가 차려놓았고, 선거관리위원이다 참관인이다 하는 사람들이 팔에 완장까지 두르고서 자리를 잡고 앉았는데, 생각해보니 싱거운 일이었다. 처음에는 학도호국단 수첩에 있는 사진을 대조해 본인 여부를 확인하고, 이중투표를 방지하는 절차까지 제대로 지켰으나, 계속 그러다가는 투표율이 더욱 저조할 것 같아서, 한두 시간 후에는 학도호국단 수첩 같은 것은 보지 않았다. 한 학생이 몇 차례씩 투표를 한다 해도 상관하지 않기로 무언의 합의를 했다. 이거는 어차피 인기투표이니, 관심 있고, 열의 있는 사람이야 그렇지 않은 사람과 같을 수 있느냐 하는 합리적인 이유까지 생각해 두었다.

선거관리위원장은 문예부장이다. 사단장은 이따금씩 들러서 진행 상황을 알아보곤 했고, 문예부장은 계속 그 자리에 앉아 있었다. 문예부장의 관심은 오직 투표율이었다. 투표율이 너무 저조하면 마치 학도호국단 간부들이 불신임이라도 당한 것처럼 될 판이다. 그런 뜻에서 모두들 투표장에 나타나지도 않는 것 같기도 했다. 학도호국단 수첩 대조를 하지 않게 되면서 투표한 인원수 계산도 하지 않았으니, 정확하게는 알 수 없으니, 오후 3시경이 되어도 투표 참가자는 전체 학생 수의 반에 반도 어림없는 것 같았다.

"야, 그러지 말고, 나가서 아직 투표하지 않은 학생들을 찾아오는 게 어떻겠나?"

문예부장은 선거관리위원이다 참관인이다 하고 앉아 있는 학도호국단 대대장들, 각부 차장들에게 이렇게 말했다. 사실 관리위원이나 참관인이 할 일은 없게 되었으니, 자리를 지키고 있어야 할 것도 아니었다. 문예부장 한 사람만 남겨놓고, 모두들 왁자지껄 떠들면서 나갔다. 걱정스러운 표정은 없고, 도리어 농담이나 하는 분위기가 되었으니, 어이없는 일이었다.

그래도, 그렇게 한 것이 효과 있어, 그 후 학생들이 몇 패 다녀갔다. 투표에 참가하라는 강력한 권유를 받고 왔으면 침통하기라도 해야 할 것인데, 도무지 그렇지도 않고, 무슨 잔칫집에라도 다녀가는 듯이, 무어라고 떠들어대면서 투표를 하고 갔다.

"누가 최고 득점을 할 것 같은가?"

"돈 걸까?"

이렇게까지 관심을 나타내면서 떠들어대기도 했다.

네 시가 넘으니, 나가서 권유한 효과도 나타나지 않았다. 관리위원이며 참관이며 그냥 앉아있자니 무료하고, 분위기가 이미 장난 분위기가 되었는지라, 처음에는 한두 명씩 나중에는 여럿이서 자기들이 투표를 거듭 했다. 마침 신문사에서 취재하러 온 기자가 보이지 않았으므로, 문예부장은 그렇게 해도 말리지 않았다. 어쨌든 발표를 해야 할 터이니, 오히려 다행이라고 생각했다.

그럭저럭 하루 동안의 투표를 마치고, 개표를 해야 할 시간이 되었다. 투표함을 철저히 봉해 놓고, 문도 잘 잠그고, 저녁을 먹고 와서 개표에 들어갔다. 개표를 시작하자, 학교 신문사 기자가 둘이서, 하나는 카메라까지 들고 와 앉아 있으니, 장난 분위기가 계속 될 수는 없었다. 모든 절차를 격식대로 해야만 되었다.

관리위원장인 문예부장이 개표선언을 했다. 선언을 하면서, 관리인이 개표위원이 되고, 참관인이 검표위원이 된다고 했다.

이렇게 하는데 이의 없느냐고 물었다. 그러나 그 자리에는 개표위원과 검표위원밖에 없는데, 누가 이의를 말할 사람이 없었다. 신문기자야 취재만 하면 그만이지, 이의가 있느니 없느니 말할 처지가 아니었다. 그러고는 여러 가지 절차나 방법을 제시하는데, 투표율은 개표가 끝난 다음 표수 집계를 통해서 계산하겠다는 말도 거기 포함되어 있었다. 다시 이의가 없느냐고 물었다. 물론 이의가 없었다.

그러자 투표함이 개봉되었다. 투표지를 긴 책상 위에 다 쏟아 놓고는, 투표함에는 아무것도 남아 있지 않다는 뜻으로 투표함 밑바닥을 기자들 있는 데로 돌려 한참 보여 주기를 잊지 않았다. 개표 종사원들은 긴 책상에 둘러앉아서 투표지를 고르고, 헤아리고, 묶고, 넘기고, 검사하고, 집계하고, 한참 부지런히 움직였다.

이처럼 격식을 차리니 무슨 대단한 선거라도 했던 것처럼 되었다. 이거 선거가 얼마 만인가? 과연 누가 당선될 것인가? 이런 감격스러운 착각마저 들었다. 신문사 기자들이 사진기까지 들고 와서 개표절차를 기다리고 있고, 학도호국단 측에서는 사단장, 각 연대장들이 엄숙한 표정으로 그 결과를 지켜보고 있고.

마침내 개표가 끝났다. 공식 집계가 이루어졌다. 관리위원장인 문예부장이 그 결과를 발표할 차례가 되었다. 결과가 적힌 종이를 들고 일어서더니, 목소리를 약간 상기시켜 긴장된 분위기를 깼다.

"남녀를 막론하고 우선 득표 순서대로 발표하겠습니다."

우선 이렇게 전제하고, 좌중을 한 번 돌아보았다. 시선이 온통 자기에게 집중해 있음을 확인했다.

심수봉 78표

혜은이 56표

이화자 27표

이미자 23표

조용필 19표

고천민 10표

정학수 7표

그런데 여기까지 읊어나가자 한쪽에서는 쿡쿡거리는 소리가 나는가 했더니, 갑자기 폭소가 터졌다. 눈치 모르는 친구들은 무슨 일인가 두리번거리다가 뒤늦게 폭소에 가담했다.

문예부장은 표정이 아주 일그러졌다.

사단장도 자리에서 일어났다.

그래도 무슨 까닭인지 모르는 멍청이가 있어서,

"왜들 저러지?"

하고, 놀라서 물었다.

“야, 그것도 몰라!”

“이화자, 고천민, 정학수라!”

그제야 까닭을 모를 사람이 없게 되었다. 이화자는 이 대학의 이사장이고, 고천민은 총장이며, 정학수는 학생처장이다. “이화자”와 “이미자”는 이름이 비슷해도, 낌새 잘 아는 축은 “이화자”가 나올 때부터 쿡쿡거리기 시작했던 것이다. “고천민”과 “정학수”가 나란히 나오자 바로 폭소를 터뜨렸던 것이다.

폭소가 계속되면서, 분위기는 걷잡을 수 없게 되었다. 문예부장은 자기가 큰 실수를 했다는 것을 깨달았으나, 할 말이 없었다. 사단장이 나설 수밖에 없게 되었다.

사단장이,

“여러분 조용합시다!”

문예부장도 가까스로 정신을 차려서,

“유효표만 다시 말씀드리겠습니다. 조용합시다!”

라고들 해서 폭소가 일단 멈추었다.

그 다음에는 이른바 유효표인 가수 이름만 계속 불렀다. 그러나 가수 이름만 골라낸다는 것은 쉬운 일이 아니었다. 누가 가수가 아닌지 즉석에서 가려낼 수는 없었다. 더듬거리기도 하고, 묻기도 하고, 문예부장은 한참 땀을 뺐다. 부르다가 보니, 사단장 이름도 나오고, 자기 이름도 나왔다. 사단장 이름은 뺏으나, 자기 이름은 얼떨결에 그대로 부르고 말았다. 다시 폭소가 터졌다. 도무지 가수 이름 같지 않은 것도 섞여 있지만, 감정할 길이 없는 것도 있었다.

다 부르고 보니, 등장한 이름이 수십 명은 착실히 되고 백 명 가까이 되는 것 같기도 했다. 그런데 낭패인 것은, 유효표만 계산해서, 남녀 통산 7위부터는 모조리 한 표씩인 점이었다. 6위까지에서 여자가수는 넷이나 되고 남자가수는 둘뿐이다. 남녀 각 5명씩 10대 가수를 선발한다고 했는데, 10명을 채울 수 없게 되었다. 한 표씩만 얻은 수십 명 중에서 누구를 뽑아내 10명을 채울 것인가 즉석에서 문예부장의 재량으로 결정할 수는 없었다.

사단장과 상의를 하느라고 한참 시간을 보냈으나, 대책이 쉽게 나지 않았다. 결국 학도호국단 간부들이 비상대책회의를 열 수밖에 없었다. 사단장, 1연대장, 2연대장, 3연대장, 4연대장, 그리고 각부 부장들이 심야는 아니나 밤중에 비상대책회의를 열었으니, 길게 입씨름을 하고 있을 수는 없었다. 한 표씩 얻은 가수들 중에서 아무나 이름을 아는 대로 뽑아 넣을 수밖에 없었다. 그래서 남자가수 5명 여자가수 5명 도합 10대 인기가수의 명단을 조정하는 데 성공했다.

그런데 그 결과를 다시 발표하려고 개표장에 가보니, 관리위원이고 참관인이고 다 가고 없었다. 자기들만 남아 있었다. 그런데 신문사에서 온 기자들은 그 자리에 다시 나타나는 것이 아닌가. 문제는 여기서 다시 생겼다. 신문에서 이 일을 어떻게 보도하고 논평할지, 잠시 잊고 있던 걱정이 불쑥 들이닥쳤다.

문예부장은 보도자료를 기자들에게 주면서, 간곡히 한 마디 했다.

"신문사에서 이번에는 정말 잘 협조해 주어야 하겠어."

다행히 기자 중에 한 사람은 자기 고등학교 후배여서 사정을 할 수 있었다. 이렇게 말하고서는 그 기자를 한쪽 모퉁이를 끌고 가 귓속말로 했다.

"이봐, 10대 인기가수의 명단만 순서대로 발표하고, 표수는 알리지 말아줘. 더욱이 자세한 결과야 눈 감아 버리고. 알겠지? 내 체면을 보아서도, 이번에는 잘 협조해줘."

그러나 기자는 이 말에 응하지 않았다.

"그건 내가 결정할 수 있는 사항은 아닙니다. 지금 이 자리에서 이렇다 저렇다 할 수 없어요. 신문사에 가서 내일 아침에 상의해 봐야지요."

"야, 상의는 무슨 상의. 아무 소리도 말고 결과만 적어 내. 선후배 좋단 것이 뭐 있나, 이럴 때 선배 입장 좀 봐줘야지."

"이건 선후배 사이의 문제는 아니지 않습니까?"

"너 그럼 재미없어."

"가서 힘써 보기는 하겠지만, 결과는 책임질 수 없어요."

"그래. 너만 믿는다."

이때 다른 기자가 가까이 와서 두 사람의 말은 중단되었다.

이튿날 신문사 편집실에서는 중대회의가 열렸다. 사실 대수로운 일이 아니지만, 취재기자가 문예부장이 자기에게 개인적으로 부탁한 말까지 해버렸으므로, 중대회의가 되지 않을 수 없게 되었다.

"이걸 어떻게 취급하지?"

편집국장이 물었다. 모두들 우선 표정으로 대답했다. 하나같이 진지하고, 긴장되어, 비장하기조차 한 표정을 짓고 있었다.

"그야 사실대로 보도해야지."

취재부장이 입을 열었다.

"사실이라니? 어디까지 보도하자는 말인가? 이화자, 고천민, 정학수를 포함해서?"

이렇게 묻는 사람이 있어서, 편집국장이 대답했다.

"그 말이야 할 수 없지. 우리대로의 한계는 지켜야지."

이렇게 말하니, 결론이 난 상태였다. 그 말만 빼고는 모두 다 있었던 대로 보도하기로 했다. 세부적인 사항은 취재부장이 취재기자와 상의해서 결정한 다음에 편집국장에게 보이기로 했다.

주간은 이 회의에는 참석하지 않았다가, 나중에 인쇄소에서 인쇄를 하기 직전에 그 기사를 보았다. 대충 이런 내용이었다. 인기가수 투표는 끝났다 하고서는, 10대 가수로 뽑힌 명단과 그 표수까지 나와 있었다. 여기까지 읽고서는, 신문사 학생들이 학도호국단 간부들이 한 일을 자세하게 보도하는 것을 보니, 이제

는 관계가 개선되어 가는구나 하는 생각이 들어서 적이 안심이
되었다.

그런데 그 다음에는 투표율이 아주 저조했다는 말이 있었다.
공식발표가 없어서 자세히 알 수 없으나, 신문사에서 비공식 집
계를 한 바에 의하면 20퍼센트를 넘지 않을 것이라고 했다. 이
대목을 읽고서는, 이런 불확실한 추정이야 보도할 것이 없지 않
는가 하고 생각했다. 비공식 집계의 근거를 대라면 곤란하지 않
겠느냐 하는 점도 염려되었다.

또 그 다음 대목에는 인기순위 6위가 고작 2표이고, 7위 이하
는 1표 동점이어서 장시간 조정회의를 거쳐 가까스로 10명을 채
웠다는 말이 있었다. 이거 무언가 이상하다 싶었으나, 실제 경
위가 그렇다면 사실대로 자세하게 보도하는 편이 좋겠다고 생
각하면서, “고작”이니 “가까스로”이니 하는 투의 말은 빼든가 하
겠다고 마음먹었다. 사실 보도에 주관적인 판단이 들어가서는
곤란하겠다고 생각한 것이다.

끝으로, 가수가 아닌 인물이 다수 등장해서 가수 여부를 가리
느라고, 한참 진통을 겪었다고 했고, 사단장이나 문예부장의 이
름을 적은 투표용지도 있어서 더욱 혼란이 일어났다고 했다. 이
런 말이야 빼도 그만이라고 생각하다가, 굳이 뺄 것도 아니라는
판단을 내렸다.

어쨌든 개표 현장의 사정을 모르는 주간은, 신문이 이번 일을

자세하게 보도하고 크게 취급한 점이 다행이라는 전제 하에, 기사내용을 되도록이면 그대로 살리면서, 비공식 집계를 한 투표율을 삭제하고, 지나친 수식어를 더 적절한 말로 바꾸도록 지시했다. 편집국장이 또 무어라고 항변하면 곤란하겠다 싶었으나, 뜻밖에 선선히 응낙했다.

8면이나 되는 신문을 마저 훑어보았으나, 문제될 만한 것이 더 없어서 안심이었다. 〈현대사회와 대학〉이라는 이름의 특집 내용도 모두 그저 그런 것이었고, 원칙론에 머물렀거나 구체적인 예는 외국의 자료에 의존했다는 사실을 재확인했다. 염려를 했던 외부필자의 글도 원고료나 받으려고 쓴 거 같아서 안심이었다.

만화와 만평이 약간 마음에 걸리기는 했다. 만화에서는 정육면체 상자를 큰 것부터 작은 것까지 몇 개 나란히 그려놓았다. 보아하니, 그것들이 투표함처럼 생긴 것 같기도 했다. 그 밑에 글을 써놓기를 "태산이 울더니……"라고 해 놓았다. 만평에서는 "관계 당국에 건의해서 가수 인명사전이라도 편집하도록 해야겠으나, 노래 한두 번 부르지 않은 사람이야 없겠으니, 가수 여부를 판단하는 기준이 무엇인가 그 점이 염려된다. 악쓰는 소리와 노래가 어떻게 다른가도 문제이다."라는 구절이 있었다.

"신문을 재미있고 부드럽게 꾸미려하니 그렇게 됐습니다."

만화와 만평이 무슨 뜻이냐고 물으니, 옆에 있던 담당기자가 이렇게 말했다. 그러고 보니 시비할 거리는 아닌 것 같았다. 또한 만화나 만평은 좀 너그럽게 봐주는 것이 그 동안의 관례이기도 했다.

끝으로, 편집국장이 담당하는 칼럼을 보니, 이번에도 축제에 관한 것을 썼으나, 학도호국단에서 하는 일에 대한 구체적인 언급은 없어서 일단 안심이었다. 문제가 되는 구절이 있다면, 다음과 같은 정도였다.

'축제'란 말은 예사로 쓰지만 한 번 짚고 넘어가야 할 것이다. 사실 그 말은 일본어에서 온 것이거나, 일본 사람들이 서양말의 무엇을 번역하면서 널리 쓰게 된 것이다. 그 말을 들으면 일본 신사 앞에서 하는 행사가 연상되거나, 서양의 '사육제' 어쩌고 하는 것이 떠오르기 일쑤이다. 그래서 축제를 할 때에는 의례히 포크댄스를 해야 하는 것처럼 되기도 했다. 베네치아 같은 데서 한다는 '가요제'라도 본뜨면 더 어울릴 것 같기도 하다.

그러나 '축제'가 아닌 '굿놀이'는 조상 대대로 하던 것이고, 놀이를 하자니 춤도 추고, 노래도 했다. 풍물을 치고, 탈춤도 하며 흥겹게 신명풀이를 했다. 일 년에 한 번은 힘든 일에서 벗어나고, 사회적인 제약이나 신분의 차별 같은 것을 접어둔 채 무슨 말이든지 할 수 있는 언론의 자유도 누렸다. 그 열기

속에 들어가서 함께 어울리고 나오면 새 사람이 될 수 있도록 마음껏 놀았다. 그런데 일제 통치 이후, 이 모든 것이 억압되고, 잊혀지고, 왜곡되면서, 신명풀이를 할 수 없게 되었다. 뒤늦게 대학에서는 무얼 한다고 야단이지만, 불행히도 아직은 그것이 '굿놀이'가 아니고 '축제'이다.

그런데 조금 과한 것 같기는 해도, 어느 구석이 어떻게 잘못되었다고 집어내 말하기는 어려웠다. 이미 상당한 연구를 하고 쓴 것 같아서, 전체 논지는 고치라고 할 수 없겠다 싶었다. 말꼬투리를 잡히지 않을까 하는 각도로 다시 검토를 하니 역시 '언론의 자유'가 거슬리기는 해도, 전후 문맥을 보아서는 써도 좋은 말 같았다. 그 다음 대목에서는 이번에 하게 되는 탈춤을 두고서, 그걸 해설했다 할까 하는 말을 적어 놓았다. 탈춤도 개교기념 축제의 일환이고, 학도호국단에서 주최하는 것이니, 탈춤을 해설한 것이 잘못일 수 없었다.

주간은 신문 8면을 면밀히 검토하고, 또한 지시대로 수정했느냐도 살펴보고서는, 나머지 일은 학생들에게 맡겼다. 다른 어느 대학에서는 주간이 다 검토한 내용을 학생들이 마음대로 바꾸어서 문제가 생겼다는 말도 있으나, 이 대학 학생들은 그런 짓을 할 염려는 조금도 없기 때문에, 가벼운 마음으로 인쇄소 문을 나서서, 인근 다방에 들러 커피 한 잔을 시켜놓고 늘어지게 앉아 쉴 수 있었다.

그런데 이상한 일은 이 신문이 나가자, 말썽이 생기고야 말았다. 그 자세한 경과야 이 자리에서 소개할 바는 아니지만, 그 후에는 얼마 동안 신문이 나오지 않았다. 편집실은 텅 비어 있었다. 주간으로서는 대책이 서지 않는 사태가 벌어졌다. 주간을 사임할 수도 없고, 하지 않을 수도 없는 난처한 처지에 빠지고 말았다. 나중에 들으니, 편집국장 김영중 군은 입대를 했다는 소식이다.

"우리나라 언론의 풍토는 언제 시정될 것인지. 대학신문까지도 그걸 닮아야 행세를 하는 것처럼 되었으니, 한심한 일이야."

누군가 그렇게 말하는 사람이 있어도, 주간은 할 말이 없었다.

그건 그렇고, 개교기념 축제는 예정대로 개최되었다. 우선 전야제가 애써 준비한 대로 아주 성대하고, 즐겁고, 뜻 깊게 거행되었다. 오랫동안 공석 상에 나타나지 않던 이사장까지 참석해서 축사를 했다. 총장 부부는 시종 학생들과 함께 어울리면서 젊음을 되찾는 기분이라는 말을 거듭했다. 모든 순서는 예정대로 차질 없이 진행되었다. 10대 인기가수 시상식은 다른 어느데서 한 것 못지않게 성황을 이루었으며, 그 장면이 텔레비전 방송으로 방영되기까지 했으니, 큰 성과를 거두었음은 말할 나위도 없었다. 가수들이 노래를 부를 때에는 열기 띤 박수가 계속 쏟아졌다. 다만 유감인 것은 인기가수 중 몇 사람이 사전에 약속이 있어서 참석하지 못한 점인데, 워낙 통고가 늦었기 때문에 어쩔 수 없는 일이었다.

하늘에 불꽃이 터질 때 시작된 포크댄스는 젊음의 낭만을 구가하기에 조금도 모자람이 없었다. 쌍쌍이 모인 학생들은 광장을 가득 메우고, 근처 숲 속까지 온통 열기로 들뜨게 했다. 공식 순서가 다 끝난 다음에도 헤어질 줄 몰랐다. 이런 광경은 신문이 자세하게 보도해야 마땅한데, 신문이 나오지 않으니 유감이었으나, 그 점을 길게 아쉬워 할 필요는 없었다.

이튿날 학도호국단 간부들이 자체 평가를 위한 간담회를 개최할 때 나온 말을 정리하면 대충 이와 같았다. 한 차례 다시 검토를 해보아도, 가수들이 다 오지 못한 점이 유감일 뿐이고, 그 밖에는 나무랄 것이 하나도 없었다.

문예부장은 일동의 박수를 받고 흐뭇해했다. 그러나 그러고만 있을 수 없어 한 마디 했다.

"다른 것은 아무 염려도 없겠으나, 탈춤이 걱정이야."

이틀 후에 탈춤을 하게 되어 있었다.

"그래 상황이 어떤가?"

사단장이 물었다.

"자세한 내용이야 모르지만, 심상치 않는 것 같애."

"좀 가서 살피지."

"그 녀석들은 내가 가면 하던 연습은 중단하고 딴소리만 한단 말이야."

　문예부장은 사실 걱정만 했지, 자세한 내용은 몰랐다. 한 번 가보았다가 밀려난 후에는 다시 살피지 못했다. 그러니, 더구나 무슨 대책을 강구할 수는 없는 노릇이었다. 피차 말이 없는 회의를 오래 끌 수는 없어서 헤어지기로 했다.

　사단장은 생각 끝에 학생처장에게 가서, 전야제가 무사히 끝난 데 대한 인사도 하고, 남은 일정을 다시 설명한 다음에, 탈춤에 대한 염려도 은근히 비추었다. 그랬더니 학생처장도 이미 깊은 관심을 가지고 있었다.

　사단장이 나간 다음에 학생처장은 탈춤반 지도교수인 국문과 이 교수를 자기 방으로 불렀다.

　"제가 가서 뵈어야 할 건데, 오시도록 해서 죄송합니다."

　"아니, 무슨 말씀입니까. 처장님은 항상 바쁘시고, 저야 늘 놀지요."

　우선 첫 마디 대화가 이렇게 오갔다. 이 교수의 말은 농담인지 진담인지 알 수 없었다. 이거 또 탈춤 투가 아닌가 하는 의심이 들어서, 학생처장은 바짝 긴장했다.

　"탈춤 공연이 이틀 후로 다가왔지요."

　"예, 그렇습니다."

　다행히, 이번에는 말이 예사롭게 나왔다.

　"우리 대학이 그렇다는 것은 아니고, 다른 대학에서는 탈춤 때문에 말썽이 납디다. 그런데 왜 요즘 학생들은 탈춤이라면 그렇게 야단인가요? 몇 해 전까지만 해도 그렇지 않았었는데."

"흥을 돋울 만하지요."

"흥을 돋우는 데 그쳤다면 좋겠습니다만, 문제 되지는 않겠지요?"

"문제를 만들면 문제가 되지요."

학생처장은 문제가 없을 것이라는 대답을 듣고 싶었는데, 뱃심 좋게 이런 말을 하는 것이었다.

"그게 무슨 뜻이지요?"

"탈춤이란 이렇게 볼 수도 있고, 저렇게 볼 수도 있는데, 도둑이 제 발이 저리달까 해서 더러 문제를 만들기도 하는 모양입디다. 만들어야 별 것 아니지만."

학생처장은 그 말대로 하면 자기가 도둑 후보자인 것처럼 되어서 기분이 나빴으나, 내색은 하지 않았다.

"선생님 보기에는 어떻던가요?"

"제 욕은 없는 것 같아서 도리어 섭섭합디다."

말이 이렇게 어긋나니, 학생처장은 본의 아니게 정색을 하게 되었다.

"그렇게 안이하게만 생각하실 일은 아닙니다. 만약 무슨 일이 생기면 선생님 입장도 곤란해 질 것입니다."

"탈춤패가 능구렁이가 다 됐으니, 과히 염려하실 것은 없습니다. 누가 지나친 해석을 하면 그렇지 않다고 일러 주시고요. 마음 턱 놓고 보시면 흥이 날 겁니다. 옛날 양반님네들은 탈춤에서 양반 욕을 그렇게 해도 과히 탈잡지 않았습니다. 너그러운 마음을 가지면 같이 웃을 만하지요.”

상대방은 계속 이렇게 유들유들하게 나왔다. 이건 뭐 안심을 하라는 말인지, 불안하게 여기라는 말인지 종잡을 수도 없었다. 몇 해 전부터, 전에는 듣도 보도 못하던 탈춤이란 놈이 나타나더니, 학교를 온통 흔들어 놓아, 학생처장은 갈피를 잡을 수 없게 되었다. 탈춤이란 놈은 법학으로든 정치학으로든 도저히 이해되지 않는 것이었다. 학생문제라면 일가견이 있고, 학생 지도 방안을 논하는 회의에서는 언제나 남보다 앞서서 툭 트인 식견을 자랑하고 했는데, 탈춤이란 놈이 나돌아 다닌 후에는 내심에 혼란이 생기지 않을 수 없게 되었다.

하기야 이 교수에게 탈춤 강의를 청해서 들어 보면 어떨까 하는 생각도 해보지 않은 것은 아니지만, 탈춤강의를 탈춤 투로 한다면 하나마나 한 것이다. 학생처장은 법학을 전공하기 때문에 그런 것도 아니고, 탈춤 투의 말이 우선 생리적으로 싫었다. 누가 우리나라 사람들은 비논리적이라고 단정할 때 자기도 모르게 은근히 반발을 한 사람이지만, 탈춤 투의 말을 들으면 비논리적이라는 단정에 반론을 제기할 여지가 없는 것 같았다. 그런데 학생들은 탈춤이라면 정신을 차리지 못하니, 탈춤의 내용이 어떻다고 따지기에 앞서서, 그러한 현상 자체를 깊이 우려하지 않을 수 없다고 평소부터 생각해 왔다.

그러나 길게 생각하고 있을 겨를은 없었다. 이 교수를 다시 다짐을 두는 것이 상책이었다.

"내용을 잘 아시는 선생님만 믿겠습니다."

"예. 필요하면 해설이라도 드리지요."

이렇게 해서 말이 끝났으나, 이 교수가 나간 후에 다시 생각하니, 할 이야기를 했는지 하지 못했는지 그 점도 분간되지 않았다.

그런데 탈춤패는 누가 걱정을 하건 말건, 어떤 말이 오고가는지도 도무지 모르는 채, 이런 태평성대에 팔자 좋은 백성들이 아니 놀고 어쩌랴 하는 투로, 여유작작하게 떠들어대며, 늘어지게 준비를 해서는, 공연하는 날이 되니까, 그 괴상하게 생긴 콘센트 건물을 출발하여 썩 야단스러운 행진부터 했다.

횃불을 든 자가 여기저기 서서 길을 밝히고, 탈 쓴 녀석이며, 풍물잡이며, 한 패거리며, 구경꾼이며, 모두 한데 얼려서, 풍물소리 요란하게 걷는지 춤을 추는지, 줄도 맞지 않고, 대오도 없이 걷는지 마는지, 일렁일렁, 어슬렁거리며, 놀이판으로 가는 줄 알았더니, 그것도 아니고, 이 건물 저 건물마다 기웃거리며, 그 앞에서는 무얼 하는지, 작은 쇠를 치는 녀석이 앞소리를 무어라고 하면, 모두들 그 뒤를 받아, 풍물소리 때문에 들리지도 않는 말을 무어라고 악을 쓰면서 했다. 한 패거리인지, 구경꾼인지 사람은 자꾸 늘어나고, 모두들 좋다고 야단이고.

학생처장은 따라가면서 구경을 해도 뭐가 무언지 알 수 없었다.

"지금 무얼 하는가?"

"공연장으로 바로 가지 않고, 지신밟기를 하는 모양입니다."

옆에 따르는 사단장에게 물으니, 이렇게 대답하는 것이었다.

그 말을 듣고 보니, 과연 그럴듯한 설명이다 싶었다. 무어라도 악을 쓰는 말을 자세히 들어 보니, "지신아 지신아 눌리세."라고 하는 것 같기도 하고, "잡귀 잡신은 저 걸로, 만복은 이 댁으로"라는 말도 들리기는 했다. 만약 야간 데모를 이렇게 했다가는 세상이 뒤집힐지도 모른다는 엉뚱한 생각도 잠시 들었으나, 다시 보니, 분명히 지신밟기였다. 학생처장 자신도 어려서는 농촌에서 자랐던 탓에 지신밟기라면 알 만한 것이나, 어려서의 지신밟기와 지금 눈앞에서 벌어지는 광경이 같은 것이라고는 도무지 느껴지지 않았다.

"지신밟기는 왜 하는 거지?"

"잡귀를 몰아낸다나요."

다시 물으니, 이번에는 문예부장이 대답했다.

"뭐가 잡귀인데?"

얼핏 잡히는 것이 있는 것 같아, 급히 되물었다. 그러나 대답이 들리지 않았다. 뒤를 돌아보니, 사단장도 문예부장도 없었다.

저만치서 누가 그 두 사람을 끌고 가는 것이었다. "야, 너희들은 무어라고 거기서 어정거리고 있나? 교수라도 되나? 오늘은 사단장도 뭐도 아니여." 하면 군중 속으로 끌고 들어가는 것이었다.

학생처장은 말 상대가 없어서 멍하니 서 있는데, 저만치 탈춤반 지도교수인 이 교수가 자기와 친한 교수들 몇 사람과 함께 서 있는 것이 보였다. 그리로 갔다.

"저게 무슨 순서인가요?"

누군가 묻자, 이 교수가 대답했다.

"길놀이이지요. 탈춤은 원래 지신밟기에서 시작되었거든요. 지금 지신밟기를 하면서 놀이판으로 갑니다. 학교가 마을이라 치고, 구경꾼도 모을 겸, 같이 흥도 내면서."

그러자 놀이패들은 운동장으로 향했다. 운동장에 도착해서 횃불을 여기저기 꽂아놓고서는 놀이를 시작할 차비를 차리는 것이었다. 풍물잡이들은 여전히 치지만, 탈 쓴 패들도 한 쪽으로 앉고, 구경꾼들은 그 주위를 에워쌌다. 앉고 서고, 그야말로 인산인해를 이룬 사람 몸서리를 비집고, 학생처장과 교수 일행도 놀이판에서 과히 멀지 않은 곳까지 진출했다.

탈 쓴 녀석이 하나 춤을 야단스럽게 썩 나오더니,

"쉬"

하고 말을 길게 뽑는 것이었다. 그러자 풍물소리가 그쳤다. 이제 시작하는 모양이었다.

"대방에 인사 여쭙고 들어가려다가, 이왕 나왔으니, 용건 하나 이르겠소. 세월이 예전 같지 않다는 말 밤낮없이 하오마는, 예전 어느 시절에 도망친 잡귀가 여기 와 있단 말 풍편에 넌짓 듣고 불원천리 내 왔으니, 그 녀석 행방을 일러 주면, 우리 패거리 놀음 놀 제 말석에 끼워주지."

탈 쓴 녀석이 또 하나 춤을 야단스럽게 추면서 썩 나오더니, 먼저 나온 녀석을 소매로 치면서,

"아따 그 녀석 성급하기는 문고리 잡고 엿장수 부르겠네. 잡귀면 무슨 잡귀 성은 뭐고, 관향은 어디고, 아명은 무엇이며, 관명은 무엇이고, 자는 무엇이고, 낱낱이 고해야 이 자리에 오신 손님네들 반상 귀천 간에 알아들으시든지, 알아 처먹든지 할 게 아닌가."

또 한 녀석이 먼저와 같이 나오더니,

"이제 보니, 네놈이 잡귀로다. 이름 하나면 되지, 무슨 이름 무슨 이름 그따위 것들 어느 때 귀신 보따리라고 지금 와서도 다 섬기고, 반상이니 귀천이니 그따위 소리나 하는 네놈이 잡귀로다. 오늘 놀음이 어떤 놀음인 줄도 모르고, 네놈이 나서다니! 어서 빨리 물러나라. 개잘량이라는 양자에 개다리소반이라는 반자 쓰는 양반잡귀는 별 볼일 없게 되었어. 네놈 잡아먹을 잡귀가 수두룩해!"

이러자 구경꾼 중에 누가,

"야 개잘량 어쩌고 하는 건 어디 있는 문자다!"

하니, 방금 말한 녀석이 그리로 돌아서며,

"이 녀석도 어디 있던 녀석이여. 그러나 오늘은 부르지도 않았는데, 잘못 나왔어. 너도 먹고 썩 물러나라. 맨입으로야 보내겠나."

라고 하는 것이었다.

그러자 또 한 녀석이 먼저와 같이 나오더니, 방금 말한 녀석을 치면서,

"야 이 녀석아, 네놈이 잡귀로다! 연습할 때는 뭘 하다가, 이제 와서 딴소리냐?"

하더니, 관중을 향해서 말을 이었다.

"대방에 계신 여러 손님네들 이 녀석 말을 믿지 마세요. 연습할 때는 초두가 이래 길지 않았다오. 안거리, 안팎거리, 바깥거리, 이 세 거리만으로 날렵하게 짜놓았는데, 이 녀석들이 그걸 다 까먹고 양주산대 옴중과장을 하는지, 봉산탈춤 목중과장을 하는지 도무지 분간을 하지 못하고, 이 지랄들 해 오니, 눌러앉아 보시든가, 아니면 자리를 피해 주시지요."

그러자 또 한 녀석이 나와 먼저와 같이 하더니,

"야 이 녀석아, 너도 먹고 썩 물러나라. 맨입으로야 보내겠나. 한 술 얻어먹었으면 물러나라. 이 자리가 어느 자리라고 함부로 떠드느냐. 탈춤판이라고 벌여놓으면 된 소리 안 된 소리 주책없

이 떠들다가, 눈치나 슬슬 보면서 시간이나 끄는 녀석들, 하나 빠짐없이 다 물러나라. 탈춤에는 원래 예고도 없고 해설도 없는 법이여. 이 자리가 어느 자리라고, 이사장님, 총장님이야 마침 바쁜 일이 생겼거나 외국손님이 와서 참석하시지 못했겠지만, 학생처장님, 사단장님, 직원님들, 꿋발이 빨래줄 같은 분네들이 다 오신 자리여."

이렇게 떠들고 있는데, 그 동안 등장했던 무리 중에서 둘만 남고 하나는 우쭐우쭐 춤을 추면서 퇴장했다. 퇴장했다 해도, 한쪽 옆으로 가서 쭈그리고 앉는 것뿐이었다. 남은 녀석들 중에서 하나는 거드름을 피면서 버티고 섰고, 또 하나는 고개를 푹 숙이고 반은 서고 반은 앉았다.

방금 너스레를 떨던 녀석이 고개를 숙인 녀석을 거드름을 피우는 녀석 앞으로 끌고 가더니,

"다른 어르신들은 나중에 뵙기로 하고, 우선 사단장님께 인사드려. 군문에 분주하신 틈을 타서 어린 학생들 돌보시느라고 수고가 많아. 가수들 초청해 주시고, 신문도 보지 않아도 되도록 해주시고. 인사를 단단히 드려."

고개를 숙인 녀석이 거드름을 피우는 녀석에게.

"소인 문안이오."

하니, 상대방은,

"아 이놈 문안이고 문밖이고, 자세가 그게 뭐냐, 그래 계급이

뭐냐?"

"계급이란 말 당치 않소. 소인이야 계급에 속할 처지가 되나요. 돼지급이라 할 것도 없고, 두더지급이 제격이지요."

이러는 동안에 인사를 드려라 어쩌고 하던 녀석도 춤을 추면서 퇴장했다. 둘만 남아서 말을 계속하는 것이었다.

"직속상관 관등성명은?"

"소인 위에 하늘 있고, 소인 밑에 땅이 있다지만, 하늘 구경은 한참 동안 못했고, 땅 속에서 기고 있는 신세지요. 직속이라 상관할 것이 아니라, 서숙 곡식이라도 배불리만 먹으면 더 바랄 게 무언가요. 관등놀이야 소싯적에 한 번하고, 성명이야 땅에다 묻어 보존하지요."

"교련시간에는 뭘 하고 있었기에 딴소리냐? 너도 탈춤패냐?"

"제 이웃 시궁창에 살던 교룡이 하늘에 올라갔다는 말 들은 듯도 하오마는, 소인이 먹고 사는 데 바빠서 한 번 치어다 볼 겨를도 없었으니, 탈이라면 그게 탈이지요."

그러자 한 녀석이 썩 나서더니,

"이런 멍청이는 제적을 시켜도 우습고 그대로 두어도 우스우니, 땅 위로나 올라오지 못하게 단단히 눌러두시지요. 사단장님 체신 차리려면 연대장이나 불러서 지휘봉으로 배를 찌르든지, 촛대 뼈나 까든지 하실 일이지, 이따위 머저리 같은 탈춤패를 상대해서 무얼 합니까? 높으신 어른이 욕은 못 하실 거고, 소리나 한 번 지르고 들어가시지요. 언제 다음 순서로 넘어가야 하겠으니. 들어가서 구경은 하시되, 호령은 삼가 주시지요. 어차피 놀자고 하는 허튼 수작인데, 너무 심각하게 생각하실 거는 없거든요.”

그러자 또 한 녀석이 썩 나서더니,

“아니, 보아라. 네가 무얼 안다고, 해설이다 훈계냐, 쓸데없는 소리만 하고 있느냐? 지금이 어느 때라고 어서 길이나 비켜라.”

“아니 어디서 보던 녀석이로구나, 나갔으면 아주 나가고, 들어오면 나가지 말 일이지, 나갔다가 들어왔다가 누굴 놀리나?”

“아니, 이 녀석 보게. 연습을 할 때는 학생 역을 하겠다고 단단히 약속을 해 놓고, 학생이라면 말버릇이 그게 뭔가? 아무리 탈춤이라도 너무 심하지 않은가!”

이 말에 폭소가 터져 나왔다.

그러자 상대방은 갑자기 태도가 공손해지면서,

“아이고, 선생님 잘못했으니 용서해 주십시오. 선생님 테레비에 나오셔서 학생 지도 요령을 말씀하실 때, 학생과는 부드럽게 대화를 해야 한다고 하시지 않으셨던가요. 제가 바로 그 학생이니, 부드럽게 대화를 해 주세요. 너무 나무라지 마시고. 그런데 선생님 그 동안 어디 가셨던가요? 유황숙을 따라 촉나라 벼슬살이 가셨던가요? 궁예 밑에서 대변인 노릇 하셨던가요? 이괄이 난리 꾸밀 때 참모 노릇 했던가요? 어디 갔다 이제 오시나이까?

저희들 배고픈 학생이야 굿에 간 어미 기다리듯, 칠년대한에 단비 기다리듯, 꿈결이 아니라 텔레비전 곁에서나 선생님을 문뜩문뜩 뵙고, 기다리다 못해 벌써 졸업해 나간 녀석들도 있으니, 이 일을 어찌 합니까?”

“내가 용궁에 갔다 와서 용궁 향내가 아직 난다. 용궁에 갔다 오니, 아들은 죽고 손자가 이미 늙었더라고, 너는 도대체 몇 년도에 입학했기에 아직도 남아 있나?”

“어찌 이르시는 말씀인가요, 출세를 하면 사촌을 몰라본다는 옛말은 들었어도, 선생님마저 이러실 줄 예전에는 미처 몰랐어요. 선생님 속을 썩혀드려, 선생님더러 오라 가라 하게 하던 바로 그놈이 저 아니오니까! 그 사이 집에서 쉬라더니, 선생님 오시는데 마중할 사람 없다고 폐품 활용하는 모양입니다.”

“그게 무슨 고약한 말버릇이냐?”

“학교 안으로 썩 들어서면, 고약한 녀석들이 고약한 말 너무 해서 선생님 놀라실까 염려해 예방주사 놓은 것이니, 어찌 알지 마세요.”

학생처장은 보면서 마음이 조마조마했다. 아까도 말이 너무 심한 것 같더니, 이번에는 그냥 보고만 있기가 어렵다 싶었다. 그러나 나서서 말릴 수는 없고, 이 교수라도 찾아야 하겠다고 해서 둘러보니, 어디 갔는지 보이지 않았다. 그러나 다시 생각해보니, 학교는 오래 비워두면서 학생 지도를 이렇게 해라 저렇

게 해라 하고 시어머니 짓이나 하는 교수는 말이 너무 심하지
않다면, 가벼운 욕은 먹어도 무방할 것 같기도 했다. 어쨌든 이
이상 험악해지지는 말아야 할 것인데 하고 걱정을 하고 있는데,
그 다음에 또 한 녀석이 나와서 호령을 하는 것이었다.

"너희들은 놀음판을 전세 냈나? 바깥거리는 언제 하라고 그러
고 있는 거냐? 말이 길어지면 꼬리가 잡히는 법이여. 그만들 하
고 들어가. 알 만한 사람은 다 아니. 자기들 같은 멍청이만 있는
줄 아나 봐."

그러고는 관중을 향해서 한 마디 했다.

"대방에 계신 손님네들, 우리는 한다면 저렇게 구질구질하게
하지는 않습니다."

이 말을 하고 나서는 한참 동안 괴상한 춤만 추어댔다. 팔다
리를 야단스럽게 흔들며, 몸을 비꼬며, 도무지 어떻게 돌아가는
줄 모르게 춤만 추더니, 드디어 말을 하는 것이었다.

우선,

"쉬."

해서 풍물소리가 그치게 해 놓고서는,

"야, 이놈들아 풍물을 뭐 그따위로 치나! 좀 더 건 건드러지게
치지."

풍물잡이들에게 공연히 화를 내더니,

"이놈 말뚝아!"

하고 호령을 내놓았다.

"예."

말뚝이가 달려 나가니,

"상판대기가 울룩불룩하고, 목자가 우락부락하고, 도무지 말을 듣지 않는 놈이 있거든 모조리 잡아들여라!"

그러자, 구경꾼은,

"야아, 그거 봉산탈춤에 다 있는 거다!"

하는 것이었다.

말뚝이가 그리로 돌아서서,

"아는 체 하지 말고 보여 주는 대로 잠자코 보고만 있어. 떠들면 가만두지 않는다. 이 자리가 어느 자리라고."

관중도 가만있지 않았다.

"어, 저 녀석 건방지게 논다!"

"까불면 너희도 다 잡아들여."

"아니, 무슨 죄가 있다고?"

"남들 탈춤 추는데 비방하는 거는 다 죄가 아닌 줄 아는가. 너도 먹고 썩 물러나라."

"저 녀석 사람 잡는데 이골이 나더니, 하는 수작을 좀 들어 보게, 저 녀석을 그냥 둬!"

"허허, 세상 돌아가는 판을 모르거든 가만있어. 몰라도 어찌 그렇게 모르나."

이거는 뭐 탈춤을 계속하자는 것인지 관중과 싸움을 하자는 것
인지 알 수가 없었다.

참다못해서 누가 고함을 질렀다.

"잡소리 그만 하고, 다음 장면 보자."

말뚝이는 그리로 돌아서서,

"그 말씀 잘 하셨어요. 이거 하마터면 탈춤을 망칠 뻔했네, 저
런 녀석들을 그대로 두었다가는, 탈춤은 고사하고, 나라가 어찌
될지 모를 판이야. 너도 먹고 썩 물러나라."

그러자 다시 호령소리가 났다.

"야 이 녀석 말뚝아! 잡아들이라는 놈들 잡아들이지 않고 무
얼 하고 있는 거냐! 냉큼 거행하지 못할까?"

그 말을 듣자 말뚝이는 근처에서 구경하던 관중 속에서 아무
나 두 사람을 잡아다가, 엉덩이를 샌님 앞으로 들이밀게 하고서
는 머리를 푹 눌러 세워 두었다.

샌님이 물었다.

"이거 왜 이렇게 구리나?"

말뚝이가 대답했다.

"이 녀석들이 도망을 다니면서 양치를 못해서 그런 모양입니
다."

그러자, 관중 속에서 다시 고함을 질렀다.

"야, 그거 봉산탈춤에 다 있는 장면이야! 새 것 한다 해 놓고,

왜 그대로 해!"

"잔소리 많은 녀석, 너도 썩 물러나라."

이렇게 대꾸하고 그대로 계속했다.

샌님이 말했다.

"무어 그래? 그러면 이 녀석들의 모가지를 뽑아다 밑구녕에 박아라."

그러자 말뚝이가 대답했다.

"그런 재주가 있으면 오죽이나 좋겠습니까? 자꾸 잡아들이면 뭘 합니까? 저렇게 많은데."

뒤의 말은 들고 나온 채찍으로 관중들을 죽 가리키면서 하는 것이었다. 그러고는 말을 이었다.

"차라리 샌님이 퇴장하셔서 놀음을 끝냅시다. 소인도 인제 좀 쉬어야겠습니다."

그러나 탈춤이 다 끝났다. 등장인물이 모두 나와서 함께 춤을 추는가 싶더니, 구경꾼도 거기 어울렸다. 누가 놀이패고 누가 관중인지 구별도 없이, 요란한 풍물소리에 맞추어서, 한바탕 춤을 추며 노는 것이었다. 야단스럽게, 떠들썩하게, 별별 괴상한 춤을 다 추는 것이었다. 모두들 왜 그렇게 흥을 내는지, 도무지 알 수 없었다.

학생처장은 하마터면 넘어질 뻔하다가, 겨우 거기서 빠져나와 가쁜 숨을 몰아쉬었다. 보아하니 소동은 대단해도 별일은 없을 것 같아서 겨우 안심이 되었다. 도대체 이놈의 탈춤이 어떻게 되었는지 이 교수라도 있으면 해설을 들어볼까 해서 찾았으나, 찾을 도리가 없었다. 하는 수 없어, 그런 일이야 대수로울 것 없다 싶었다. 아직 뭐가 뭔지 잘 모르지만, 무사히 끝난 것 같다.

"너도 먹고 썩 물러나라."

이 말 흉내를 내면서 슬슬 꽁무니를 뺐다.

현 키호테 종횡기

어디라고 구태여 밝힐 필요가 없는 그저 그런 대학 이야기를 하나 더 하기로 한다. 이것 또한 시대가 달라져 씨알이 먹히지 않는다고 핀잔을 주지 말기 바란다. 돈 액수 같은 것이야 얼마든지 고쳐 말할 수 있다.

아니리가 길어지면 판이 식는다.

각설하고, 수작이 오가는 것을 들어 보자.

"신학기에 아주 대단한 분이 오신다면서요?"

"예. 대단하다 해도 지나친 말은 아니지요. 현영석 박사라고. 이름을 들어 보지 못했던가요?"

아침이면 모두들 문과대학 교수대기실에 모여서 커피를 들면서 한담을 하는 것이 이 대학의 풍속이었다. 그런데 오늘은 어쩐 바람인지, 좀처럼 모습을 드러내지 않던 학장이 나와서 턱 자리를 잡는 것이었다. 자연 학장을 중심으로 이야기판이 벌어지자, 영문과의 안 교수가 물었고, 학장이 대답하였다.

학장은 그 일이 화제에 오르기를 기다렸다는 듯이 말을 이었다.

"미국서 영문학박사를 하고, 다시 비교문학박사를 한 분입니다. 더욱이 미국서 교수로 다년간 재직하고 있었는데, 이번에 뜻한 바 있어 귀국하려는 것입니다. 이런 분이 우리 대학에 오는 것은 우리 대학의 자랑이지요. 총장님의 새로운 방침이 이제 결실을 보게 되는 셈이군요."

학장은 자기의 공로를 내세우기에 앞서 우선 그 영광을 총장에게 돌리기를 잊지 않았다. 작년에 취임한 총장은 이 대학 설립자의 아들이다. 대수로 치면 이 대 총장이랄까. 아버지는 사실 온갖 욕을 먹어가면서 대학을 키운 결과 규모가 이제 내로라는 정도가 되었다. 그런데 아들은 이에 만족하지 않고 대학의 질적인 향상을 위해서 새로운 방침을 천명했던 것이었다.

"총장님 방침이 대학에서는 교수가 제일이다, 교수진 강화야말로 대학발전의 관건이다, 이런 것이 아니겠습니까. 그래서 해외에 나가 있는 석학들을 초빙하려고 애쓰고 계시는 것도 다 아는 사실이 아닙니까. 하기야 나도 한 차례 밖에 나가 두루 알아보고 왔지만. 그런데 해외에 나가 있는 석학이라 하면 자연과학 분야만 말하니, 그래서야 되겠습니까. 자연과학 분야 분들이야 정부가 세운 연구기관이다 국립대학이다, 그런 대로 가도록 하고, 인문과학을 전공하는 석학은 우리가 모시자는 것입니다. 정부에서는 관심이 없으니깐요. 바로 현영석 박사 같은 분 말입니다.”

이렇게 말하는 학장의 전공은 미국사였다. 원래 서양 고대사인가 무언갈 했는데, 중년이 훨씬 넘어 미국을 갔다 오더니 전공을 바꾸었다고 했다. 지금 미국문화연구소 소장을 겸하고 있다. 나이는 쉰댓인가 되지만, 젊은 사람 못지않은 시대감각을 지녔다고 자부하고, 미국 사정에 어지간히 정통한 분이다. 그러니 현영석 박사가 석학이라는 사실은 다시 의심할 여지가 없는 것 같았다.

“그럼, 그분의 전공이 무엇인가요?”

영문과의 안 교수는 이점이 궁금했다. 하필 영문학과 교수로 온다니, 이를테면 전공과목 재편성이랄까 하는 것이 문제되지 않을까 염려스러워 하는 말이었다. 안 교수로서는 아주 대담한 질문이었다.

“딱 어느 분야를 전공한다 하기 어려울 겁니다. 지금까지 미국서는 비교문학을 강의했지요. 동서문학 비교연구 같은 데 관심이 많다고 합디다. 워낙 폭넓은 공부를 했으니, 비단 영문과뿐만 아니라 우리 문과대학 전체를 위해서 큰 기여를 할 것입니다."

안 교수는 학장의 설명을 들어도 확실하게 짚이는 게 없었다. 비교문학이라? 도무지 실감이 나지 않았다. 그러나 어쨌든 자기가 알뜰하게 지켜온 과목인 19세기 영국수필은 그냥 둘 것 같은 생각이 들었다. 동서비교문학을 하는 넓은 안목을 가진 분이 그런 구석진 강의야 관심이라도 있을라고.

옆에 있던 국문과 서 교수가 한 마디 거들었다.

"비교문학을 한다면 우리 국문학과와도 깊은 관련이 있겠습니다. 국문학계에서도 비교문학에 대한 관심들은 많지만, 어디 제대로 아는 사람이 있어야지요. 많이 배울 수 있겠는데요."

말 머리가 이렇게 돌자, 학장은 신이 났다.

"그렇게 생각하시니 다행입니다. 사실은 이분이 오는 것을 계기로 해서 무슨 비교문화연구소 같은 것을 하나 세우자고 말이 오고 가고 있습니다. 총장님도 깊은 관심을 가지고 계십니다. 비교문화라면 비교문학보다 범위가 넓어서 더 좋지요. 아무튼 여러분이 적극적으로 협조해 주셔야 하겠습니다."

"그럼 미국문화연구소는 어떻게 됩니까?"

이렇게 묻는 사람도 있었다. 이것은 학장으로서는 약간 난처한 질문일 수 있었다. 미국문화연구소는 학장이 소장으로 있지만, 근래 활동이랄 것이 없었다. 미국대사관이나 미국공보원 쪽에서 연구비가 올 것으로 기대하고 세웠는데, 연구소를 세우자 그 사람네들 형편이랄까 정책이랄까 하는 것이 바뀌었다. 그렇다고 해서 학교에서 지원이 있는 것도 아니니, 간판이나 유지하고 있다면 좀 심한 말이고, 그저 그런 정도였다. 그런데 학장은 어려워하지 않고 바로 대답했다.

"그야 그 속에 흡수되어야 하지요. 이제 연구소를 대형화해서 육성할 단계에 이르렀습니다. 아마 새 연구소가 서면 상당한 지원이 있을 것입니다. 학교에서."

무언가 기대를 가지라는 말이었다.

"듣자 하니, 현 박사인가 그분을 위해서 학교에서는 이사 비용은 물론, 집을 얻는 비용까지 부담하기로 했다면서요?"

이런 말이 나오니, 학장은 부인하지 않았다.

"총장님은 해외 석학을 초빙하는 데 예산을 아끼지 않겠다는 방침입니다."

주위 사람들은 "과연 그래야 하겠구나!" 하려다가, 다시 생각하니 자기들은 갑자기 초라해진 기분이라 아무도 말을 잇지 않고 있는 판이었다.

그런데 저쪽 구석에서 바둑에 열을 올리고 있던 두 적수, 국사학과 정 교수와 국문학과의 이 교수는 엉뚱한 소리를 주고받았다.

"허! 고얀지고."

"양반 나으리께서 욕을 보셨네."

바둑을 두면서 바둑 판세가 그렇다는 말인지, 학장이 한 말이 그렇다는 뜻인지, 그것은 알 수 없는 노릇이었다. 그러나 어느 쪽이든 학장으로서는 갑자기 이야기판이 식어버린 것 같아서, 마치 반격이라도 하듯이 열을 올렸다.

"미국 대학에서는 교수 개인에 따라 대우가 다르다는 말을 듣지 못했던가요. 능력에 따른 대우를 하는 제도입니다. 메리트 시스템이라고. 그래도 불평은 없어요. 오히려 향상을 위한 노력이 있을 따름이죠. 놀고먹어도 호봉은 저절로 올라간다는 것은 한국적 사고방식의 허점을 그대로 반영하는 제도입니다."

학장이 하는 말을 듣고 있던 영문과의 안 교수, 국문과의 서 교수, 그리고 그 밖에 몇 사람들은 그 말이 원칙적으로 그럴듯하다고 생각하면서도, 각자 자기 처지와 관련해서 적지 않은 불안을 느끼지 않을 수 없었다.

더구나 얼마 전에 전체 교수회를 하는 자리에서 총장이 현재의 봉급 체계를 더욱 합리적인 방향으로 재조정하겠다고 하지 않았던가. 어느 늙은 교수가 신학기 봉급인상 건을 질문하자, 올려준다는 말은 하지 않고 이런 엉뚱한 대답만 해서 모두들 의아하게 생각하고 있었는데, 학장의 말을 들으니 무언가 짚이는 게 있는 것 같았다. 문교부 실험대학평가교수단이 왔을 때에도 능력급인 메리트 시스템 도입을 권장했다는 말도 나돌았다.

서 교수는 이제 막 박사학위를 받았으니 큰 불안은 없었으나,

외국에 나가서 몇 해 동안 공부를 할 기회가 있었으면 새로운 연구방법에 대한 갈증을 풀겠는데, 이런 생각에 잠겼다. 현영석 박사란 사람과 친하면 그런 길을 찾을 수 있을지도 몰라, 이런 계산까지 해보았다.

그런데 안 교수의 사정이 달랐다. 영문과에 있으면서 외국 갈 기회도 다 놓쳤고, 구제 박사학위의 마지막 열차도 타지 못했다. 이제야 이 대학의 신제 박사학위 과정에 등록을 했으니, 그리 떳떳한 편은 아니었다. 새 제도 어쩌고 하는 것이 왠지 불길하게 느껴지는 것이었다.

"이거 더러워서 하겠나."

바둑 두는 데서는 또 다시 이런 이상한 소리가 들려왔다.

그러자 상대방인 국문과 이 교수는,

"군자라면 물러갈 때를 알아야지."

라고 하는 것이 아닌가.

다시 생각해보니, 그 말은 바둑 때문에 나온 것 같고, 둘 다 이쪽에서 하는 이야기는 듣지도 않는 것 같았다. 하지만, 안 교수는 그 두 사람 때문에 공연히 더 불안해졌다. 뱃장도 좋다. 한 사람은 문학사이고, 또 한 사람은 문학석사이면서. 어째서 저렇게 태연할 수 있는가. 이렇게 생각하니, 그 두 사람이 무척 부럽기도 했다.

아침 한담은 이 정도로 끝났다. 아직은 겨울방학 때라 강의가 있는 것은 아니지만, 모두들 연구실로 갈 차비를 차렸다. 바둑 두는 사람들이야 시간이 가는지 오는지 모르지만, 한담으로 기분 풀이를 할 때가 아닌 것 같았다.

학장은 잠시 학장실에 들려서 간단한 결재를 몇 가지 하고 총장실로 향했다. 오늘따라 영문과 학과장이 보이지 않는 것이 약간 마음에 걸리기는 했다. 영문과 학과장을 찾을까 하다가, 그럴 것 없다고 생각하면서 총장실로 갔다.

현영석 박사가 오게 되는 이번 인사는 사실 따지고 보면 영문과에서 공식으로 논의된 바 없었다. 영문과 학과장과도 아직 미처 상의하지 못했다. 소문을 들어서 알고는 있겠지만, 그러니 나중에 딴말이 나올지도 모를 일이었다. 하지만 총장이 이처럼 서두르고 있는데, 영문과 학과장이 뭐 대수로우냐. 이렇게 마음을 고쳐먹으니, 발걸음이 가벼워졌다.

총장은 마침 학장을 기다리고 있었다.

"현 박사가 내일 저녁에 김포공항에 도착한다는 연락이 왔군요. 우리 둘이서 나가보는 게 어떨까요?"

학장은 이런 일에 총장을 잘 보좌해야 한다고 생각했다.

"그러실 것까지야 없지요. 제가 혼자 나가보면 되겠지요. 총장님은 다음 날 학교에서 만나도록 하시지요."

학장은 지금 총장의 아버지인 전(前) 총장이 자기에게 간곡히 부탁하던 말이 생각났다. "우리 아이가 아직 나이 어리고 부족

한 점이 많으니, 큰일이나 작은 일이나 잘 보살펴 주셔야 하겠어요. 내 단단히 믿겠어요." 학장은 전 총장을 도와서 학교를 이렇게까지 키운 공신일 뿐만 아니라, 탁고의 중임까지 맡았던 것이다. 그런데 총장이 공항까지 나가겠다는 것은 그 정성은 십분 이해하는 바이지만, 체면이 손상되는 일이었다. 총장이 그런 실수까지라도 하지 않도록 세심하게 살피는 것이 자기 임무였다.

전 총장은 아들에게 총장 자리를 물려주고 이사장으로 있은 지 몇 달 만에 세상을 떠났다. 집념의 한평생이 그래도 헛되지는 않았다. 아들도 어지간히 잘 둔 편이다. 그런데 지금 이사장은 전 총장의 후처이자 총장의 계모인데, 총장과는 사이가 나빴다. 이사장에게 드나들면서 총장 험담을 하는 사람도 있다는 소문이었다. 이사장은 전처소생인 지금 총장을 밀어내고 자기 소생인 둘째 아들을 총장 자리에 앉히고 싶은 생각을 품었을지 모를 일인데, 그래서는 난리이다. 학장은 어떤 일이 있어도 총장을 굳게 받들어야 한다.

학장은 총장에게 자기가 한 말의 뜻을 풀이했다.

"현 박사가 우리 대학을 위해 아주 소중한 분이기는 하지만, 총장님께서 공항에 나가실 필요까지야 없겠지요."

총장의 나이는 올해 갓 마흔, 혈기 왕성한 어린 것은 아니었다. 이 대학을 졸업했고, 잠시 미국 유학을 하고 와서는, 교수로 있으면서 거쳐야 할 보직은 두루 다 거쳤다. 돌아가신 노인이 아들 훈련을 단단히 했다. 실무도 익히도록 했지만, 왕성한 의욕을 북돋우는 데 더욱 힘을 썼다. 그러나 아직도 물려받은 업을 다 휘어잡아 나가기에는 부족하다 하지 않을 수 없었다. 하기야, 총장 동생은 지금 기획실장 일을 보고 있는데, 나이도 서른을 조금 넘었고 자기 형에 비하면 여러모로 모자랐다.

총장은 선대부터 봉사해온 이 노(老)교수의 말을 깊이 신뢰하고 있던 터이라,

"그러시지요."

하고서는, 다른 이야기를 시작했다.

"새 연구소 건 어떨까요?"

"예. 연구소를 한번 본격적으로 해보는 거야 참 좋은 계획입니다. 어차피 그런 추세로 나갈 건데, 우리가 앞서야지요. 그러나 현 박사가 아직 국내 실정을 잘 모를 터이니, 소장 일을 감당할 수 있을지 걱정이 되기도 합니다."

이 학교는 학장이 다섯이나 된다. 이공대학장도 있고, 가정대학장도 있고, 예술대학장도 있고, 경상대학장도 있다. 그런데 문과대학 학장만은 총장이 흔히 "학장"이라고만 불렀다. 다른 학장들보다 격이 높다랄까 하는 점을 나타내는 말이었다.

"저야 물론 힘자라는 대로 돕지요."

사실 학장은 새 연구소 소장을 자기가 맡았으면 하는 생각이 없지 않았다. 지금 미국문화연구소 소장을 겸하고 있는데, 연구

소 규모가 더 커진다 해도 감당하지 못할 것은 없다. 그런데 갑갑한 노릇인 것이, 다른 사람이 아닌 자기를 추천하기란 여간 어려운 일이 아니었다. 중이 제 머리를 못 깎는다는 것은 이런 경우를 두고 하는 말인 것 같았다.

"연구소 예산은 연간 얼마로 잡으면 될까요?"

"그야 사업 나름이겠지만요, 논문집만 잘 내려 해도 돈 천은 있어야 할 겝니다. 그 정도가 최하선이지요."

"국제학술회의도 해야지요. 그 예산은 얼마로 보면 될까요?"

"제대로 하려면 한 이천은 들어야 할걸요."

학장은 총장이 국제학술회의에 대해서 상당한 기대를 걸고 있다는 것을 짐작하기 때문에, 그걸 제대로 하자면 이천만 원은 있어야 한다고 크게 잡아 말했다. 총장은 사실 자기대로의 구상에 도취되다시피 했다. 국제학술회의를 열어서 세계 각국의 석학이 두루 모인 자리에서 개회 연설을 하고, 저녁 리셉션에는 문교부장관까지 초대하고, 카메라 플래시며, 텔레비전 녹화며. 그렇게 해서 자기도 영광스럽게 되지만, 대학을 국내외에 널리 알리면 얼마나 좋은 일인가. 그런 화려한 제전을 주재하자면 역시 현영석 박사 같은 사람이 있어야 한다. 큰물에 놀았어야 큰일을 할 것이 아닌가.

하지만 연구소를 하는데, 일 년에 삼천만 원이라. 돈이 문제였다. 학교 재정을 보아서는 무리가 아닐 수 없었다. 이사장이 반대를 할지도 모를 일이었다. 이사장은 교수들이 월급 올려 달라고 하는 데 더 큰 관심을 가지고, 의욕적인 사업 같은 것은 좋아하지 않는 편이었다. "네 아버지가 어떻게 해서 일으킨 학교인데, 잘못하다가는 털어먹을 것 같다." 이런 말까지 하지 않았던가. 아들은 바로 나무라지 못하면 며느리 탓이라고 몰아붙일지도 모를 판이었다. 새로운 사업을 벌이자는 것은 며느리 친정의 누구와 짜고, 그쪽에 무슨 이권을 주느라고 하는 짓인 양 여길 수도 있었다.

사실 학장으로서도 좀 불안한 것이 사실이었다. 총장은 의욕이 대단해 좋으나, 의욕이 지나쳐 실수를 할 염려가 없는 것은 아니었다. 돈 아쉬운 줄 모르고 자란 탓인지, 손이 너무 커서 걱정이기도 했다. 그러나 자기로서는 이사장에게 유리한 행동은 하지 않아야만 했다. 사람이 한 번 노선을 정하면 변치 않아야 한다는 것이 처세의 신조였다. 비록 자기 소생은 아니라도, 결국에 가서는 어머니가 아들에게 져야지 달리 어떻게 할 도리는 없으리라는 전망도 확고한 것이었다.

학장이 나가자, 총장은 기획실장과 경리과장을 불렀다. 기획실장은 자기 이복 아우이고, 경리과장은 자기 형님이다. 경리과장은 총장 생모 언니의 아들인 이종이며, 총장보다는 십여 세 위이다. 전 총장이 학교를 일으킬 때부터 같이 일한 사람이다. 절대적인 공로가 있다. 이사장이 전 총장 부인으로 들어왔을 때에도 경리과장을 하고 있었다. 이사장이 벅차게 생각해 내보내고 싶은 생각을 가져도 지위가 흔들리지 않는다. 기획실장은 이사장 편이라면, 경리는 총장 편이다. 이 대학을 떠받치고 있는 두 기둥인 셈이다.

총장은 먼저 경리과장에게 물었다.

"신년도 예산안이 거의 됐나요?"

그리고 기획실장에게도 물었다.

"너도 생각해 보았느냐?"

예산안은 실제로 경리과장이 짜는데, 제도상으로는 기획실장이 그 일을 담당하는 것으로 되어 있다. 하기야 경리과장 위에 사무처장도 있지만, 사무처장이야 교수가 보직으로 하는 직책이며 임기가 정해져 있으니 들러리나 다름없었다. 세금 계산이라든가, 편입생 모집이라든가 하는 등의 은밀한 일은 사무처장 자신이 알아서 개입하지 않으려 했다. 그만큼 처세를 할 줄 아는 사람이라야 사무처장으로 발탁되는 것이었다.

그런데 대답은 기획실장이 먼저 했다.

"월급 인상폭이 가장 골치 아픈 일입니다."

예산안 편성의 기본 방침은 기획실장 소관이니 먼저 발언하는 것이 당연한 일이었다. 그뿐만 아니라, 기획실장은 이사장의 노선에 따른 월급 인상을 우선적으로 시행하자는 것이었다. 이제 결정을 지어야 할 단계에 이르렀으니, 분명히 의사를 밝혀야만 했다. 아주 아귀를 짓도록 하기 위해서 뒷받침이 되는 말부터 다시 했다.

"다른 대학에서도 10퍼센트씩은 올리는 모양입니다. 문교부에서도 강력히 종용하고 있고요. 이번 교수들의 여론도 만만치 않습니다. 일단 그 정도 올리는 것으로 결정하고 계수 조정에 들어가는 것이 좋겠습니다."

그러나 총장은 그 안을 그대로 받아들일 생각이 없었다.

"그래서야 다른 일은 거의 하지 못할 것이 아닌가. 그렇게 올리면 인건비가 전체 예산에서 차지하는 비중이 얼마나 되나요?"

기획실장이야 그런 수치는 얼른 대답하지 못할 터이니, 경리과장에게 발언할 기회를 주기 위해서 이렇게 물었다. 경리과장은 나서서 자기 생각을 지지하도록 하자는 것이었다. 총장 쪽에서도 합리적인 근거가 있어야 했다.

"80퍼센트 가량입니다. 학교 경영에서 인건비가 차지하는 비율이 70퍼센트가 넘으면 위험하다고 합니다. 어르신네가 계실 때에는 절대로 그 선을 넘기지 않았습니다."

어르신네란 전 총장이다. 전 총장 시절이야 이 대학은 월급이 적기로 이름이 났었다. 어디 그뿐인가, 서류상으로는 전임이라 해 놓고 실제로는 시간강사인 이른바 사쿠라 전임도 적지 않았다. 그런데 아들이 뒤를 잇자, 최소한 그런 어두운 구석은 없애야 한다면서, 사쿠라 전임 중에서 전임을 시킬 만한 사람은 전임을 시키고, 그렇지 못한 사람은 내보냈다. 교수 대우를 상당히 향상하고, 교수진 보강을 방침으로 내세웠다. 그러니 인건비가 전체 예산에서 차지하는 비중이 70퍼센트를 훌쩍 넘었다.

기획실장이 다시 말했다.

"10퍼센트를 올려도 다른 대학에 비해서 대우가 나쁜 편입니다."

사실 이 말도 일리가 있는 것이었다. 전에는 이 대학과 보조라도 맞추듯이 인건비 지출을 아끼던 대학들이 근자에는 어찌된 셈인지 적지 않은 선심을 쓰고 있는 것이다.

경리과장이 다시 말했다.

"문교부에서는 대학설치기준령이다 뭐다 하며 단단히 벼르고 있습니다. 시설은 하지 않으면서 말만 막자니 여간 어려운 일이 아닙니다. 금년에는 아무래도 실험동 비슷한 것이라도 꾸며 놓지 않을 수 없습니다. 이공대학을 아예 없앤다면 모르지만."

이 말도 말은 맞는 말이나, 사실 경리과장 소관사는 아닐지도 모른다. 그러나 전 총장 시대부터 돈과 관계되는 일이라면 무엇이든지 경리과장이 관장하는 것이 관례였다. 교무처장이나 사무처장도 경리과장이 그렇다 하면 그런가 하는 판이니, 기획실장이 나서서 따진다 해도 별 재간이 없었다.

"잘못 하다가는 사채를 내야 할지도 모를 지경이지."

경리과장은 은밀한 상의를 할 때면 언제나 그렇듯이 말투를 바꾸었다. 비록 자기 아우이지만 총장을 총장으로 대해야 하니 존댓말을 쓰는 것이 예사였다. 그러나 총장과 단둘이서 다른 사람은 몰라야 할 이야기를 할 때면 존댓말을 쓰지 않고, 총장이 오히려 형님에 대한 예우를 하는 것이 둘 사이의 관례이고, 이 관례를 기획실장도 어느 정도 짐작을 하는 바였다.

그러나 기획실장은 관례는 짐작했지, 둘 사이에 오가는 은밀한 말은 자세히 알 턱이 없었다. 사실은 사채를 내야 할 염려는 없었다. 부동산을 따로 사 둔 것도 있고, 증권에 투자한 돈도 있었다. 그리 큰 액수는 아니지만 사채를 놓은 것도 있었다. 이 모든 것이 전 총장 명의로 되어 있었는데, 경리과장의 노련한 수완 덕분에 지금은 총장 처남 명의나 경리과장 부인 명의로 바꾸어 놓았다. 물론 이사장이 직접 관장하는 부분도 있지만, 이사장은 그것이 전부인 줄 아는 판이었다. 기획실장이야 사채를 내야 할지도 모를 지경이라고 하는 데 대한 반론을 제기할 자료를 가지고 있지 못했다.

기획실장과 경리과장의 시합은 겉으로나 속으로나 경리과장의 승리로 기울어지지 않을 수 없게 되었다. 그러나 총장은 심판 노릇을 하는 데 만족하지 않았다. 두 사람의 주장을 함께 받아들이면서, 학교 재정을 안정시키면서 교수 대우를 대폭 개선하는 멋진 방안을 제시했다. 그 동안 몇 차례 말을 꺼내 보았으나, 두 사람 다 쉽게 납득하지 않았었는데, 이제는 결정적인 시기가 온 것이었다.

"그래서 이 어려운 시기에 학교 발전을 가속화하자니 새 제도를 창안하자는 거요."

두 사람에게 동시에 말하려니, 존댓말을 택할 수밖에 없었다. 자기 아우 기획실장은 제쳐놓고 나가자는 것은 아니었다.

"전에도 말하던 메리트 시스템이지요. 월급 인상에 차등을 둔다 이런 뜻이지요. 근무연한별로 차등을 두자는 것은 아니고, 업적이라든가 능력이라든가 학교에 대한 기여도 같은 것들을 종합적으로 평가해서, 우대해야 할 사람은 우대하자는 말이지요."

기획실장은 교수를 우대한다는 말 때문에 일단은 안심을 할 수 있었다. 경리과장은 무슨 말인지 얼른 이해가 가지 않아서 듣고만 있었다.

"본봉마저 그 제도로 재평가하는 것이 마땅하고, 미국에서는 으레 그러지마는, 아직은 하기 어려운 형편이고, 본봉은 일률적으로 5퍼센트씩 올리도록 하지요. 그리고 나서, 연구비에는 메리트 시스템을 도입하는 겁니다. 연구비를 인상하되, 다섯 단계로 차등을 두자는 것입니다. 사실 이 제도가 아주 합리적인 것입니다. 그 동안 분위기 조성도 어지간히 되었고, 취지 설명도 더러더러 했으니, 이제 시행할 때가 되었습니다."

"그러면 지출이 너무 많은데요."

경리과장은 자기대로 마음속에 계산을 하다가, 그 결과를 보고했다. 그러나 이번에는 경리과장이 총장을 당해내지 못했다. 총장 일을 얼마 보고나니 없던 식견이 툭 트였는데, 경리과장은 자꾸 옛날식으로만 생각하니 오히려 따르지 못하게 된 것이었다.

"염려할 것 없어요. 피라미드식으로 하자는 것입니다. A급이야 한두 명이면 되지요. 액수가 내려갈수록 그 수를 늘이되, 전체 교수의 한 반수 정도는 그냥 두고."

듣고 보니, 두 사람 다 감탄할 일이었다. 총장으로서의 복안도 다 서 있었다. 그런데 총장은 기획실장에게,

"한 번 안을 만들어 보지."

이렇게 명령하는 것이었다.

이 순간 기획실장은 즉각 자기 자신을 생각했다. 이 일을 맡아서 하다가는 욕을 너무 먹게 된다. 교수들의 환심을 사려고 10퍼센트 일률 인상론을 계속 펴 왔는데, 도리어 말려들게 된 것이다. 자기를 일회용 방패막이로 하는가. 이런 반발이 생겨 총장의 명령을 그대로 받아들일 수 없었다.

"혼자 안을 만들기에는 너무 어려운 일입니다. 위원회라도 만들어 주십시오."

그러나 총장은 가볍게 응수했다.

"위원회야 차차 만들면 되지. 아직은 소문을 내지 말고 작업이나 해. 우선 액수별로 인원수를 정해 주어야 경리과장이 예산

안을 편성할 것 아닌가.”

이렇게 되면 일이 기묘하게 분담되는 판이었다. 기획실장은 사람 심사나 하고, 경리과장은 예산안을 짜고. 이런 불공평한 노릇이 있나. 다시 이의를 제기하지 않을 수 없었다.

“그러면 반발이 심할 텐데요.”

다시 두말 하지 못하게, 총장은 긴 연설을 늘어놓았다.

“반발하는 자는 나가라지. 그만두는 것이 학교에 대한 가장 큰 기여야. 그런 뜻을 전달하느라고 연구비 인상에서 제외하면, 그 뜻은 알아차리지 못하고 누가 계속 있어 달라고 한다고, 학교가 이래서는 안 된다는 둥 불평을 하는 사람이야 도저히 이해할 수 없어. 우리 형편에 세계적인 석학을 초빙하고, 학교 발전을 가속화하려면 이 방법이 제일이야. 사실 미국 같은 선진국은 으레 메리트 시스템을 택하는데, 우리 같은 후진국에서는 아직도 연공서열제가 제일인 줄 알고 개혁을 할 엄두도 내지 않으니, 이래서야 경쟁이 되겠어.”

기획실장은 이 말의 허점을 발견했다.

“석학만 모여들면 어떻게 합니까?”

하지만 총장은 이런 질문은 기다렸다는 듯이, 명쾌한 대답을 했다.

“석학이 어디 그렇게 흔한가? 쓸데없는 걱정도 다 하네. 사실 석학이란 몇 명만 얼굴마담 삼아 있으면 되는 거야. 연구란 교수마다 한다지만, 그게 다 연구인 줄 아나. 승진이다 재임용이다 하는 걸 앞두고 쏟아져 나오는 논문을 논문집으로 출판해 주는 것도 아까운 일이야. 미국에서는 노벨상 받은 교수가 몇 명 있느냐에 따라서 대학을 평가한다는데, 우리나라야 노벨상 받은 교수야 없지만 그 다음 급은 한둘이라도 있어야지.”

기획실장은 최소한 자기가 빠져나가기 위해서도 계속 반론을 제기할 조짐이 있어 총장이 방어선을 쳤다.

“그렇지 않아. 기준이 명백한데, 무슨 소리야. 이 제도를 실시하면 모두들 더 높은 평가를 받기 위해서 노력하고 향상할 거야. 심사 기준도 밝히지 않고 누구는 봉투를 더 주자는 것은 아니니까. 그런 비합리적인 방법은 초창기에나 필요하지 일찍 없애기 잘 했어. 그래서는 교수 사이에 불신감만 조장하지.”

사실 전 총장 시절에는 봉투를 하나 더 주는 제도를 택하기도 했었다. 총장이나 알고, 경리과장이나 알고, 누구에게는 봉투를 둘 더 주고, 누구에게는 하나 더 주고, 아주 은밀하게 하고 더 받은 사람은 입을 다물었으나 그래도 소문이 났다. 그래서 그 제도를 없앴더니, 이번에는 더 받던 사람들이 불평이었다. 그런데 이 새 제도는 그런 불평마저 해소할 수 있는 것이었다.

기획실장은 더 이상 총장을 설득할 수 없게 된 줄 알고, 이번에는 구체적인 질문을 했다.

“그럼 심사 기준은요?”

"아까 말하지 않았던가. 업적이나, 능력, 학생 지도, 그리고
학교에 대한 기여도. 업적이나 능력을 우선적으로 고려하는 것
이 원칙이겠으나, 다른 이유에서 평가를 받아야 할 사람도 있어
야지. 그렇지 않다면 누가 학교를 위해서 애를 쓰겠나. 업적이
나 능력 때문에 평가를 받을 사람 수는 아주 제한하고. 나머지
야 뭐 도토리 키 재기지. 자연히 학생 지도나 학교에 대한 기여
도 때문에 평가받을 사람이 더 많게 될 거야. 어떻겠나? 학처장
급은 일률적으로 A급으로 하면 말썽이 있을까? 어쨌든 안을 짜
보아. 한 가지 잊지 말 일은, 이번에 영문과에 새로 오는 현영석
박사는 물론 특A급이야. A급은 여러 사람일 수 없지. 안이 되면
위원회를 구성해서 최종 심사를 하도록 하지!"

그 다음다음 날 현영석 박사가 총장실에 나타났다. 학장이 안
내를 했다. 총장실에서 공식 인사를 하고, 시내 호텔에 나가 오
찬을 같이 하는 것으로 순서가 짜여 있었다.

현영석 박사는 총장실로 들어오면서.

"제가 현영석입니다."

하면서, 자기가 먼저 손을 내밀었다. 총장이 악수에 응하면서
보니까, 우선 놀랄 일이 상대방의 옷차림이 너무 기괴했다. 무
늬가 야단스러운 상의를 입고, 하의는 청바지 비슷한 것이었던
가. 손에 벗어든 외투는 군밤장수가 입는 것 비슷했다. 나이도
예상외로 젊어 보였다. 하는 거동을 보아서는 삼십대가 아닌가

하는 생각이 들었다. 그러나 총장은 다음 순간, "내가 미국 다녀온 지 오래되어서 벌써 생각이 촌스러워졌구나" 하며 마음을 고쳐먹었다.

또 한 가지 당황할 일은 현 박사를 따라 들어오던 부인이, 어쩐지 미국 여자 같은 거동을 하고서는, 이번에도 그쪽에서 먼저 손을 내미는 것이었다. 얼떨결에 받아서 그 손을 쥐니, 현 박사가 소개를 했다.

"제 와이프입니다."

총장, 학장, 현 박사, 현 박사 부인이 자리에 앉았다.

총장은 인사말부터 했다.

"오시느라 수고가 많으십니다."

"아니요, 참 즐겁습니다."

"주택을 마련해 놓았는데, 마음에 드실런지요?"

"네. 가보겠습니다."

학장이 옆에서 듣고 있노라니, 처음에는 예의 바르게 나가는 것 같더니, 약간 어긋나기 시작하는 느낌이 들었다. 주택을 마련해 놓았다고 하면, 감사하다는 말부터 해야 도리일 터인데 가보겠다니. 가 보아서 마음에 들지 않으면 어떻게 하겠다는 말인가? 공항에서 시내로 함께 들어올 때에도, 학장이 "많이 발전했지요?" 하고 물었더니, 그런 질문에는 의례히 공식적인 대답이 있게 마련인데도, 엉뚱하게 "네. 낮에 다시 보겠습니다" 하지 않았던가.

총장은 옆에 현 박사 부인이 앉았으니, 가족에 관해 묻는 것이 순서일 듯 했다.

"자녀를 여럿 두셨습니까?"

이번에는 현 박사 부인이 대답하는 것이었다.

"딸이 둘이에요."

"같이 오셨던가요?"

"아니요. 미국 있어요. 학교 다니는 걸요."

이번에도 현 박사 부인이 대답했다.

"몇 학년인데, 혼자들 남아 있을 수 있습니까?"

"큰 애는 칼리지, 작은 애는 하이스쿨. 다 저희들대로 지내요."

그러자 현 박사가 주석을 달았다.

"여기 왔다가도 결국 미국 유학을 가야 할 것인데, 왔다 갈 것은 없지요. 더구나 제 처가가 다 미국으로 이민을 해서 돌보아 줄 사람도 있습니다."

현 박사는 자기 아내가 총장을 함부로 대하는 것 같아서 약간 민망했다. 자기도 즐겁다고 했지만, 아내는 세계일주 여행이라도 시작한 듯이 오면서도 계속 기분을 내기만 했다. 말이 몇 마디 오고 가자, 창가로 가서 교정을 내려다보면서,

"원더풀! 캠퍼스가 참 아름다운데요."

하는 판이니, 염려가 되는 것이 무리가 아니었다.

그건 그렇고, 이제 좀 공식적인 이야기를 해야 할 순서였다. 총장은 무슨 말부터 할까, 연구소 이야기는 아직 이르고, 이렇게 생각하고 있는데, 현 박사가 먼저 말을 꺼냈다.

"이런 것부터 여쭙는다고 어떻게 생각하지 말기 바랍니다. 미국에 오래 있다 보니, 미국식 사고방식을 가졌다고 생각하시면 이해가 될 겁니다. 그 동안 제게 여러 가지 친절한 연락을 해주셨는데, 정작 제 연봉이 얼마나 되는가 하는 가장 중요한 내용은 없었습니다. 와이프도 사실 그 점을 이상스럽게 생각하고 있습니다. 미국에서라면 으레 교섭이 시작될 때면 그 말부터 하는 것이 순서이지요. 그렇게 하는 편이 합리적입니다. 나중에 오해가 생기지도 않고요."

총장은 아차 싶었다. 자기도 미국식 합리주의자라고 자처해 왔는데, 미처 그 점을 생각하지 못했다. 그런데 당장 대답할 수 있는 준비가 되어 있지 않으니 더욱 난처했다. 연구비는 특A급으로 한다고 했으니 액수를 알 수 있으나 본봉은 알 수 없었다. 부득불 경리과장을 부르지 않을 수 없었다. 그런데 경리과장도 이력서를 보아야 한다는 것이 아닌가. 당연한 말이었다. 이력서는 교무처장이 가지고 있는데, 교무처장은 문교부 회의에 가고 없었다. 우선 대강이라도 계산을 해보기로 하고, 경력을 물었다.

"경력이 어떻게 되시지요?"

다 알고 있어야 할 텐데, 묻는 것도 미안하게 되었지만, 현 박
사가,

"무슨 말씀인가요?"

하고 되묻는 바람에 총장은 이래저래 체면이 서지 않았다. 이
럴 때에도 학장은 총장을 보좌하는 것이 도리였다. 학장이,

"연구 경력이나 교육 경력 말씀입니다. 박사를 둘 하시고, 그
다음에?"

하면서 유도를 하니, 본론이 바로 나왔다.

"네. 영문학박사를 하고, 다시 비교문학박사를 하고, 그리고
포스트 닥터를 1년 더 했지요. 가르친 경력은 만 3년이고요."

말이 이렇게 복잡해지니 그 유능한 경리과장도 얼른 계산할
수가 없었다. 포스트 닥터란 또 무엇인고? 경리과장은 총장 대
신 학장의 얼굴을 쳐다보았다. 학장이 알아차리고, 자기가 나서
서 계산을 했다.

"박사는 5년으로 치니, 박사가 둘이면 10년이고. 포스트 닥터
1년도 물론 연구 경력이니, 11년이고, 가르친 햇수가 3년이라,
모두 14년이군요."

그 다음 계산이야 경리과장이 전문가였다.

"호봉이 4에 2시고, 새해 오른 봉급으로 본봉은……."

경리과장은 한참 계산을 했다. 상여금이 본봉의 400퍼센트이
니, 계산 방식이야 간단하지만, 마침 주판을 가져오지 않아서

196

어둔한 필산을 하느라고 잠시 시간이 지체되었다.

경리과장은 계산을 마치고 학장을 경유해서 총장에게 무어라고 보고했다. 귓속말 보고를 귓속말로 옮겼다.

"연봉이 얼마인가요?"

현 박사가 알고 싶은 것은 연봉이었다.

그 동안 현 박사 부인은 작은 문을 열고 베란다에까지 나가서 학교 경치를 구경하다가, 기분이 좋아서 되돌아왔다. 계산 결과가 나오자 부인이 돌아오면서 한 참견을 했다.

"한국 돈은 잘 모르니 연봉이 몇 달러인지 말해 주세요."

그러자 총장 대신 학장이 나서서 대답했다.

"십오만 달러쯤 됩니다."

이번에는 총장이 주석을 달았다.

"미국 수준에는 물론 미치지 못합니다만, 국내에서는 아마 최고 대우일 것입니다. 미흡하시더라도 양해해 주시기 바랍니다. 매년 상당한 액수가 인상될 것입니다."

그런데 현 박사의 마음속 반응은 미흡한 쪽이 아니었다. 분명 자기가 미국서 받던 액수보다도 더 많았다. 역시 오기를 잘 했구나 싶었다. 미국서는 조교수는 되었어도 부교수는 사실 가망 없고, 대우도 다른 사람보단 현저히 낮은 편이었는데, 역시 고국에 오니 알아주는가 보다 했다. 현 박사는 이렇게 마음속으로만 생각을 하고 있는데, 부인이 나섰다.

"더 주시면 좋겠지만, 그만해도 됐어요. 근데 이왕이면 달러로 주셨으면 좋겠어요. 미국에 있는 아이들에게도 보내야 하니."

이 제안은 참으로 난감한 것이었다. 누가 대답을 하나, 서로 눈치를 볼 수도 없는 형편이고 해서, 학장이 나섰다.

"그거는 참 어려운 일입니다. 학교에서는 외화를 마련할 수 없도록 제도화되어 있습니다. 미국에 있는 자녀들에게 보낼 돈은 유학생 송금 케이스로 하면 될 터이니, 일단 한화를 받으셔도 해결할 길이 별도로 있습니다."

현 박사는 아내 때문에 아주 민망했으나, 어쩔 도리가 없었다. 화제를 바꾸기 위해서, 두 번째 주요 질문으로 넘어갔다.

"랭크는 어떻게 되지요?"

이번에도 학장이 나섰다.

"그야 정교수겠지요. 경력이 14년이면."

현 박사는 봉급보다는 이 말에 더 기분이 좋았다. 미국에서는 부교수가 하늘같이 보였는데 부교수도 거치지 않고 바로 정교수가 되다니. 사실 자기로서는 조교수도 무척이나 힘들었다. 영문학박사란 외국인이 미국서 직장을 구하는데 가장 불리한 학위인 줄 뒤늦게야 절실하게 깨달았으나 이미 늦었다. 비교문학박사를 다시 더 했으나, 그것만으로도 부족했다. 포스트 닥터를 하면서 일본문학을 집중적으로 공부한 다음에야 겨우 이름 없는 칼리지에서 일본어와 동양문학을 가르치는 조교수가 되었던 것이다. 그런데 여기 오니, 바로 영문과 정교수라. 역시 귀국하기를 잘 했다.

이렇게 되어서 공식적인 이야기는 끝났다. 학장은, 영문과 학과장과 인사를 하는 절차까지 다 마치면 좋을 것 같아서, 영문과 학과장을 부르자고 했으나, 총장 생각은 달랐다. 공식 회견이 너무 오래 계속되어 지쳤다.

"나중에 만나면 되겠지요. 자 그럼 점심이나 하러 가십시다."

하면서 총장이 먼저 일어났다. 그런데 일어나면서 생각하니, 자기도 부인을 동반하는 것이 좋을 것 같았다. 상대방에 대한 예의도 예의려니와, 자기 부인이 현 박사 부인의 수다를 가로막아야 남자들끼리의 이야기가 쉽게 계속될 것 같았다. 부랴부랴 비서를 시켜, 집으로 전화를 했다.

현영석 박사가 영문과 학과장과 만나는 절차는 이튿날 문과대학 학장실에서 이루어졌다. 학과장은 이미 소문을 들어서 잘 알고 있던 터이라, 학장에게는 별말이 없었다. 현 박사를 영문과에 받아들이는 일이야 이미 기정사실로 받아들일 수밖에 없었다. 그래도 단서를 붙였다.

학과장은 현 박사와 인사말을 나누고는 대뜸 이렇게 말했던 것이다.

"비교문학을 하셨다니, 우리 영문과에서 담당하실 과목이 있을는지 염려됩니다.”

영문과 교수로 오기는 하되, 영문과 여러 일에 깊이 참견하지 않고 티오나 빌려가는 정도에 그쳤으면 하는 눈치였다. 그러나 이런 눈치까지야 알 수 없는 현 박사는 무언가 잘못 전달되었구나 싶어 가볍게 대답했다.

“아닙니다. 비교문학을 하기 전에 영문학박사도 했습니다.”

“어느 분야를 전공하셨던가요?”

“여러 분야를 다 했지요. 박사를 하자니 자연 넓게 공부를 했지요.”

“논문은 무엇을 쓰셨는가 하는 말씀입니다.”

학장은 너무 심하게 캐어묻는다 싶었으나, 말릴 수는 없었다. 다행히, 현 박사는 기분이 상한 것 같지는 않고, 예사롭게 대답했다.

“셰익스피어에 대해서 썼지요.”

이 말을 듣자 영문과 학과장은 표정이 달라지지 않을 수 없었다. 적지 않은 충격을 받았던 것이다. 미국서 영문학박사를 했다면, 의례히 문학사에 이름도 나오지 않는 구석진 작가나 작품을 택해서 논문을 쓰는 것이 예사인데, 셰익스피어를 했다니. 기가 죽을 노릇이었다.

그러나 내친 김에 다시 물었다.

“비교문학 박사논문은?”

“〈돈키호테〉지요. 〈돈키호테〉와……”

돈키호테와 영문학의 관계쯤 되는 것으로 짐작이 갔다. 그러나 그 다음 말은 의외였다.

“〈돈키호테〉와 〈서유기〉가 상상적인 모험담으로 어떤 공통점과 차이점을 가졌는가 하는 문제를 다루었지요.”

〈서유기〉가 나오는 것은 엉뚱하다 싶었으나, 듣고 보니, 참 그럴듯한 주제였다. 영문학에다, 서반아문학에다, 다시 중국문학까지. 더 묻다가는 상대방이 자기 자랑을 얼마나 늘어놓을지 모를 판이었다. 그쯤 그칠 수밖에 없었다.

그러나, 이번에는 현 박사가 묻기 시작했다.

“과장님은 어디서 공부를 하셨던가요?”

“국내에서 했습니다.”

“미국에 오시지는 않고요?”

듣자 하니, 미국에 “간다” 하지 않고, “온다” 하는 것이었다. 자기가 아직 미국에 있는 것으로 생각하는지. 이상한 어법이었다.

“네. 미국도 몇 해 다녀왔지요.”

“학위논문은 무엇을 다루었던가요?”

이렇게 묻는데, 학위를 하지 않았더라면 곤란할 뻔했다. 다행히 학위를 하기는 했다.

“한국인의 영어발음에 대해서 썼지요.”

“그럼, 영어교육 분야인가요?”

“그런 셈이지요?”

“어디서인가요? 동부인가요? 서부인가요?”

“아닙니다. 바로 이 대학에서이었지요.”

이 대학의 구제학위를 받았던 것이다. 현 박사는 학위를 받았다는 곳이 미국의 어느 대학인 줄 알고서, 별난 것을 가지고 학위를 주는 데도 있구나 싶었으나, 바로 이 대학이었다는 말을 듣고 무언가 이상스럽다고 생각했다. 우선 영어교육을 한 사람이 영문과 학과장이라는 것부터가 납득할 수 없었다. 미국에는 그런 법이 없다. 더욱이 국내에서 학위를 한 사람이 학과장이라니, 그 점은 곤란하다고 생각했다. 그렇다면 수준이 아주 낮다는 말인데, 그런 형편에 어떻게 박사를 배출했나. 의심은 갈피를 잡을 수 없이 일어나는데, 바로 물어볼 수는 없었다.

그렇다 보니 이야기의 본론에서 어긋났다. 본론은 현 박사에게 배정할 강좌 문제였다. 사실 학과장은 이 자리에 오기 전부터 그 문제 때문에 고민이었다. 박사과정 한 강좌는 쉽게 생각해낼 수 있었다. 교수가 학생이라 가르칠 사람이 없던 판에 차라리 잘 되었다. 그런데 석사과정 강좌만 해도 주인이 다 있는데, 누가 자기 강좌를 내놓으려고 할지 걱정이었다. 더구나 학부 전공과목이야 재배정을 한다는 것이 불가능에 가까운 일이었다. 마치 실험대학을 시작해서 1학년을 상대로 한 영미고전이

202

라는 강의가 하나 생겼는데, 담당자가 정해지지 않았다. 성격부터가 모호해서 그런지 선뜻 나서는 사람이 없던 형편이었다.

"선생님께서 하실 과목 말씀입니다. 우선 박사과정 과목을 하나 하시고."

학과장은 우선 이렇게 서두를 뗐다. 그러자, 현 박사는 기분이 아주 좋았다. 박사과정 과목부터 하라니, 이것도 미국에서는 상상도 할 수 없던 일이었다.

"그리고 영미고전이라는 과목이 있습니다. 문과대학 학생 전체가 택하도록 되어 있는 것이지요."

1학년 과목이라는 말은 빼고, 우선 이렇게 설명했다.

"영미고전이라니요? 무엇을 다루는가요?"

"영미의 문학, 사상, 역사 등을 이해하는 데 필요한 기본적인 고전을 소개하고 풀이하면서, 학생들에게 광범위한 교양을 쌓도록 하는 과목이지요. 마침 금년에 처음 개설되는 것입니다. 이와 함께, 중국고전, 한국고전, 독일고전, 불란서고전 등의 과목도 있습니다. 그 중에서 학생들이 택하지요."

그랬더니 현 박사의 반응은 썩 좋았다.

"훌륭한 과목입니다. 교과과정도 좋군요. 그 과목 제가 하겠습니다."

그처럼 범위가 넓은 과목은 자기처럼 기초를 단단히 닦은 사람이 맡아야 마땅하다고 생각했다. 그러면서 한 마디 덧붙였다.

“이왕이면, 서양고전이라고 하나로 묶어 놓았더라면 더 좋았을 건데요.”

이 말은 현 박사의 실력 과시인 것처럼 들려서 약간 거북했으나, 학과장은 담담하게 대답했다.

“그런 과목을 누가 어떻게 할 수 있나요. 영미고전만 해도 벅찬데.”

끝으로 학과장은 교양영어 문제를 꺼냈다.

“그리고 교양영어는 하지 않을 수 없는 사정입니다. 교양영어 시간이 많아서 여간 걱정이 아닙니다. 영문과 선생은 누구나 다 하지요. 많이 하시기는 성가실 것이고, 네 시간 정도만 수고해 주시면 되겠습니다. 그래서 모두 합치면 열 시간이지요. 대학원이 세 시간, 영미고전이 세 시간이니.”

현 박사는 “그러지요”라고 하면서 순순히 승낙했다. 하기야, 시간이 좀 더 있었으면 했으나, 학과장이 나간 뒤에야 그 생각이 났다. 미국서는 여섯 시간 이상 해 본 적이 없었다. 일본어 세 시간, 동양문학 세 시간, 강의가 그것뿐이니 사실 더 불안했다. 그런데 이제 시간이 열 시간이나 되니, 그 점도 아주 다행이었다. 더 했으면 하는 욕심은 우선 접어두어도 좋겠다고 다시 마음먹었다.

학과장은 회담이 끝나자, 자기대로 적이 만족했다. 드디어 현 박사를 영문과 변두리에 머물도록 하는 데 성공했던 것이다. 박사과정이야 어차피 유명무실하니, 박사과정 과목이야 강의랄 것도 없고, 그것만 빼면 모두 교양학부 강의만 맡기는 어려운 임무를 수행했다. 셰익스피어를 가르치겠다고 나서면 어떻게 할까 적지 않게 염려했으나 무사히 넘어갔다. 그렇지 않아도 셰익스피어를 담당하고 있는 노교수가 낙하산식 인사에 대해 가장 큰 반발을 하고 있는 판인데, 적지 않은 분란이 일어날 법했다. 이쯤 했으니, 영문과 다른 교수들에게 할 말이 있게 되었다.

그런데 영문과 학과장이 나가고 둘이 있게 되자, 현 박사는 영문과 교수진이 어떻게 구성되어 있는가 캐물었다. 학장은 우선 학교요람을 내보이며, 해당란을 보라고 했다. 보니, 영문과 교수는 모두 여덟 명인데, 박사라고는 학과장을 포함해서 모두 세 명인데, 셋 다 이 대학 박사가 아닌가. 석사는 나머지 다섯인데, 그 중에서 기껏 둘이 미국 석사였다. 현 박사는 우선 박사에 관한 사항부터 물어보지 않을 수 없었다.

"박사가 모두 셋인데, 셋 다 이 대학에서 박사를 했으면, 도대체 누가 가르치고, 누가 논문 지도를 했다는 말입니까?"

현 박사로서는 도무지 납득할 수 없다는 말이었다. 학장은 입장이 난처했으나, 어차피 알아야 할 일이라는 생각에, 구제 박사학위가 어떤 것이었든지 설명했다. 그런데 현 박사는 도대체 박사과정에 들어가서 코스워크를 하지 않고서도 받을 수 있는 박사가 있다니, 납득하기 어려웠다. 학장은 말을 이었다.

“지금은 그 제도가 없어졌어요. 미국식 박사과정밖에 없어요. 그래서 영문과 교수 중에서 박사과정에 재학하고 있는 사람도 있습니다.”

현 박사로서는 이 말도 납득할 수 없었다. 그뿐만 아니라, 자기가 나고 자란 나라가 어째서 아직 이 모양인가 하는 분노까지 치밀어 올랐다. 이를 눈치 챈 학장은 좋은 말로 진정시켰다.

“그래서 현 박사 같은 분이 할 일이 많은 거 아닙니까. 이제부터 모든 것이 잘되도록 애써 보시지요.”

“그럼 우선 제가 디파트먼트 체어맨이 되어야 하겠습니다.”

자기가 학과장을 하겠다는 말이다. 학장은 이 돌발 사태에 어떻게 대처해야 할지 난감했다. 학장이 대답을 찾지 못하고 있으니, 현 박사는 아주 열을 올렸다.

“이래서야 무슨 영문과라 할 수 있습니까? 아까 그 사람이 체어맨이라는 걸 도무지 납득할 수 없는데, 학과 전체가 아주 엉망이군요. 체어맨은 학문적으로 제일 권위가 있는 사람이 하는 겁니다. 학장님도 아시지요. 미국서는 체어맨의 권한이 대단하다는 것을. 제가 체어맨이 아니고서는 바로 잡을 수 없겠습니다.”

학장은 겨우 응수했다.

“차차 두고 연구해 봅시다.”

이 말에 이어서 연구소 건을 설명하려 했다. 그러나 현 박사는 기세가 아주 등등했다.

"학장 권한으로 체어맨을 바꿀 수 없다면, 제가 직접 총장님께 가서 조건으로 제시하겠습니다. 어려워하실 것 없습니다."

학장은 더욱 난처했다. 학과에서는 아직 정식 동의가 없는 채 마지못해 응하는 눈치인데, 물색 모르는 현 박사가 이렇게까지 나오니. 당장 총장에게 달려갈 기세라, 그냥 두고 볼 일은 아니었다.

"그렇게 하도록 하겠으니, 우선 좀 진정하십시오."

신학기가 시작되자 학교는 온통 야단이었다. 드디어 메리트 시스템인가 무언가가 도입되는 날이 오고야 만 것이었다. 총장, 교무처장, 기획실장, 문과대학장, 이공대학장으로 구성된 교원대우향상비상대책위원회에서 엄중히 심사해서, 교수를 A에서 E까지 다섯 등급으로 나누어 연구비를 지급한다는 것이었다. E급은 원안에 연구비가 전혀 없었는데, 그래서는 곤란하다는 반론이 나와 A급의 5분의 1을 준다는 수정안이 통과되었다는 뒷소문이었다. 이렇게 해서 위원회는 무수정 통과를 시켰다는 비난만은 면하게 되었다.

물론 누가 어디에 해당하는가는 발표되지 않았다. 그건 프라이버시에 속한다는 말이었다. 자기 스스로 공개하지 않는 한 누구도 그 기밀을 누설하지 않겠다고 했다. 그러나 각자는 자기의 등급을 알고, 친한 사람끼리는 말이 오가니, 한동안 귓속말, 숙

덕공론이 끊이지 않았다. 그런데 이렇게 해서 모아지는 여론은 개인에 관한 것이 아니었다. 이 제도 자체에 대해서 대단한 저항이 나타났다.

총장은 저항을 무마하는 데 총력을 기울이다시피 했다. 전체 교수회를 개최하고서는, 이 제도야말로 각자의 능력을 올바르게 평가해서 마땅한 대우를 하는 아주 합리적인 제도라 하고, 그렇지 않다면 왜 미국 같은 선진국에서 일찍부터 택했겠느냐고 반문했다. 또한 메리트 시스템을 전면적으로 실시하지 않고 연구비에 관해서만 적용한 신중성도 평가해 달라고 했다. 학장들에게는 단과대학마다 교수회를 열어서 그 취지를 재삼 설명하고, 교수들을 설득해 달라고 부탁했다. 그러나 학장들은 사실 입장이 적지 않게 난처했다.

"도대체 누가 이따위 제도를 지어냈는가요?"

"여기가 미국인 줄 아는 모양이지요."

"학생 지도라든가, 학교에 대한 기여도라든가, 이런 것은 어떻게 평가하는가요?"

"학장 당신은 얼마짜리인가요?"

"각자 정가표를 가슴에 붙이고 다니는 것이 어때."

"학생들이 교수를 무어로 알지, 그 점이 염려됩니다."

"돈 몇 푼 때문에 더럽게 치사해지네."

전체 교수회에서는 사실 별말이 없었는데, 단과대학 교수회가 열리니 회의 순서라든가 하는 것도 무시하고 난장판이 벌어졌다. 특히 문과대학에서는 더 심했다. 문과대학장이 이 일에 깊이 관여했는지 대개가 다 알고 있었기 때문이었다. 그러자, 바둑이나 두며 소일하는 것 같던, 국사과의 정 교수가 일어나서 점잖게 한 마디 했다.

“우리 진정합시다. 이렇게 떠들고 있을 것은 아닙니다. 제 소견을 말씀드릴 터이니, 들어주시기 바랍니다.”

이렇게 서두를 내놓는 바람에, 학장은 무슨 과격한 말을 하려나 싶어 적이 염려가 되었다. 그러나 그 다음 말은 아주 딴판이었다.

“우리가 다 선비입니다. 예전 선비는 한 푼 생기는 것이 없어도 평생 군말 없이 공부하고 글 가르쳤습니다. 우리가 지금 밥을 굶을 지경입니까, 왜들 이러십니까? 저는 공개하지만, 여러분이 다 짐작하고 있는 것처럼 E급입니다. 그러나 교수로서의 긍지는 조금도 손상되지 않았습니다. 우리는 총장에게 평가를 받으려고 교수로서의 연구와 강의에 열을 올리지 않습니다. 더 나은 보수를 바란다는 것은 어느 의미에서 우리가 하는 일에 대한 모독입니다. 우리에게는 학생이 있고, 우리 자신이 심혈을 기울여 완수해야 할 각자의 학문적 사명이 있습니다. 미국서는 학문이니 교육이니 하는 것도 모두 돈으로 환산되는 가치를 지녀야 하는지 모르지만, 우리 전통은 이와는 반대입니다. 우리로서는 돈으로 환산되는 가치를 넘어서기 위해서 학문을 하는 것입니다. 돈으로 평가되는 가치를 추구할 사람에게는 그걸 양보하고, 우리는 우리 학문을 합시다."

그러자 이번에는 국문과의 이 교수 차례였다. 두 바둑 적수가 다투어 나서는 판이었다.

"그렇게 말한다면, 그건 너무 극단적인 주장입니다. 옛날 선비는 그래도 먹고 살 토지가 있었으니 그런 말을 했었습니다. 오늘날 선비인 우리에게는 글 가르치는 농사밖에는 없는데, 학생이 우리가 글 가르치는 대가로 낸 돈이 우리에게 정당하게 돌아오도록 해야 할 책임이 우리에게 있습니다. 또한 우리가 하는 학문적 활동도 정당하게 평가되어야 합니다. 업적이나 능력을 기준으로 해서 등급을 책정했다 하지만, 사실은 그런 것 같지 않습니다. 이 제도가 근본적으로 잘못된 것일 뿐만 아니라, 실제 운용에서는 내세우는 명분마저 짓밟아 버린다는 데 더 큰 문제가 있습니다. 그렇다고 해서 각자 알아서 이 대학을 떠나는 것이 능사도 아닙니다. 대학의 주인은 교수이며 학생입니다. 주인이 왜 떠나야 합니까? 주인은 주인으로서의 권리를 찾아야 하지요."

들자 하니, 이 말은 적지 않게 과격한 것이어서, 학장은 마침내 말을 중단시켰다. 사실 국문과 이 교수의 경우에는 문제가 있었다. 학문적 업적이나 활동을 보아서는 A는 몰라도 B급은 되어야 할 사람인 줄 학장은 알고 있다. 그러나 학생 지도라든가 학교에 대한 기여도라든가 하는 항목에서 워낙 감점을 당해 마침내 최하위까지 밀려났다. 다음에는 기회를 보아 시정을 해야 하겠다고 내심으로 생각하고 있는데, 이렇게 나오면 일을 그르칠 판이었다. 한번 개인적으로 조용히 충고를 해야겠다고 생각했다.

학장은 역효과가 나는 회의를 종결시켰다.

“그만 합시다. 오늘 회의는 이로써 폐회합니다.”

“무슨 결의를 했다고 폐회인가?”

누가 이렇게 야유 비슷한 말을 해도 개의치 않았다.

이렇게 되니 학교 분위기가 말이 아니었다. 총장의 논리대로 하면 분위기가 이런 것이 후진적인 풍토 탓이라고 하지만, 학장으로서는 그렇게까지 몰아붙이기는 곤란하다고 생각했다. 우선 개인에 따라서 결과 판정이 부당하게 된 것은 시정해야 한다. 기획실장이라는 사람이 철이 없고 사정을 잘 몰라서 아무렇게나 판정했는데, 시간이 없다 보니 대개 그대로 통과시키고 만 것은 잘못이었다. 물론 기획실장 안은 사전에 총장과 상의한 것이었겠지만, 자기가 총장과 충분히 의견을 나누지 못한 것이 후회되기도 했다.

각 개인의 등급은 공개될 수 없는 것이지만, 여러 가지 추측이 나도는 것이야 어쩔 수 없는 일이었다. 그 중에는 추측이 맞는 것도 있고, 그렇지 않는 것도 있었다. 등급 판정의 이유라고들 말하는 데는 더욱 허황된 풍설이 많았다. 학장 귀에 들어오는 것만 해도 그랬다.

국문과 학과장은 전에는 봉투 둘이나 더 받던 분인데, 이번 심사에서는 C급으로까지 격하되었다고들 하는 것이었다. 이 말은 맞았다. 노교수가 자기 권위만 믿고 노력하지 않은 데 대한 경고로, 총장은 대학원장까지 역임하고, 학계에서도 좌장 노릇을 하는 이분을 이렇게까지 격하시켰던 것이다. 이 점에 관해서는 위원회가 열렸을 때 취지 설명까지 총장이 나서서 했다. 그런데 비슷한 처지이면서도 오히려 격이 훨씬 낮은 학장 자신은 상위급을 유지하고 있으니, 스스로 생각해도 다행이 아닐 수 없었다.

영문과 학과장도 소문은 C급이라고 했는데, 사실은 B급이었다. 지금도 학교에 대한 기여가 상당한 편인데, 그렇게까지 내려갈 수는 없는 일이었다. 소문이 이처럼 부정확할 수도 있다고, 학장은 새삼스럽게 생각했다.

영문과 학과장이 아니라도, 자기 분수를 알며 꾸준히 노력하고, 학교의 여러 일에 협조적인 사람이면 그리 섭섭한 판정을 받지 않았다. 국문과의 서 교수는 장래가 촉망되는 젊은 사람이며, 장차 중요한 인물이라는 생각에서 A급으로 올렸다. 그런데 이 점은 화제에 오르지 않고 있었다. 영문과의 안 교수 같은 사

람이야 누가 보아도 좀 무능한 편이지만, 그래도 부지런하고 성
실한 점 때문에 B급에 끼였다. 이런 면은 고무적이라고 할 수
있는데, 모두들 험담만 일삼으니, 근본적인 분위기 쇄신이 있어
야 한다는 데 학장도 동감이었다.

험담꾼은 역시 국사과의 정 교수와 국문과의 이 교수였다. 공
식 석상에서 그만큼 말했으면 됐지, 그 말을 총장에게 전하지
않은 것을 고맙게 여길 일이지 바둑을 두면서 한다는 소리가,

"허허, 선비가 돈을 탓하는 세상이 됐으니, 말세여, 말세."

"양반이야 청빈을 먹고 살지만, 우리 같은 언문선생이야 그럴
수도 없고."

"허 고얀지고. 말버릇마저 날로 사나워지네."

"선비야 굶어야 글소리가 우렁차지만, 광대는 놀이 채를 보고
소리를 하니, 우리야 다르지."

"중이 고기 맛을 안다더니, 선비가 돈 맛을 알아서."

"수염이 대자라도 먹어야 양반이란 말은 누가 했던고."

이건 뭐 바둑으로 승부를 가리는지, 말로 승부를 가리는지 알
수 없었다. 한쪽은 사림파가 어쩌고 하는 연구만 하더니 양반으
로 나서고, 한쪽은 판소리니 탈춤이니 하는 것만 찾더니 말뚝이
라도 된 듯이 양반과 맞서는 것이었다. 영문과 안 교수 같은 사
람은 바둑은 모르면서 그 말이 재미있어서 바둑판 근처를 쉽사
리 떠나지 못할 지경이었다.

그런데 이처럼 학교가 난장판처럼 되어 있는데, 그야말로 혜성과 같이 나타난 사람이 바로 현영석 박사였다. 현 박사가 온 학교에서 홀로 최상위급의 위대한 자리를 차지했다는 소문이 파다하게 퍼졌다. 새로 세우는 대단위 연구소 소장직도 맡게 될 것이라는 말도 나돌았다. 어디 그뿐인가, 오자마자 영문과 학과장이 되었다.

먼저 학과장은 현 박사를 학과 변두리에 머물게 했다고 은근히 다행으로 여기기도 했는데, 하루아침에 학과장 자리를 내어 놓아야만 했다. 이럴 때면 군소리 말고 조용히 물러나 있는 것이 그 사람의 지론이었다. 이래서 학과장 교체는 학장이 염려하던 것보다 아주 순조롭게 이루어졌다.

그런데 신입 학과장인 현영석 박사는 학과 교수회의를 소집하더니, 아주 기상천외의 제안을 내놓았다.

"영문과 강의를 지금까지 우리말로 해 왔다니, 그건 참 곤란합니다. 미국에서도 불문학, 독문학, 서반아문학 같은 것은 각기 그 나라말로 강의합니다. 그래서 그 나라 교수들이 아무 어려움 없이 와서 강의하다가 가곤하지요. 도대체 문학을 번역을 통해서 이해하다니 말이 됩니까? 영문학 작품을 우리말로 번역하려고 애쓰지 말고, 그대로 원문으로 이해시킵시다. 번역의 한계는 이미 학문적으로도 잘 밝혀져 있습니다. 더구나 영문과 학생의 영어 훈련을 위해서도 영어를 상용해야 할 것입니다. 그러니 이제부터 영문과 강의는 모두 영어로 하는 것이 어떻겠습니까?”

말하자면 학과장 취임 연설이랄까, 아주 엄숙하고 정중하게 한참 동안 이야기를 했는데, 이 말은 왜 영어로 하지 않는지 모를 일이었다.

이렇게 나오니, 모두들 한동안 묵묵부답이었다. 속으로는 “허 고얀 놈!” 하는 반응도 있고, “자기는 영어 잘한다고 더럽게 재네!” 하는 불평도 있고, “머 영문과가 영어회화과인 줄 아나!” 하는 반론도 있었으나, 한동안 그 어느 것도 겉으로는 드러나지 않았다. 그 제안을 묵살을 해 버리는 것 같기도 했다.

그런데 그 중에 안 교수는 멍청하게 이런 것을 물었다. 사실 알고 싶어서 물었다.

“그러면 미국에서는 한국문학을 한국말로 강의하는가요?”

그런데 듣고 보니, 묘한 질문이었다. 현 박사도 잠시 움찔하지 않을 수 없었다. 그러나 대답은 명쾌했다. 어쭙잖은 반론은 한 칼에 무찔러 버리겠다는 기세였다.

“그야 영어로 하지요. 한국어로 하면 누가 알아듣습니까? 우리 대학의 영문과는 미국 대학의 한국학과처럼 군소학과가 아닌 줄 압니다. 학생도 많고, 교수도 많고. 학생 질도 국문과보다 오히려 우수하다고 들었습니다. 이런 좋은 조건이 갖추어져 있는데, 어째서 미국의 한국학과에 견줍니까. 구태의연한 자세를 버리고 새로 출발합시다. 어려움이 있더라도 밀고 나가야지요.”

어려움이 있다는 것은 사실이었다. 현 박사도 이미 겪었다. 영미고전 시간이었다. 첫 시간에 강의실에 들어서자, 현 박사는 우선 인사말을 영어로 했다. 알고 보니 1학년 과목이라, 계속 영어로 할 생각은 없었으나, 우선 그렇게 시작해 보았다. 그랬더니 학생들이, "우우" 하는 것이었다. 처음에는 자기를 환영하는 소리인 줄 알았는데, 그게 아니었다.

"선생님 여기가 미국인 줄 아십니까?"

어떤 학생은 이렇게 나왔다.

"영어회화 시간은 아닌데요."

이렇게 말하는 학생도 있었다.

현 박사는 기가 막혔다. 이걸 어떻게 설명해야 하나, 대책이 서지 않았다. 그런데 누가 이렇게 다시 묻는 것이었다.

"영미고전이란 과목은 배워서 뭘 하자는 것입니까?"

이 질문이 나오자, 현 박사는 기회가 좋다 싶어서, 학생들이 알아들을 수 있게 쉽게 설명했다. 설명을 하는 동안에 기분이 다시 좋아졌다.

"그야 우리와는 이질적인 영미문화의 뿌리를 경험해 보자는 것이지요. 나는 그 안내자랄까. 가벼운 기분으로 여행을 떠난다 해도 좋겠지요. 정신적인 여행을. 그런데 이질적인 문화를 경험하기 위해서는 일단 자기를 잊고 그 속에 빠져 들어갈 필요가 있습니다. 미국 가서도 계속 우리말을 쓰겠다는 그런 고집은 버려야만 구경이라도 제대로 합니다.”

이 말은 우리말로 했다. 그리고 계속 영어만 쓰겠다는 것은 아니고, 두 말을 섞어서 쓰겠다는 계획까지 설명했다. 그랬는데도, 누가 이렇게 되묻는 것이었다.

“자기를 잊고 빠져 들어가다니, 그럼 주체성은 어떻게 됩니까?”

현 박사는 그 말뜻을 이해할 수 없었다. 다시 말해보라고 하니,

“제 생각에는 자기의 입장을 지니고 비판적인 관점에서 남의 문화를 이해하고 섭취해야 한다고 생각합니다. 그러기 위해서는 우리말로 정리한 내용만 소중합니다. 이것이 주체적 입장의 기본이지요.”라고 하는 것이었다.

현 박사는 강의 시간에 있었던 일을 기억해내고서 말을 이었다.

“영미고전 시간에 들어가 보니, 문제가 있어요. 모두들 주체성 병에 걸려 있는 것 같았습니다. 영문과에서는 우선 그 병부터 치료해야 하겠습니다. 그러기 위해서는 영어를 통해서 영미문학에 푹 젖어들어야 합니다. 늘 번역으로 영미문학을 이해하려니 이상스러운 콤플렉스가 지워지지 않을 것입니다. 저는 이번 학기 영문과 학부 과목은 맡지 않았습니다만, 대학원 강의가 있으니 거기서는 영어만 쓰겠습니다.”

아직도 이 제안에 반대하는 사람은 없었다. 학생의 능력을 들어서 반대를 할 수도 있겠으나, 그랬다가는 학생 잘못 가르친

책임 같은 것이 문제될 수도 있는 판이었다. 현 박사는 서슬 푸르게 나오는데, 무슨 반론을 제기하지 못하랴 싶었다. 괴로운 침묵이 계속되던 끝에, 노교수 한 분이 이렇게 말했다.

"안은 장히 좋은 안입니다만, 차차 두고 연구해 봅시다. 현 박사. 무슨 일이든지 너무 서두르면 실수를 하는 법입니다."

첫 마디에도 비꼬는 투가 적지 않게 들어 있었으나, 현 박사는 그걸 눈치 채지 못했다. 사실은 "……만" 이하가 본론이었지만, 현 박사는 주요 내용이 그 앞에 들어 있는 걸로 새겼다. 끝으로 한 말은 일종의 경고였지만, 현 박사는 자기를 도와주려는 데서 나온 솔직한 충고로 받아들였다. 이 한 마디가 회의의 결론인 셈이었는데, 현 박사는 이런 근거에서 자기의 제안이 채택된 것으로 굳게 믿고 기분이 좋았다. 그러나 다른 교수는 누구나 현 박사의 제안을 부결시킨 것으로 간주했다. 말을 알아듣는 방법이 다르면, 이처럼 동상이몽이 되기 마련인 것이다.

현 박사가 맡은 대학원 강의에서는 한층 더 진풍경이 벌어졌다. 박사과정의 과목이 무어라고 정해져 있었으나, 현 박사가 그것을 "유럽 르네상스기 문학에 나타난 정신적 여행의 주제"라는 것으로 바꾸었다. 대학원 사무실에서는 교과과정에 그런 과목이 없고, 또한 과목 이름으로서는 너무 길고 이상스럽다고 해도, 막무가내였다. 대학원 직원은 하는 수 없이, 그 과목 이름을 "영문학 특강"이라고 고쳐 서류 처리를 할 수밖에 없었다.

그런데 강의 제목은 이처럼 긴데, 수강생은 한 사람뿐이었다. 영문과의 안 교수 혼자만이었다. 박사과정 학생으로서 다른 대학에 재직하고 있는 교수가 한 사람 더 있었으나, 그 강의는 수강하지 않아도 수료를 할 수 있다는 계산을 해냈다. 안 교수도 사실은 같은 형편이었지만, 순진하게도 공부를 해보려는 욕심에서 주저하지 않고 그 강의를 수강하기로 했다.

시간표에 나와 있는 첫날 첫 시간에, 자기 연구실에서 강의를 하겠다고, 현 박사는 조교를 통해서 전갈을 보냈다. 전 같으면 학기가 시작된 지 한 달쯤은 지나서야 박사과정 학생과 선생이 대면을 하고, 잠시 잡담이나 나누다가 헤어지는 것이 관례인데, 우선 이 점부터가 이변이었다. 더구나 시간표에 형식적으로 적어 놓은 강의 시간을 지키다니, 갑갑할 노릇이었다. 그러나 안 교수는 사람이 워낙 진국이어서 그런 데 개의치 않았다. 곧이곧대로 그 날 그 시간에 현 박사의 연구실을 찾았다.

그런데 안 교수가,

"제가 이 과목을 수강하게 되었습니다. 많은 지도를 바랍니다."

고 인사말을 하자, 놀라운 일이 벌어졌다.

현 박사는 대뜸 영어로 무어라고 떠들어대기 시작했다. 안 교수는 그 순간 아찔했다. 학과 교수회에서 강의를 영어로 하겠다는 말을 들었어도, 자기가 수강하는 과목에서 그렇게 할 줄은 미처 생각하지도 않고 있었는데, 완전 기습을 당한 것이었다. 너무 당황해서 무슨 말을 하는지 줄거리조차 귀에 들어오지 않았다. 멍하니 있으니, 이번에는 알아듣기 쉽게 또박또박 다시 말했다.

들어 보니, 자기 강의를 택해서 고맙다는 말과, 한 학기 동안 같이 공부하면 소득이 있을 것이라는 말이었다. 말이 귀에 들어오자, 안 교수는 비로소 안심을 하고 앞에 놓인 의자에 앉았다. 그런데 자기도 무슨 말을 해야 할 것인데, 머릿속에서 영어 작문을 해도 말이 쉽사리 영글지 않았다.

현 박사는 설명을 계속 했다. 강의 주제로 택한 것이 아주 흥미로운 문제라는 것이었다. 그러고 나서 영문으로 타자를 친 종이를 하나 내주는데, 보아하니 교수요목이었다. 날짜별로 무엇을 한다고 소상하게 적혀 있고, 읽어야 할 책 목록도 있었다. 세르반테스의 〈돈키호테〉하며, 라블레의 〈가르강튀아와 팡타그뤼엘〉하며, 토마스 모어의 〈유토피아〉하며, 이태리의 무엇 하며, 읽어야 할 책이 한 짐이었다. 연구서적까지 포함하니 아득한 일이었다. 이런 책에 나타난 정신적 모험을 다룬다는 것이었다. 르네상스란 요컨대 모험과 탐구의 시대인데, 그 의미를 작품을 통해서 캐고, 아울러 동서고금 문학에 나타난 모험담을 두루 함께 생각하자는 것이었다. 작품이 모두 영역판인 것이 다행이긴 했으나, 영문학만 해도 벅찬데, 온갖 것을 다 알아야 한다니, 그저 아득한 노릇이었다.

그런데 현 박사는 자기야말로 이제 모험 여행을 떠나려는 사람처럼 시종 들뜬 기분으로 흥겨워했다. 모험 여행에는 동반자가 필요하던 차에, 안 교수가 나타났으니, 이제라도 떠날 수 있게 되었다고 좋아하는 것 같았다. 설명을 마치고, 확인을 하듯이 물었다.

"두 유 해브 애니 퀘스천?"

그제야 안 교수도 영어로 말이 나왔다.

"노 퀘스천. 써."

그런데 말을 해 놓고 보니, 이런 경우에는 "써"라는 존칭을 써야 하는지 어떤지 모를 일이었다. 어째도 좋을 것 같은데, 괜히 그런 사소한 일에 마음이 걸렸다.

그러자 다음 시간까지 우선 〈돈키호테〉를 읽어오라고 하면서 첫 강의 시간을 마쳤다.

이렇게 해서 시작된 박사과정 강의에서 현 박사는 안 교수를 이끌고 아주 야단스러운 여행을 떠났다. 현 박사는 유쾌한 기분으로 거들먹거리고 가고, 안 교수는 그 뒤를 괴롭고 찌그러진 표정으로 따라가야만 했다. 그런데 이 이상스러운 모험담이 차차 알려지자, 험구들의 좋은 이야깃거리가 되었다.

현 박사가,

"당신 영어도 이제 많이 늘었습니다. 그만하면, 미국 가서도 강의를 알아듣겠습니다."

고 했다 하면, 험구들의 풀이는,

"산초 판자가 우둔한 나귀를 타고 돈키호테를 따르느라고 고생이 많구먼."

하고 나왔다.

"이제는 전체적인 주제가 드러나지요. 조금 더 공부하면 아주 달라질 것입니다."

고 했다 하면,

"섬나라 왕을 시켜 준다는 꾐에 빠져 산초는 고생이 많다."

는 풀이가 나왔다.

이렇게 해서 현 박사와 안 교수는 각각 별명을 하나 얻게 되었다. 현 박사는 현키호테라 했다. 돈키호테보다 더 현란한 현키호테라는 것이었다. 안 교수는 안초라고 했다. 산초에서, 너무 얼이 빠진 나머지 시옷자마저 떨어져 나간 안초라는 것이었다. 현키호테와 안초는 그 동안 서반아를 떠나서 불란서를 돌아 영국까지 갔다. 그 사이의 모험담이야 자세히 말하자면 끝이 없겠지만, 그만두기로 하자.

현키호테의 행동에는 참으로 기발한 점이 많았다. 안초와의 여행을 막 시작했을 때, 어느 날 느닷없이 안초에게 물었다. 기묘하게도 이 말은 우리말로 했다.

"여기 국문과에 국문학 교수가 몇 분이나 있지요?"

안초는 대답 내용이야 다 알고 있지만, 그걸 영어로 하려니 더듬거릴 수밖에 없었다. 그러자 현키호테는 자기가 우리말로 묻는 말은 우리말로 대답하라는 것이었다. 하기야, 국문학에 관한 말을 하자면 우리말로 하는 것이 일찍이 현키호테가 제시한 원칙에 합당했다. 안초는 그제야 안심을 하고 국문학 교수를 한 사람씩 자세하게 설명해 주었다.

그랬더니 놀라운 일이 그 다음 날 벌여졌다. 현키호테는 국문과 학과장을 찾아가서, 자기가 국문과 대학원 박사과정에 입학을 하겠다고 했다. 학과장은 놀라서,

"왜 이러십니까?"

하고 물었더니, 그 다음 말은 아주 조리정연하게 나왔다. 그것은 이상한 일이 아니었다. 세르반테스가 쓴 원작에 돈키호테도 가끔 제 정신이 들어 조리정연하게 말한다고 하지 않았던가.

"국문학을 공부하고 싶습니다. 외국에 나가 있으면, 내가 한국에서 태어나고 자랐으면서도, 우리 국문학을 모른다는 것이 얼마나 부끄러운지 모릅니다. 더구나 비교문학 교수를 한다면서 일본문학, 중국문학은 말해도, 우리 문학은 아예 모르니 말을 한다면 모두 거짓일 수밖에 없었습니다. 사실 저는 일제 말기에 중학교를 다녔고, 해방 후에 대학에 들어갔다가 마치지 않고 바로 미국에 갔으니, 국문학은 국자도 공부하지 못했습니다. 불행한 세대이지요. 미국에 영어로 국문학을 소개해 놓은 책자 정도

만 슬금슬금 보고 무얼 아는 척했지만, 그게 모두 가짜였습니다. 제 영문학 박사논문이 무엇인지 아십니까? 〈한국에서의 셰익스피어〉입니다. 한국에 셰익스피어가 어떻게 소개되고, 번역되고, 공연되었는가 하는 것입니다. 지도교수는 마침 그런 논문이 있어야 한다고 생각하고 있었는데, 제가 한국 사람이니 그걸 하라고 했습니다. 그러나 사실 미국 학생에게 시키는 것이나 다름없었습니다. 제가 한국어를 읽을 줄 안다는 점만 제외한다면. 사실 그 일 때문에 몇 달 동안 귀국을 했었습니다만, 결과적으로 논문은 참 엉터리였습니다. 이번 기회에 국문학을 제대로 공부해서 무식을 면하고 싶습니다."

현키호테는 말을 시작하고 나니, 그 동안 겪었던 서러움이라도 하소연하듯이, 집 나갔던 탕아가 돌아와 아버지에게 자기 잘못을 뉘우치는 듯이, 신부에게 고해라도 하듯이, 긴말을 자기도 모르게 늘어놓았다.

국문과 학과장은 이 말을 듣자 말할 수 없는 감동을 받았다. "외국에 나가서 석학이 되었다고 거들먹거리던 이 사람이 이런 진실된 면이 있었구나." 그 순간 자기야말로 민족의 혼을 대변하고, 고국의 땅을 지키는 산신이라도 되는 듯한 느낌을 가졌다.

"참으로 장하십니다. 우리 문학에 대해서 그렇게까지 진실한 관심을 갖고 계시니. 우리 문학을 공부해야지요. 마음껏 공부하세요. 힘 있는 대로 도와드리겠습니다."

피차 감격했던 순간이 지나고, 둘은 사무적인 이야기를 했다. 문제는 국문과 박사과정에 입학을 하는 방법이었다.

"학과장님이 추천을 해주시면 입학이 되겠지요?"

현키호테는 이렇게 단순하게 생각했으나, 그럴 수는 없었다. 학과장으로서도 방법이 있을까 염려를 했지만, 대학원에 알아본 결과는 절망적이었다. 차근차근 설명하자니, 한참 시간이 걸릴 판이었다.

우선 박사과정에서는 석사과정에서 전공한 것과 같은 것을 전공해야 한다고 문교부에서 엄하게 감독한다는 것이었다. 그뿐만 아니라, 자기가 재직하는 대학의 박사과정에 진학할 수 있는 길도 문교부가 완전히 막았다는 것이었다. 더욱이 입학시험이 이미 끝난 지 한참 되어 신입생 명단을 문교부에 이미 보냈으므로 추가 입학은 불가능하다는 것이었다. 이 모든 조치는 사실 대학에서 박사학위를 남발할까 염려해서 취한 것들인데, 마치 현키호테 같은 사람이 있을 것을 예상하고 구상이라도 했다는 듯이 빈틈이 하나도 없었다.

그러나 절망할 일은 아니었다. 국문과 학과장이 다시 자세히 알아보니, 미흡하지만 해결책이 나서는 것이었다. 연구과정의 연구생으로 들어가면 된다는 것이었다. 사실 연구생이란 입학 자격을 제대로 갖추지 못한 사람들이 흔히 경영대학원 같은 데서 이용하는 편리한 제도인데, 현키호테에게도 혜택을 베풀 수 있다는 것이었다.

국문과 학과장은 현키호테더러 연구생이 되라고 하기에는 미안한 점이 있다고 생각했으나, 사실 현키호테가 입학시험을 본다는 것도, 제도상 가능하다 해도 우스운 노릇이었다. 영어다 제2외국어다 하는 시험이야 필요하지 않고, 아는 것이 없는 줄 뻔히 알면서 국문학의 전공과목 시험을 실시하는 것은 생각하기도 어려운 일이었다. 이래저래 연구생이 격에 맞았다. 하기야, 연구생이란 원래 순수하게 공부만 하겠다는 사람을 위해서 만든 제도가 아니었던가. 중간에 특수대학원 때문에 변질되기는 했지만. 다행히 연구생 명단은 아직 문교부에 보내지 않았으므로, 현키호테는 연구생으로 정식으로 입학했다.

연구생도 학점을 인정받을 수 있는가, 현키호테는 이 점만을 확인하고서는, 그렇다고 하니 연구생도 좋다고 하면서, 국문학 가운데 고전소설을 전공하겠다고 했다. 내친 김에 중문학과에서도 명대소설을 한 강좌 택하겠다는 것이다. 연구생은 교과과정 상의 제약을 받지 않으니, 두 과의 강의를 자유롭게 택할 수 있었다.

그런데 국문과 박사과정의 고전소설 강의는 서 교수 담당이었다. 학과장은 서 교수에게 현키호테를 인계하고서 자기가 할 수 있는 것은 다했다. 그 다음은 서 교수의 책임이었다. 서 교수는 학위를 하고나서 박사과정 강의를 처음 맡았는데, 첫 강의에 큰 짐을 짊어지게 되었다.

이 사건이 널리 알려지자, 반응이 각가지로 나왔다.

우선 총장의 반응은 이랬다.

"과연 석학이 다르군요. 미국서는 권위 있는 노교수가 안식년에 자기보다 젊은 교수의 강의를 들으러 다닌다더니, 과연 그렇군요. 아무리 대가라도 다시 배울 것이 있는 법입니다. 어설픈 연륜이나 먹고사는 우리 대학 노교수들에게 일대 경종이 되겠습니다. 그런데 우리 대학 국문과나 중문과 강의가 현 박사에게 도움이 될 만한 것인지, 그 점이 염려됩니다. 각별히 살펴 주시고, 대학원 강의 개혁안도 마련해야 하겠습니다."

마지막 말은 문과대학장에게 당부하는 것이었다.

그런데 문과대학장은 생각이 달랐다. 현 박사가 그런 것을 공부해서 어떻게 하겠다는 것인가 의심이 들었다. 미국에서 동양 문학을 가르친다 하다가 밑천이 떨어져서 왔을지도 모를 일이었다. 이러다가 훌쩍 떠나면, 자기는 무슨 꼴이 되나 싶었다. 현 박사는 특A등급이고, 자기는 B등급인 점이 막상 당하고 보니 기분이 좋지 않았으나, 자기가 추천한 사람이 훌쩍 떠나버리는 일이 생긴다면, 체면이 말이 아닐 것 같았다. 그러나 지금으로서는 총장에게 아무 말도 할 수 없었다. 또한 자기가 공연한 염려를 하고 있기를 바랐다.

국문과 서 교수는 자기 소감을 무어라고 표현해야 좋을지 모를 일이었다. 현 박사가 온다고 할 때는 외국의 새로운 이론을 공부할 좋은 기회가 생겼다고 좋아하고, 그렇게 말하기도 했다. 현 박사가 와서 설치기 시작하자, 하루에도 몇 차례씩 만났지만 자기로서는 좀처럼 말을 걸 기회를 찾지 못했다. 연구실로 불쑥 찾아가는 것도 우스운 일이었다. 설사 찾아간다 해도 연구실을 지키고 앉았을 것 같지도 않았지만, 자기가 누군지도 모르고 있을 터인데, 무얼 묻자고 하기도 어색할 노릇이었다.

그런데 하루아침에 자기 제자가 되다니! 아무리 현키호테라지만 이럴 수 있나 싶었다. 자기가 마침 박사과정의 고전소설론을 맡게 된 것이 여간 다행한 일이 아니었다. 박사학위를 하자 그런 영광을 차지했는데, 영광이 더 큰 영광을 몰고 온 것이었다. 이 과목의 수강자는 다른 대학에 교수로 재직하고 있는 분 두 명뿐이었는데, 둘 다 자기보다 나이도 많고 해서, 전에 하던 대로 이따금씩 만나서 학계 동향이나 이야기하다가, 학기말에 리포트나 내라고 할 수밖에 없는 형편이어서 사실 적지 않게 김이 새던 판이었는데, 이제는 모든 것이 아주 달라졌다.

그러나 고민이 없는 것은 아니었다. 본격적인 강의를 해야 되겠다고 마음먹고, 학생이기도 하고 학계 선배이기도 한 두 사람을 각각 찾아뵙고, 매주 나와 줄 수 없겠느냐고 사정을 했으나, 그리 좋은 반응이 아니었다. 현영석이란 사람이 누구기에 그 사람 때문에 왜 전에 없던 법을 내놓느냐는 것이었다. 그 사람이 누군가 자세한 사항을 갖추어 설명을 했어도, 그 장단에 춤을 출 생각은 없는 것 같았다. 어쨌든 서 교수의 유세는 성과를 거두지 못했다. 결국 이 과목은 이원적으로 운영할 수밖에 없었다. 현키호테와는 매주 정해진 시간에 세 번씩 만나고, 다른 두 사람은 이따금씩 딴 자리를 마련해서 만났다. 그런데 현키호테는 그런 사정을 얼마만큼 짐작할 법한데, 도무지 그런데는 관심이 없었다. 오히려 선생을 자기 혼자서 독점하다시피 하게 된 것이 아주 다행이라는 눈치였다. 그러면서 세상에 이런 부지런한 사람이 있나 할 정도로 공부에 열을 올렸다.

그러나 공부 내용이란 실로 가관이었다. 첫 시간에 만나서, 서 교수는 무얼 공부하고 싶은가 물었다. 현키호테와 안초가 처음 만났을 때와는 아주 반대였다. 그랬더니, 현키호테는 한국의 고전소설로서 여행담으로 이루어진 것이 무엇인가 알고 싶다고 했다. 단순한 여행담이라기보다도 정신적 여행이나, 사회적 경험에서의 여행이나, 그런 내용을 다룬 작품이 있으면, 그걸 공부하겠다는 것이었다.

서 교수는 그런 질문은 처음 받았던 터이라, 잠시 생각하다가, "우선 〈구운몽〉을 들 수 있지요. 여성 편력의 여행담이지요."라고 했다.

그랬더니, 현키호테는 〈구운몽〉이라면 자기가 잘 아는 듯이 나섰다.

"〈구운몽〉 말이지요? 동양인의 사고방식을 알 수 있는 소중한 작품이 아닌가요? 그것 좋습니다. 그것부터 읽읍시다."

〈구운몽〉을 이미 읽었느냐고 물으니, 읽은 것은 아니었다. 그렇게 소개되어 있는 것을 보고 하는 말이었다. 그렇다면 작품을 읽는 것이 우선 선결문제였다. 〈구운몽〉 주석본을 서가에서 뽑아내 주면서, 책을 구할 때까지 우선 그걸 읽으라고 했다. 현키호테를 보내놓고, 서 교수는 그 작품을 어떻게 다루어 나아가야 좋을지 여러모로 궁리해보지 않을 수 없었다. 동양인의 사고방식 어쩌고 하니, 우선 그런 각도로 풀이할 수 있게 연구해 놓은 업적을 모아서 다시 읽어 두어야 하겠다고 마음먹었다.

그런데 바로 이튿날 현키호테는 아주 뛸 듯이 기뻐하면서 서 교수를 다시 찾아왔다.

"영역본이 있네요."

기뻐하는 이유가 바로 이것이었다.

"우리말로 읽어서는 도무지 실감이 나지 않더니, 책 뒤에 있는 영역본을 보니 무언지 알 것 같구만요."

이렇게 나오는 데야 할 말이 없었다. 주석본 뒤에 게일인가 누군가가 번역한 영역본을 실어놓은 것이야 전부터 알고 있던 바였다. 그 따위 것을 누가 보라고 실어놓았는가 싶었더니, 놀랍게도 이런 사람이 나타났다. 미국 사람도 아니면서 어찌 이럴 수 있는가 싶어서, 정색을 하고 할 말을 찾았다.

"저는 아직 읽어보지 않았지만, 그 번역이란 것이 의심스럽습니다. 왜 그걸 읽으려고 합니까? 원문이 있는데, 힘들더라도 원문을 보고 오셔야 이야기가 됩니다."

그러나 현키호테는 자기대로 할 말이 있었다.

"그야 물론이지요. 문학 작품을 번역으로 이해할 수 없다는 것은 저의 지론입니다. 하지만, 우선 대강 보아서 줄거리라도 이해하는 데는 번역본이 도움이 됩니다. 번역본의 의의를 무시할 수는 없지요."

서 교수는 새삼스러운 걱정거리가 생겼다. 수준이 그 정도라면, 원문을 차례대로 강독을 해야 할 판인데, 그래서야 박사과정의 강의일 수는 없었다. 국문학 교수 수강생 두 사람과 함께 만나지 않도록 한 것이 여간 다행한 일이 아니었다.

강독을 시작해보니, 더욱 딱한 일이 생겼다. 원문의 뜻을 모르는 것은 아니었다. 주석도 되어 있고, 설명도 하니 다 알았다. 모르는 것은 맛이랄까 멋이랄까 하는 무엇이었다. 뜻을 모른다면야 설명을 더 할 수 있겠는데, 뜻은 알면서도 맛은 모르니 오히려 더 큰 고역이 아닐 수 없었다.

그러나 이해는 얼마나 했건, 현키호테는 〈구운몽〉을 열심히 읽었다. 어딜 가나 〈구운몽〉 이야기였다. 돈키호테의 모험담에다가 〈구운몽〉의 주인공인 양소유의 모험담이 더 보태져서, 점입가경이었다. 이건 뭐 괴물도 퇴치하고, 여자도 퇴치하고, 실로 가관이었다.

일이 이렇게 되자, 묘한 변화가 일어났다. 영문과와 국문과의 관계가 아주 역전되어 버린 것이었다. 그 전에는 계속 영문과가 국문과 위에 있었다. 영문과에서는 학생을 오지 말라고 쫓아야 할 형편이라면, 국문과에서는 아직 학과를 정하지 않은 1학년 학생들을 상대로 학과 선전을 열심히 해야만 했다. 교수만 해도, 영문과 교수는 무언가 새로운 것에 정통하고, 국문과 교수는 촌스러운 것처럼 느껴졌다. 그런데 세계적인 석학이라는 영문과의 새 학과장이 국문과 학생이 되고 말았던 것이다. 이 사건 때문에 하루아침에 국문과가 영문과를 내려다보는 위치에 올라서고 말았다. 현키호테 바람은 어쨌든 대단했다.

영문과의 안 교수는 안초가 되어서 현키호테를 따라다니느라고 땀을 빼는데 국문과의 서 교수는 이와는 반대로 현키호테를 데리고 다니는 임무를 맡았으니, 희한한 사태가 벌어진 것이다. 이렇게 되니, 험구들은 서 교수에게도 별명이 있어야 한다는 판단을 내리고, 한참 논란을 벌인 끝에, 이렇게 명명했다.

"서르반테스."

'세르반테스'보다는 작대기가 하나 모자라는 '서르반테스'라는 것이었다. 현키호테를 몰고 다니니 서르반테스일 수밖에 없다는 수작이었다. 서르반테스는 현키호테를 이끌고, 현키호테는 안초를 몰고다니느라고, 셋 다 하루도 쉴 날이 없었다고 풀이를 하는 평론가들이 문과대학 교수 대기실 아침 모임에서 판을 쳤다.

"여보게. 서르반테스. 오늘은 현키호테가 어디까지 갔나? 계섬월인가? 백능파인가? 춘향인가? 애랑인가?"

"오입판이 걸판지게 벌어졌겠구만."

"어쩌자고 오입판으로만 끌고 다니나? 현키호테는 안초를 괴물판으로만 끌고 다니는데, 이거 너무 불공평하지 않는가?"

"오랑캐 문학에는 웬 놈의 괴물, 마녀, 유령 따위가 그렇게 많은지, 안초는 죽을 지경이라네."

"현키호테는 양소유 노릇에다 손오공까지 겸한다면서 불로장생하겠다고 하니."

서르반테스가 되고 만 서 교수는 현키호테에게서 서구의 새로운 이론을 배우겠다는 계획은 좀처럼 실현할 기회가 없었다. 그런 것을 물을 틈을 주지 않았다. 그뿐 아니었다. 세상에 공짜가 없는데, 자기도 배우려면 영문과 박사과정 연구생이라도 되어서 정식으로 등록금을 내야 할 것 같았다. 남의 떡으로 자기 제사 지낼 수는 없는 노릇이었다.

그런데 현키호테는 여행만 계속하고 있지는 않았다. 주요 작품마다 대표적인 연구 업적이 무언가 물어서는 있는 대로 다 수집하고, 그 개요를 하나하나 설명해 달라고 했다. 다 읽는 것은 나중 일이고, 우선 개요라도 알아야 한다는 것이었다. 서르반테스라면 현키호테가 하는 일을 다 이해할 수 있어야 할 것인데,

그렇지 못하니 체면이 서지 않았다. 그렇다고 해서 내색은 할 수 없었다.

학기말 과제 이야기가 나오자, 현키호테는 엉뚱하게도 아직 영어로 번역되지 않은 소설 한둘을 번역해서 그걸로 텀 페이퍼를 삼겠다고 했다. 이거 뭐 자기 마음대로 정하는 것이었다. 그러면서 번역을 도와달라는 것이었다. 두고 보자니, 이러다가는 서르반테스도 산초와 같은 처지가 될 지경이었다.

중문과에서는 어떻게 하는가 물어보니, 역시 다름이 없었다. 처음에는 여행담을 찾더니, 나중에는 영어로 번역되지 않은 명대 단편 한둘을 영어로 번역하겠다고 나섰다는 것이었다. 막판에는 중문과 그 교수도 번역 조수처럼 되고 말았다는 것이었다. 그런데 이것 뭐 중국어라고는 백화든 고문이든 아는 것보다 모르는 것이 훨씬 많아, 중국 소설 번역 조수는 한국 소설 번역 조수보다 더 골몰스럽게 되었다. 〈서유기〉로 박사를 했다는 사람이, 무슨 재주로 했는지 알다가도 모를 일이었다. 그 기준대로 하면 중문과의 그 교수는 박사 너댓 개도 할 판이었다.

현키호테가 이처럼 맹활약을 하고 있는데, 총장과 학장은 전부터 구상하던 연구소 건을 확정 지었다. 연구소 이름은 동서문화비교연구소라 했다. 동서문화연구소라 하자니, 그런 이름의 연구소가 이미 다른 대학에 있어서 "비교"라는 말을 더 넣었다. 예산은 삼천만 원까지 마련하지 못하고, 우선 이천만 원 정도로 했다. 그 정도라도 이사장을 설득하는 데는 어려움이 있었다. 앞으로 기회를 보다 연차적으로 예산을 늘리기로 하고, 우선 그 정도로 출발했다.

소장은 물론 현키호테로 정해졌다. 그러니 현키호테의 활약은 더욱 눈부시게 될 판이었다. 사실 문과대학장은 총장에게 꼭 하고 싶은 말이 있었다. 근래에 국문과와 중문과에서 강의를 들으면서 한다는 짓을 보니, 불안한 예감이 적중할 것 같았다. 그러나 그 말을 끝내 하지 않았다. 그 말을 했다가는 자기가 연구소 소장을 맡고 싶어 현키호테를 모함한다는 오해를 줄 염려가 있었던 것이다.

사실 그 동안 학교에서는 현키호테 때문에 몇 차례 문제가 생기기도 했다. 호봉과 월급을 정식으로 계산해보니, 첫날 총장실에서 말했던 것보다는 적었다. 그 날은 이력서를 자세히 보지 않고 대강 어림으로 계산해 보았는데, 박사를 두 번 했다고 해서 그 경력을 10년으로 쳤던 것이 무리였다. 따지고 보면 실수는 경리과장이 하지 않고 문과대학장이 했던 것이다. 나중에야 현키호테는 자기 연봉이 처음 말한 액수에 못 미치는 것을 알고 야단이 났다.

"연봉을 그렇게 정하고 계약을 했던 것입니다. 그런데 계약 내용을 임의로 바꾸다니, 그건 사기입니다. 소송하겠습니다."

이렇게까지 나왔다. 학장은 이 말을 막느라고 죽을 힘이 들었다. 달라진 것은 오직 계산상 먼저 것이 착오였을 뿐이지, 그 이상의 의미는 없다고 누누이 설명했다. 총장에게 따지겠다는 것을 며칠 동안 밤낮 설득해서 겨우 진정시켰다. 소송을 해도 학교와의 계약보다 정부 방침을 우선하는 한국법으로 판결을 할 터이니 이득이 없을 것이라고 누누이 설명했다.

그뿐이 아니었다. 직급에서도 문제가 생겼다. 서류를 정교수로 꾸며서 문교부에 올렸더니, 회신이 오기를 부교수를 거치지 않고 정교수가 될 수 없으며 경력 상으로도 그렇게 될 수 없다는 것이었다. 담당직원이 문교부에까지 가서 다시 알아본 결과가 변동 가능성이 없었다.

문과대학장과 교무처장은 이 일 때문에 연일 상의를 하다가, 하는 수 없이 문교부에는 부교수로 되어 있어도 학교에서는 정교수로 하는 것이 좋겠다는 편법을 총장에게 건의했다. 총장은 물론 그대로 받아들였다. 현키호테는 다행히도 학교에서만 정교수면 그만이라고 순순히 수긍을 해, 이 일 때문에 생긴 문제는 비교적 간단히 해결되었다.

또 하나의 문제는 학생 지도 문제 때문에 생겼다. 학과에서 분담지도교수를 배정하는데, 자기는 분담지도교수를 맡을 수 없다고 했다. 그 이유는 명백했다.

"나는 대한민국 국민이 아니고, 미국 시민인데, 어떻게 대한민국의 정치적 상황과 깊이 관련된 문제에 개입할 수 있나요."

이런 말을 듣고서야 현키호테가 미국 국적을 가졌다는 사실을 모두들 알게 되었다. 미국 사람이 대한민국의 정치적 상황에 개입할 수 없다는 데야 반론을 제기할 여지가 없었다. 분담지도 교수 제도란 정치적인 문제에 관한 학생 시위 때문에 생긴 것이 아니라고 할 수 없으니, 어쩔 도리가 없었다.

그런데 문제는 현키호테가 영문과 학과장이라는 데서 다시 생겼다. 학과장은 그 학과 학생 지도를 두루 책임져야 하는데, 분담교수마저도 못하겠다고 나오니, 학과장 노릇이야 더욱이 할 수 없었다.

문과대학장은 이 문제를 해결하느라고 진땀을 뺀 끝에, 디파트먼트 체어맨은 전과 다름없이 현키호테가 맡되, 학생 지도를 위한 학과장은 별도로 둔다는 묘한 이원집정제를 구상해서, 시행하게 되었다. 총장도 그 안이 좋다고 했다.

그러자 영문과에서의 반발이 대단했다. 현키호테가 올 때부터 못마땅하게 생각하던 사람들이 기회는 왔다 싶어 일제히, 도대체 이런 법이 어디 있느냐고 항의를 했다. 일이 이렇게 되니, 학생 지도를 위한 학과장을 맡겠다는 사람이 있을 턱이 없었다. 먼저 학과장에게 말해 보았다가 말만 귀양 보낸 것은 물론이다. 권한은 하나도 없고, 책임만 잔뜩 짊어지는 학과장을 할 만큼 골 빈 사람이 영문과처럼 경우 바른 사람만 모인 학과에 있을 까닭이 없었다.

모처럼 창안한 좋은 제도도 사람이 없으면 시행하지 못하는 법이라, 현키호테가 부득불 디파트먼트 체어맨 직을 사임해야 할 지경에까지 이르렀는데, 다행인지 불행인지 안 교수 안초가 학과장 일을 보기로 낙찰이 되었다. 직급을 보아서는 출세라 할지 모르나, 안초는 팔자가 사나워 현키호테 뒤치다꺼리나 하고 지내는 데 불과했다. 영문과에서는 안초에게 협조를 하지 않는데, 학생 지도에 관한 모든 책임은 안초가 져야만 했다.

더구나 험구들은 안초를 볼 때마다,

"어째, 섬나라 왕은 하지 못하고, 과장보가 무언가."

라고 하는 것이었다. 학장보는 있어도 과장보는 없는데, 안초 때문에 별난 직위가 하나 생기고 말았다. 이 말이 유행이 되어, 학생들도 안초를 보고 더러 "과장보 선생님" 어쩌고 하기도 했다.

일이 이쯤 어렵게 되어 가는데, 자세한 물색 모르는 연구소 창설에 열을 올렸고, 현키호테는 총장의 명을 받아 국제학술회의의 개최 준비를 야단스럽게 서둘렀다. 그런데 연구소를 하자면, 소장만 있을 수는 없었다. 운영위원도 있고, 간사도 있어야 하는 법이었다. 운영위원은 교무처장이다 문과대학장이다 하는 사람을 넣어서 중진급으로 겨우 짰다. 그런데 문제는 간사였다. 아무도 현키호테 밑에서 간사를 하겠다는 사람이 없으니, 만만한 안초가 그 일마저 맡지 않을 수 없게 되었다. 현키호테 뒤치다꺼리야 어차피 안초가 하게 되어 있었다. 현키호테는 일을 저

지르고 안초가 수습하고, 가지가지 소설대로 되어가는 점이 험구들에게는 여간 즐거운 입심거리가 아니었다.

남이야 무어라 하든, 현키호테의 구상은 실로 웅대했다. 국제학술회의의 전체 주제를 "동서문학의 여성관"이라 정했다. 자기 자신도 물론 발표를 하고, 그 밖에 발표자는 세계 각국에서 두루 불러오기로 했다. 미국의 웰릭, 레빈, 영국의 리비스, 불란서의 방띠겜, 바르뜨, 골드만, 독일의 카이저, 슈타이거 같은 거물을 포함해서, 그 밖에 서반아의 누구누구, 이태리의 누구, 인도의 누구, 일본, 중국, 타이랜드에 이르기까지 수십 명을 초청할 계획이었다. 그 중에는 이미 죽은 사람도 있었으나, 그런데 개의치도 않았다. 예산을 보아서도 어림없는 일인데도, 그 점마저 조금도 염려하지 않았다.

그런데 안초는 이번에도 죽을 노릇이었다. 편지를 다 내고, 예산을 수십 번 고쳐 짜고. 그래도 불가능했지만, 현키호테는 안초의 말에는 귀를 기울이지 않고, 자기 좋은 대로만 일을 벌였다.

현키호테는 그 계획을 짜 그걸 안초에게 넘기고 나서는, 자기가 발표할 내용을 구상하는 데 여념이 없었다. "동서문학의 여성관"이란 공연히 택한 주제가 아니었다. 귀국해서 다시 공부한 결과 더욱 확실하게 안 일이지만, 동양의 여성은 특히 한국의 여성은 원래 남자에게 순종하고 안온한 부덕을 쌓았는데, 서양

바람이 이상하게 불어서 그러한 기풍이 날로 흔들리고 있는 점을 인류 전체의 입장에서 깊이 우려했던 것이다. 그래서 세계의 석학들이 모인 자리에서 문학에 나타난 여성관을 문제 삼으면서, 동양적 부덕의 가치를 재발견하자는 것이 기본적인 구상이었다.

사실 근래에 자기 아내는 적지 않은 성화를 부렸다. 처음 와서는 그렇게 좋다더니, 이제는 미국으로 다시 가자고 야단이었다. 이건 뭐 미국 살다가 미국 여자보다 한 술 더 뜨게 되어서, 모든 것을 자기 마음대로 해야 직성이 풀리는 판이었다. 친정이 드세게 사는 자세를 하는지, 도무지 감당을 할 수 없었다.

"무얼 바라고 더 있자는 거요? 모두들 사는 걸 보니 어찌 그리 따분하고 지겨운지. 대한민국은 아직 멀었어요. 여성단체란 것들을 보아도 한심한 지경이고요. 당신은 더 있든지 말든지, 나는 혼자 가요."

이렇게 나오곤 했다. 아내는 고국에 돌아와 여성단체 같은 데서 여권운동을 하고 싶다고 했다. 미국에서도 그런 데 관여한 경험이 있었다. 그러나 돌아와 보니, 여러 군데 알아보지는 않았지만, 어느 단체에서도 아내를 끼워주지 않았다. 그러니 아파트에 혼자 들어앉아 있는 것이 여간 지겨운 노릇이 아니었다. 이 점은 충분히 이해했다.

동창생들도 만나고, 옛날 친구도 찾았던 모양이다. 그런데 모두들 한다는 말이, "얘, 우리는 미국 가고 싶어 안달인데, 너는 시민권까지 얻었으면서 왜 왔니?"라고 하는 것이었다고 했다. 그러니 그 꼴이 미워서도 미국으로 돌아가겠다는 것이었다.

현키호테는 아내와 맞서서 적지 않게 버티었다. 그러나 마침내 지고 말았다. 학기말이 되어 방학이 시작되려는데, 느닷없이 미국으로 다시 가겠다고 통고해 왔다.

이 말을 들은 학장은 참으로 어이가 없었다. 예감은 불길하게 들었지만, 차마 이렇게까지 빨리 돌아갈 줄은 몰랐다.

"와이프가 혼자라도 가겠다고 하니, 어떻게 합니까? 저는 일 년은 채우고 싶었는데. 아직 해야 할 공부도 많이 남았고. 어쩔 수 없게 된 사정 이해해 주시면 감사하겠습니다."

학장은 할 말이 없었다. 총장에게 이 일을 어떻게 보고하나 싶어, 정신이 아득해 몸져누워야 할 형편이었다.

서 교수는 오히려 짐을 덜고 마음이 후련해진 기분이었다. 서르반테스 노릇을 그만두는 것만 해도 다행이었다. 부담 없이 여러 가지 이야기를 나눌 수 있었다. 현키호테 말인즉, 미국에 편지를 냈더니 서남부 어느 대학에서 조교수로 계약하자는 회답이 왔다는 것이었다. 그 동안 국문학과 중문학을 수강하고, 소설 번역도 한 것이 도움이 되었다는 말도 덧보탰다. 그 증명서와 원고를 가져간다는 것이었다.

그러면서 자기가 미국 가서 제대로 자리를 잡으면 서 교수를 미국으로 한 번 초청하겠다고 했다. 다시 같이 공부할 기회가 있었으면 한다는 말이었다. 그러나 서 교수는 서르반테스 노릇을 더 하고 싶지 않았다. 서구의 새로운 이론 같은 것에 관한 관심도 싹 없어진 것 같았다. 그래서 그저 담담하게 잘 가라고 말했을 뿐이었다.

서 교수는 서르반테스를 면해 시원하게 되었으나, 안 교수는 안초를 면하는 처지가 달랐다. 국제학술회의를 한답시고 편지를 잔뜩 내놓았으니, 답장이 오는 것들이 있었다. 현키호테는 떠나고 없었어도, 안초는 계속 고민이었다. 그 회의에 참석할 수 없다는 답장이야 아주 반가운 것이었다. 난처한 것은 바로 아주 고맙다 하고 반드시 참석하겠다는 답장이었다.

이런 편지를 들고 몸져누운 학장을 찾아가 상의할 수도 없고, 그렇다고 해서 총장실로 갈 수도 없었다. 소장이 없으면 간사가 소장 직무대행을 하도록 규정에 정해져 있지만, 자기가 현키호테를 대신해서 국제학술회의를 주재한다는 것은 상상도 할 수 없는 일이었다. 이러다가는 안초마저 몸져누울 판이었다.

현키호테는 가면서 총장에게는 인사도 없었던 모양이었다. 올 때는 요란스럽게 왔지만 갈 때는 조용히 갔다. 그러니 총장이 현키호테가 갔는지 아직 모르고 있을 수도 있었다. 아직 모르는 채, 총장은 총장대로 국제학술회의에 대한 구상을 잔뜩 하고 있을 것 같았다.

바둑을 두며 입씨름을 하는 험구들은, 앞으로 벌어질 마지막 소동이 아주 구경스럽겠다는 데 의견의 일치를 보았다. 그래 놓고서도 또 다투는 것이었다.

"이제 그만 돌을 던지지. 현키호테도 자기가 물러날 때를 알았는데, 군자가 어찌 그런가."

"현키호테야 본당 신부 노릇을 하는 자기 아내가 데리고 갔지만. 나야 뭐 누가 데리고 갈 사람이 있나. 이건 계가 바둑이야."

"만방이지 어찌 계가 바둑인가. 현키호테 같이 허황하게 나오네."

"현키호테가 없어 특A는 자리가 비었구나."

"세상에 별 걱정도 다 하네. 자네 차례가 올 것 같은가. 그만하고 물러날 일이지."

"대학 발전을 시키지는 못해도, 이 판세는 회복해야 해."

"양반 체면에 개헤엄을 치다니. 자네도 그러다가 벼슬하겠네."

요즘의 말뚝이는 이렇게 거만하게 나왔다.

희곡

원귀 마당쇠

허주찬 궐기하다

원귀 마당쇠*

등장인물

　　원귀 마당쇠(마당쇠)

　　변학도

　　원귀 껙달이(껙달이)

　　쩔뚝이

　　팔뚝이

* 　1963년 11월 19일 서울대학교 문리과대학에서 서울대학교 향토개척단의 鄕土
意識 招魂굿이 열렸을 때 "신판 광대놀이"라고 한 〈원귀 마당쇠〉를 공연했다.
조동일이 각본을 쓰고, 공연을 할 때 다음과 같은 사람들이 수고했다.
　연출 이필원, 기획 심갑섭(문리대), 장치 이용국(미대), 조명 이수영(미대),
음악 목동균(음대), 효과 황기찬(문리대), 가면 박창식(미대), 무감 임윤성(문
리대), 무용지도(특별초빙) 김천흥 선생, 출연 홍길한(사대, 마당쇠)·이영윤
(사대, 변학도)·지정관(문리대, 팔뚝이)·서재명(법대, 쩔뚝이)·이해경(문리대,
껙달이)

관중석

장소

전라도 빈곤군 무지면 절량리

무대

추석날 밤의 묘지. 무덤 다섯 개가 여기 저기 보인다. 무덤 앞에
는 각기 제물이 있다. 초라하고 작은 무덤A 앞에 놓인 제물은 초
라하고, 크고 잘 가꾸어진 무덤B 앞에 놓인 제물은 잘 차렸다.
무덤 뒤에는 몇 그루의 소나무가 서 있고, 그 사이로 커다란 달
이 보인다. 막이 열리면 한동안 음산한 분위기가 계속 되더니,
갑자기 센 바람 소리와 함께 무덤A의 뚜껑이 활짝 열리더니, 원
귀 마당쇠가 뛰어나온다.

마당쇠   (뛰어나와서 사방으로 쾅쾅거리며 돌아다닌다. 고개를
          끄덕 거리며 여기저기 훑어본다.)

관중석   이크 저게 뭐냐? 귀신 나왔다 귀신!

마당쇠   (사방을 둘러보다가 다시 펄쩍 뛰며,) 뭐? 나보고 귀
          신이라고? (무대 앞으로 나가면서,) 그래 나는 귀신
          이다. 귀신이여! 귀신이라면 어쩔 것이여. 그러나
          겁낼 건 없어. 사람 해치러 나온 악귀는 아니라니
          께. 얼빠진 총각 호리러 나온 요귀는 또 아니여. 어

진 백성 잡아먹으려고 나온 마귀도 아니여. 사귀도
아니고 미명귀도 아니랑께. 몽달귀신도 아니고 엇
귀신도 아니어. 그런 건 다 아니란 말이여!

관중석　그럼 무슨 귀신이냐?

마당쇠　무슨 귀신이냐고? 난 원귀여, 원귀! 원한이 있어 무
덤에서 나왔단 말이여. (무시무시한 분위기를 풍기면
서,) 죽어서도 잊을 수 없는 원한이 있어서 나왔당
께. 그냥 흙이 될 수는 없어서 나왔어. 가슴에 쌓이
고 쌓인 원한은 죽어서도 살아지지 않는 것이여!
나는 할 말이 있어서 나온 원귀여, 원귀여! (뒤로 슬
슬 물러나면서) 내가 죽어부렀다고 안심들 했지. 아
무 말도 없을 것으로 안심했지? 그 녀석 말썽 없이
잘 죽어버렸다고 기뻐했지? 그렇게 뜻대로 되나?
안 될 말이여. 안 되지. 뼈마디마다 원한이 사무친
내가 죽은들 쉽게 썩어버릴 줄 아나? 다시 나오고
마는 것이여. 죽어도 도저히 죽을 수 없당께.

관중석　너는 도대체 누구길래 원귀가 되었냐?

마당쇠　누구냐고? 누군가 알아보고 나서 무덤으로 몰아넣
을 것이여? 잡아서 곤장을 칠 것이여? 그러나 인자
는 그렇게 쉽게 안 될 것이여. 겁이 난다면 이렇게
나올 놈이 니여. 누구냐고? 무엇이라고 대답해야

헐까?

관중석   성명 삼자를 대아 보아라.

마당쇠   성명 삼자가 어디 따루 있어? 촌놈의 성은 김가 아
니면 이가니께. 무식한 선조가 그 둘 중에 하나로
정했을 것이고 이름은 우리 엄니가 마당서 나을 낳
았다고 마당쇠라 했는갑이여!

관중석   어디서 살았나?

마당쇠   동네 이름이 어디 따루 있간디? 숭년이 하두 자주
드니께 숭년두들이라고 불렀는갑이여. 그만치만 알
면 될 것이여.

관중석   언제 살았나?

마당쇠   언제라고? 무엇이라고 대답해야 된단 말이여. (화
를 버럭 내며) 날 적부터 죽을 적까지 살았지.

관중석   특별히 기억나는 일이라도 없나?

마당쇠   왜 없갔서? 난리 이야기를 해 볼까? 탐관오리를 잡
아 죽인다고 마실 장정들이 머리빡에다 수건을 동
이고 몽둥이를 들고 뛰어나갔어. 세상이 발칵 뒤집
어지고 천재 개벽한다는 소리까지도 들렸어.

관중석   그 해가 무슨 해냐?

마당쇠   무식한 놈이 육갑을 짚을 줄 알아야지. (갑자기 생
각나서 펄쩍 뛰며) 옳지! 옳지! 갑오년이라고 하더라!

관중석   동학란 말이구나.

마당쇠   뭐라구?

관중석   현대 사람들은 그 난리를 1894년 동학농민혁명이라
            고 부르고 연구를 한답시고 법석이지.

마당쇠   별꼴을 다 보겠다.

관중석   그건 그렇고 딴 기억은 없나?

마당쇠   꼭 한 가지 더 있지. 숭년 말이다. 숭년. 숭년이야
            거의 해마다 들었지만 난리가 끝나고 칠 년 후에
            든 숭년은 지금까지 듣도 보도 못한 큰 숭년이었어.
            그 해가? 그렇지 계묘년이었어. 난리 때 뽀도시 살
            아남은 사람들이 다 죽어가는데, 나 같은 병신이
            어떻게 살기를 바라겠어.

관중석   네가 그 때 죽었단 말인가? 앉아서 굶어 죽었나?

마당쇠   열흘이나 굶은 몸으로 살려달라고 관가를 달려가다
            가 발길에 채여 죽었어. 발길에 채여 죽었단 말이
            여. (발길에 차인 듯이 넘어진다.)

관중석   기구한 한 평생이었구나. 원귀가 될 만도 해.

마당쇠   보통 원귀가 아니여. 원귀 중에서도 대장이라니께.
            그래서 팔도강산 원귀들이 할 말을 다 해주려고 나
            온 거야.

관중석   옛날 원귀들은 원이나 감사 꿈에 현몽을 해서 해원

을 하던데.

마당쇠   (소리를 버럭 질러 말을 막으며) 무어라고? 원님 꿈에
         현몽을 해? 차라리 개새끼 꿈에 현몽을 하지. 그 따
         위 얼빠진 소리가 어디서 나온당께? 내가 누구한테
         원한이 맺혔고 누구 때문에 죽었는데? 현몽은 고사
         하고 가서 그놈의 원이란 자를 콱 찔러 죽여버릴려
         고 어제 저녁에도 나가지 않았나.

관중석   그래서?

마당쇠   그래서가 뭐야! 원 이놈의 세상. 어떻게 되었는지
         관가가 있던 자리에는 빈터만 남아 있고, 골목골목
         못 보던 집들만 꽉 둘러 있지 않겠나. 그런 판에 그
         놈의 원이란 자를 찾을 수 있어야지. 도대체 어떻
         게 된 거여? 내가 죽은 놈이라고 내 눈에는 아무것
         도 안 보이나?

관중석   너의 눈에 안 보이는 게 아니야. 시대가 얼마나 변
         했는데 그 자리에 관가가 아직 남아 있기를 바라느
         냐? 원님이 아직 남아 있을 리가 있나? 다른 방법
         으로 원한을 풀어야지.

마당쇠   그러면 그놈의 원이란 작자를 어디서 만나나?

관중석   같이 찾아보도록 하자.

마당쇠   (두리번거리며 살핀다.) 그 녀석이, 그놈이 어디 있

나? (관중석 가까이 가서 한참 두리번거리다가,) 그런데 여기 웬 사람들이 이렇게 많이들 모여 있나? 또 무슨 난리가 났나?

관중석 난리가 난 게 아니고 서울대학교에서 굿을 한다고 해서 구경꾼들이 모인 거야.

마당쇠 (모르겠다는 듯이 고개를 저으며,) 서울 학교라니? 뭘 하는 곳이여?

관중석 뭘 하긴 뭘 해. 글 배우는 곳이지.

마당쇠 화! 그럼 서당이로구나. 이것 잘 못 왔는데.

관중석 서당이긴 서당인데 옛날 서당과는 다르지 공자왈 맹자왈은 배우지 않고 다른 걸 배워.

마당쇠 다른 공부가 어디 있당께?

관중석 옛날 일이나 지금 일이나 옳고 그른 것을 다 밝혀 배우는 거야.

마당쇠 그래? 옳지 되았어. 그럼 내 이야기도 들어주고 옳고 그른 걸 밝혀 주겠구먼. (좋아서 날뛴다.) 인자사 내 이야기를 들어 줄 사람을 만났구만. 뒷산에다 대고 터뜨리던 소리를 다 털어놓아도 좋단 말이여?

관중석 무슨 말이라도 해야 돼.

마당쇠 그런데 굿은 왜 함시로 이러지?

관중석 너 같은 원귀들 살아 나와서 할 말을 다 하라고 굿을 하는 거야.

마당쇠   오라! 그래, 내가 굿 하는 소리를 듣고 깨어났구나.
        그래 뭐가 이상하더라니까.

관중석   그럼 이야기를 시작해.

마당쇠   말을 할라니게 먼 말을 먼저 해야 될지 모르겠다니
        까. (가슴을 주먹으로 치면서) 가슴이 갑갑하고, 숨이
        콱콱 막히고, 눈물이 찔끔찔끔 나오고, 방구가 뿡뿡
        나오기만 한다니께. (주먹을 쥐어 보이며) 이만한 불
        덩이가 모가지로도 치밀고 가슴으로도 치밀고 허리
        로도 치밀고 해 사람 환장하것당께. 내 본래 욕쟁
        이는 아닌데 개좆같이 욕만 나온당께. (무덤 앞에 주
        저앉는다.) 아고, 숨차. 원 이놈의 거 무얼 할랴고만
        하면 이렇게 숨이 차니. 하기야 워낙 먹은 것이 있
        어야지. 굶어 죽은 놈이 무슨 힘이 있나. (한참 그대
        로 앉아 있다가 무덤 앞에 차려 놓은 제물을 보았다.)
        옳지 그걸 잊고 있었구나. 손자 놈이 이 귀한 음식
        을 차려 놓고 갔는데. (하나씩 집어 들면서) 보리밥
        한 그릇, 술 한 잔, 오징어 한 마리, 감 한 개, 밤 두
        알. 쯔쯔쯔. (한숨을 내어 쉬면서 눈물 어린 목소리로)
        후유, 손자 녀석도 똥구녁이 찢어지게 가난하구나.
        그럼시로 할애비 제사라고 이렇게까지 차리다니 저

들은 굶으면서도. 쯔쯔. 어서 먹어야지. (밥을 급히
퍼 먹는다.) 이렇게 차리느라고 얼마나 애를 썼을가.
(밥그릇을 든 채로 일어나면서) 여보소, 내 손자를 보
았나?

관중석　　낮에 성묘를 왔을 때 보았지.

마당쇠　　어떤 꼴을 하고 왔던가?

관중석　　말도 말어. 눈으로 볼 수가 없더군.

마당쇠　　쯔쯔, 그럴테지. 무슨 옷을 입고 왔던가?

관중석　　무명 잠방이를 입고 왔더군.

마당쇠　　옛날이나 지금 아니 꼭 같은 신세로구나. 그놈의
팔자 기구하기도 하지. 허기야 그 심한 숭년에도
아들 녀석이 살아 남았고 또 손자까지도 두었으니
신기한 노릇이지. (밥을 몇 숫가락 퍼 먹다가) 어거.
저희들은 굶으면서도 할애비 제사라고 밥을 떠놓았
는디, 그런 밥을 내가 어떻게 먹을 수 있단 말이여.
목구멍으로 넘어가야지. (밥그릇을 내려놓는다.) 살
아서도 죽어서도 팔자야. (일어서면서 무덤B 앞에 놓
인 잘 차린 제물을 보았다.) 이것 보아라. 여기에는
진수성찬이 차려져 있구나. 이 녀석은 복도 많구나.

관중석　　자가용을 타고 와서 거들먹거리는 작자가 차려 놓
고 갔다.

마당쇠   뭐라고? 자물통?

관중석   자물통이 아니고 자가용이여. 저절로 굴러가는 탈
          것인데, 우리 같은 가난뱅이는 못 타는 거여.

마당쇠   (무덤B를 걷어차면서) 이 자식은 뭣이간디, 그런 부
          자 자손을 두어서 잘 얻어먹는 것이여. (무덤을 살
          피다가) 무덤 앞에 비석이 서 있는 걸 보니 예사 무
          덤이 아니구나. 까막눈이 진서를 알아볼 수는 없어
          도 이게 양반이라는 도적놈 무덤인 줄은 똑똑히 알
          지. (앞으로 나오면서) 세상이 이렇다니까. 양반이란
          녀석들 말이여. 특히 우리 고을을 다스리던 변학도
          같은 자식들 말이여. 욕심 많고 우악스럽고 더럽고
          치사스럽고 냄새나고 아니꼬운 도적놈들 말이여.
          양반이란 도대체 뭣이여? 일 년 내내 피땀 흘려 농
          사 지어 놓으면, 일 년 내내 트림만 하고 앉았다가
          다 빼앗아 가는 도적놈이 아니고 무엇이여. 양반이
          란 도대체 무슨 말이여. (어깨춤을 추면서 큰 소리로
          창을 한다.)

          개잘량이란 량자에
          개다리 소반이란 반자 붙어
          양반인가 양반인가.
          허리 꺾어 절반인가.

신주 모신 선반인가.

이 빠진 쟁반인가.

먹다 버린 조반인가.

돼지 다리에 각반인가.

얌체법에 위반인가. (무덤B를 툭툭 찬다.)

변학도   (무덤B의 뚜껑을 활짝 열고 튀어나와서) 네 이놈! (벼
          락같이 호령을 한다.) 네 이놈! 천하에 이렇게 무엄
          한 놈이 어디에 있느냐! 이놈을 그저! 이 죽일 놈아!
          네 모가지가 열 개라도 너는 살지 못할 것이다! 이
          놈을 그저! (화를 참지 못하고 씩씩거린다.) 이 개, 돼
          지보다 못한 놈아! 눈이 있건들 내가 누군지 똑똑
          히 보아라!

마당쇠   (변학도를 보고 좋아서 어쩔 줄 모른다.) 허허! 이런
          일도 있어!

변학도   (씩씩거리며) 이놈아! 내가 너의 고을 부사 변학도
          란 말이다. 이 무엄한 놈아! 네가 아무리 상놈이라
          고 하더라도 나를 못 알아보다니!

마당쇠   못 알아볼 리가 있어. 너를 지금까지 찾아 다녔는
          데! (좋아서) 바로 여기 있었구나. 몇천 년 몇만 년
          살 것 같더니. 너도 결국 죽고 말았구먼. 헤헤, 나
          와 꼭 같은 신세가 되었단 말이여. 헤헤.

변학도　(더욱 화가 나서) 무엇이 어째고 어째!

마당쇠　하여간 잘 만난 거여!

변학도　잘 만났다고? 여봐라 게 누가 없느냐! 이 박살할 놈
　　　을 당장 끌어 내리지 못하겠느냐! 저 소리가 쑥 들
　　　어가게 아가리를 찢어 놓지 못하겠느냐!

마당쇠　(어깨춤을 추면서) 허허. 이 양반 좀 보게 영 돌아버
　　　렸당께.

변학도　(더 큰소리로) 여봐라! 게 누가 없느냐!

마당쇠　여봐라 저리 봐라 하고 돼지 멱따는 소리를 지르면
　　　저 달이 대령하겠나, 저 나무가 대령하겠나!

변학도　여봐라! 통인아!

마당쇠　헤헤. 이 양반 보게. 여기는 동헌이 아니고 무덤이
　　　여! 무덤!

변학도　(아직도 진정하지 못하고) 무어라고? 무덤이라고?
　　　(비로소 알았다는 듯이) 응, 그렇지. 깜빡 잊어버렸
　　　구나.

마당쇠　하여간 잘 만난 거여.

변학도　네 이놈! 내가 비록 무덤에 묻혔어도 사대부란 말
　　　이다! 공자께서 가라사대 사대부란…….

마당쇠　귀신한테도 사대부가 있고 오대부가 있나? 네가 사
　　　대부라면 난 팔대부는 된다는 것이여.

변학도   이 죽일 놈아! (화를 더 내며) 그건 그렇다 하고, 너
         지금까지 무어라고 떠들었나? 누워서 들노라니까
         별별 개수작을 다 하더구나. 나를 찾아서 어떻게
         하겠다고?

마당쇠   하여간 잘 만난 거여.

변학도   게 아무도 없느냐?

마당쇠   이 양반 죽은 것만 해도 서러운데 정신까지 돌았구
         려.

변학도   이 녀석을 그저. (마당쇠에게 달려들어 멱살을 잡는
         다.)

마당쇠   (도리어 변학도의 멱살을 잡고 앞뒤로 흔든다.) 힘이
         모자라서 절절 기면서 산 줄 아나. 굶어 죽은 놈이
         지만 너 하나 메어칠 힘은 있다니께!

변학도   (숨이 막히면서) 이놈이! 이놈이!

마당쇠   그렇게 땅땅 얼러대면 쌀을 갖다 바치겠나? 돈을
         갖다 바치겠나?

변학도   (숨넘어가는 소리로) 이 죽일 놈아!

마당쇠   (역시 멱살을 잡고 흔들면서) 니도 죽은 놈이고 나도
         죽은 놈인데, 무얼 그러느냐? 죽은 놈에겐 체면 덜
         된 수작 하지 말고 아니꼽게 굴지 마라. 그런 수작
         집어치운다면 놓아준다.

변학도   (마당쇠가 놓으니까 그 자리에 풀썩 주저앉는다. 한참
         후에 분을 참지 못하겠다는 듯이 다시 입을 연다.) 야.
         이놈아, 자고로 이르기를 관장은 어버이와 같다고
         했는데, 내가 비록 죽은 몸이라 해도 이게 무슨 짓
         이냐! (일어선다.)

마당쇠   관장이 어버이라고? 세상에 자식 등쳐먹는 어버이
         를 어디서 보았느냐 말이여! 우리 농부가 너희들
         양반을 먹여 살렸지 너희들 양반이 우리들을 먹여
         살렸단 말이냐?

변학도   너 이놈 진서는 못 읽었을 게다. 우리 사대부들은
         진서를 보고 풍월을 읊는데.

마당쇠   무어라고?

변학도   상놈이 풍월을 알겠냐마는. 내 한 수 읊을 테니 너
         모르겠지만 들어 보아라. 에헴. (엄숙하게.)
             금준미주난 천인혈이요
             옥반가효난 만성고라,
             촉루락시에 민루락하고
             가성고처에 원성고라.
         에헴.

마당쇠   이게 무슨 소리여?

변학도   그러면 그렇지. 네가 그 뜻을 알겠느냐? 으흠, 이건

바로 저 송나라 시인 이타박이가 한고조 홍문면 잔
치 때 한 수 읊은 거여.

관중석   그놈 되게 유식하네.

변학도   음. 그 뜻을 새기자면, 진서의 뜻을 상놈이 알까마
는 으흠. 말하자면.

　　금 술잔의 좋은 술은 천하에 제일이요
　　옥소반 좋은 안주는 만고에 으뜸이라.
　　촛불이 떨어질 때 오동잎 지고
　　노랫소리 높은 곳에 기러기 날더라.

에헴. 이게 풍년가 아니여.

관중석   엉터리다.

관중석   놈 되게 무식하네.

마당쇠   히히 웃기지 말어. 진서를 안다는 게 결국 그것뿐
이여? 그 소리는 나도 알어. 모르는 사람이 없단 말
이여. 그게 배곯아 죽겠다는 소린데. 뭐? 오동잎이
지고, 외기러기가 날아?

관중석   마당쇠 잘 한다.

마당쇠   니가 글을 안다고 하는 건 다 거짓말이고 니가 아
는 건 백성들 등쳐먹는 수단밖에 더 있어? 이런 바
보 천치가 백성들 등쳐먹는 데는 여우 같고 늑대
같다니께. 이 도적놈아!

무덤C   도적놈아.

무덤D   도적놈아.

무덤E   도적놈아.

변학도   이크, 이게 무슨 소리냐?

마당쇠   천지신명이 노해서 도적놈을 벌 주려는 거다.

변학도   뭐, 천지신명이……. (부들부들 떤다.) 제발.

마당쇠   내 이제 천지신명 앞에서 니가 도적놈인 연유를 낱
           낱이 아뢸 것이여. 할 말 있거든 너도 하란 말이여.

변학도   이걸 어떻게 해야 좋단 말이여.

마당쇠   우리 같은 농부는 일 년 내내 피땀 흘려 농사지어
           도 굶는데, 너 같은 놈들은 일 년 내내 트림이나 하
           고 발구락의 때나 문지르고 앉았어도 잘 처먹으니.
           우선 그게 도적질이 아니여!

변학도   아니, 그게 무슨 소리냐?

마당쇠   죽도록 농사지어 놓으면 반도 넘게 빼앗아가지 않
           았는가베. 숭년에도 빼앗아가고 농사를 못 지어도
           빼앗아가고, 묵은 밭에서도 빼앗아가고, 돌자갈 밭
           에서도 빼앗아가고 하지 않았는가베. 그게 도적질
           이 아니란 말이여.

변학도   왜 자꾸 들추어내는 거냐!

마당쇠   봄에 쌀을 빌려주고 가을에 받아간다고 해 놓고 또

얼마나 빼앗아갔나! 안 꾸어 주고도 가져가고, 쌀에
다가 모래를 섞어서 주고는 받아갈 때는 몇 갑절
빼앗아가고 하지 않았어. 그게 바로 도적질이 아니
고 세상에 무엇이 도적질이란 말이여!

변학도   그렇다고 하더라도 새삼스럽게 그럴 건 없잖아.

마당쇠   군역 대신 군포를 받아간다 해 놓고, 또 얼마나 해
먹었나. 늙은이 것도 빼앗아가고, 죽은 백골한테서
도 빼앗아가고, 삼척동자에게서도 빼앗아가고, 심
지어는 뱃속에 든 애의 것도 빼앗아갔으니. 그게
도적질이 아니여!

변학도   아니, 무슨 소리를 자꾸 하는 거야?

마당쇠   성을 쌓는다, 대궐을 고친다 하고 무명이고 돈이고
있는 대로 다 털어 가 놓고, 부역을 나오라 뭘 하라
하고, 다 끌어가지 않았느냐? 몇백 명씩 데려가서
는 밥 한 술 안 주고서 곤장만 치며 마소처럼 죽어
라고 부려먹지 않았느냐! 그게 도적질이 아니여!

변학도   아니, 아니. 내 말 좀 들어 보아라.

마당쇠   너 이놈 우리 고을에 처음 왔을 때 무어라고 했지?
백성들을 잘 살게 하기 위해서 못을 판다고. 말이
야 좋지. 그러나 그게 바로 도적질이 아니고 무어
여. 못을 만들테니 돈을 내라. 못뚝을 쌓으니 나와

부역을 해라. 그러고선 물을 댈라면 물세를 내라. 이리 뜯어가고 저리 뜯어가고 하지 않았어. 그 못이 생기고 나서 우리 농부들은 더 못살게 되었고 네놈은 수만 냥을 모았으니. 그게 도적질이 아니여!

변학도   아니, 그게 아니여. 사실은 그런 게 아니라니까. 여보게, 그게 아니고.

무덤C   도적놈 잡아라.

무덤D   도적놈을 때려라.

무덤E   도적놈을 죽여라.

변학도   아이코! 천지신명께 비옵니다. 사실은 그게 아니고.

마당쇠   (엉덩이춤을 추면서 창을 한다. 창의 내용에 따라서 변학도의 여기저기를 두들긴다.)

　　　이놈의 배때기는 한강수인가.

　　　쌀 삼만 석 먹고도 배탈이 안 나.

　　　이놈의 허리통은 백두산인가,

　　　무명 삼만 통 두르고도 모자란단다.

　　　이놈의 아가리는 작두날인가,

　　　엽전 삼만 냥 먹고도 이가 안 상해.

　　　이놈의 팔뚝은 지옥 차산가.

　　　수만 백성 죽이고도 살만 찐다.

　　　(계속해서 한참 동안 춤을 춘다.)

(다시 창을 한다.)
　　나온다 나온다, 원귀가 나온다.
　　밥 못 먹어 굶어 죽은 원귀가 나온다.

이때 무덤C에서 원귀 꺽달이가 나온다. 춤을 추면서 차츰 변학
도에게 가까이 간다.

　　나온다 나온다, 원귀가 나온다.
　　계묘년 흉년에 당가루 핥아 먹다가
　　몽당비짜루 맞아죽은 원귀가 나온다.
　　수제비 아흔아홉 그릇 먹다가
　　배 터져 죽은 원귀가 나온다.

이때 무덤D에서 원귀 쩔뚝이가 나온다. 춤을 추면서 차츰 변학
도에게로 가까이 간다.

　　나온다 나온다, 원귀가 나온다.
　　갑오년 난리에 죽은 원귀가 나온다.
　　부러진 팔다리 내놓으라고 원귀가 나온다.
　　없어진 목숨 내놓으라고 원귀가 나온다.

이때 무덤E에서 원귀 팔뚝이가 나온다. 춤을 추면서 차츰 변학
도에게로 가까이 간다. 마당쇠 역시 춤을 추면서 변학도에게로
가까이 간다.

껌달이   내 곡식 내놓아라.

쩔뚝이   내 다리 내놓아라.

팔뚝이   내 팔 내놓아라.

마당쇠   내 목숨 내놓아라.

변학도   (덜컥 주저앉더니 와들와들 떤다.) 어커커, 이거 큰일
         났구나. 여봐라, 게 누구 없느냐? 여보시오, 구례현
         감 날 버리고 혼자 가시오. 아니 이거 어커커, 일났
         구나 일났어. 여보시오, 운봉현감. 날 버리고 혼자
         가시오. 통인아, 방자야. 이거 날 살려라. 날 살려.
         (쩔쩔맨다.)

껌달이·쩔뚝이·팔뚝이는 춤을 추다가 하나씩 무덤 속으로 들
어간다.

마당쇠는 계속 춤을 춘다.

변학도   (마당쇠에게) 제발 살려주십시오. 봉고파직은 하시
         더라도 모…… 모…… 목숨만 살려주십시오. 저의

죄는 죽어 마땅합니다만, 그게 어디 저의 죄지 제 모가지 죄입니까.

마당쇠   이 친구가 영 돌았다니께. 변학도라고 하니께, 춘향가의 어사 출도 장면으로 착각을 한 모양이로구나. 어사 정도가 문제가 아니여.

변학도   (같은 어투로 계속한다.) 무얼 바칠까요? 쌀, 돈, 비단, 그리고 계집. 무엇이든지 다 바칠 터이니. 헤헤. 그저.

마당쇠   (변학도의 목덜미를 잡아 일으키면서) 어사 무서운 줄만 알고, 원귀 무서운 줄은 모르는구나. 어사는 그런 걸 갖다 바치면 되지만 우리는 안 될 것이여. 어사란 건 도대체 뭔가? 같은 도적놈이여. 어사 때문에 죽은 원귀가 얼마나 되는데.

변학도   (일어나면서) 그럼 살려주시는 겁니까? 몇 냥이나 바치면 될갑쇼?

마당쇠   이놈아. 니 목숨을 바쳐라. (어사의 목소리를 흉내 내면서) 우리는 염라대왕이 보낸 어사다.

변학도   한 번만 살려주십시오. 죽은 놈이 어떻게 목숨을 바칩니까.

마당쇠   이 녀석 이제 정신이 돌아오는가베.

변학도   (주위를 한 번 둘러보고 나서 땀을 훔치며) 여보게 마당쇠 아닌가?

마당쇠　내 단단히 일러두겠어. 이제부터는 양반이고 나발이고 다 집어치우고 귀신은 구신인 줄 알어. 니 죄를 솔직히 자백하고 용서를 빌어라.

변학도　다 자백할 수밖에 없지. 이왕 이렇게 된 바에, 나도 아무에게도 털어놓지 못했던 내 속이나 뒤집어야지.

마당쇠　그럼, 우선 왜 그렇게 도적질을 많이 했는지 말해 보랑께.

변학도　사실은 나대로 곡절이 있었던 거야. 나도 원 한 자리 하려고 있는 것 없는 것 다 긁어 모아서 돈 만 냥을 만들었잖나.

마당쇠　그래서?

변학도　그래서 그 돈을 싸가지고 세도 높은 김정승을 찾아가서 온갖 정성을 드리기 삼 년, 가까스로 원 한 자리를 한 거야. 그러니 우선 그 만 냥이라는 밑천을 뽑아야 하지 않겠나. 그리고 어디 밑천만 뽑아서야 되나. 끊임없이 또 갖다 바쳐야 하고 또 다시 벼슬을 살 밑천을 장만해야지.

마당쇠　혼자 먹은 것이 아니라 다른 높은 양반네들과 나누어 먹었다는 수작이로구나.

변학도　좋은 건 다 훑어 올리라고 나를 원을 시킨 건데, 하는 수 있나. 뭐, 내가 잘 했다는 건 아니고. 다만 도적놈 부하로서 고민이 있었다는 거야. 도적놈들끼리 다툼은 또 얼마나 많다고. 하여튼, 벼슬 산다는 것도 더럽고 치사스럽고 괴로워.

마당쇠　그런 개수작이 어디 있단 말이여. 벼슬살기가 그렇게 괴롭거든 우리 집에 와서 머슴이나 살았으면 좋았을걸 그랬구나.

변학도　내가 잘했다는 건 아니야.

마당쇠　그럼 정상을 참작해 달라는 소리여?

변학도　그것도 아니여. 처분대로 해줘.

마당쇠　그럼 내가 묻겠다. 네가 훔친 쌀은 모두 얼마나 되나?

변학도　그걸 어떻게 다 기억하겠나. 하지만 일 년에 삼만 석은 모았으니까. 가만 있자. 벼슬살이를 이십 년 했으니까. 육십만 석은 훔친 셈이여.

마당쇠　니 때문에 굶어 죽은 백성이 얼마나 되는지 생각이라도 해보았느냐? 이 죽일 놈아!

변학도　어떻게 빌어야 하겠나.

마당쇠　빌어서 될 문제가 아니야. 그 다음 네가 긁어모은 돈은 얼마나 되나?

변학도   적어도 이십만 냥은 될 거야.

마당쇠   니가 죽인 사람은?

변학도   적어도 삼천 명은 될 거야.

마당쇠   니가 겁탈한 여자는?

변학도   그것도 삼천 명은 되지.

마당쇠   나는 엽전 한 잎 못 훔치고도 곤장을 백 대나 맞았
         는데. 너는 그만한 죄를 짓고 어이 무사하기를 바
         라겠느냐.

변학도   아니, 아니, 그 죄를 다 다스리겠다는 거야?

마당쇠   입 닥쳐! 그리고 묻는 말에 우선 대답해라. 전국에
         너 같은 양반이 얼마나 되나?

변학도   벼슬한 양반이 적어도 삼천 명은 될 거고, 벼슬 안
         한 양반은 수도 헤아릴 수 없지.

마당쇠   벼슬한 양반은 다 너같이 도적질을 했지?

변학도   그야 말할 필요가 없지. 내가 특별히 도적질을 많
         이 한 게 아니야.

마당쇠   그럼 전국 양반이 다 도적질 한 걸 합하면 모두 얼
         마나 되는가? 또 몇백 년 동안 도적질한 걸 다 합
         하면 얼마나 될 것이여?

변학도   어휴, 그걸 어떻게 다 셈한단 말이야. 숫자가 모자
         란다.

마당쇠   농사꾼은 그만큼 피해를 입었단 말이여. 그러니 너
         희들은 그만한 벌을 받아야 할 것이 아니여.
변학도   그만한 벌을 받아? (깜짝 놀라 어쩔 줄 모른다.)
         모…… 모…… 모가지가 백만 개가 있어도 모자르
         겠는데. 아니, 그게 참말이여?
마당쇠   나도 어려운 수는 모르니 그저 곤장 백만 대만 맞
         도록 하렸다.
변학도   곤장 백만 대라? 백만 대? 배…… 배…… 백만 대!
         (뒤로 넘어져버린다. 비틀거린다.)
무덤C   내가 때린다.
무덤D   내가 때린다.
무덤E   내가 때린다.
마당쇠   백만 대 맞고 나면 죽은 몸뚱이도 없을 터이니 최
         후의 소원이 있거든 말하렸다.
변학도   (가까스로 일어나면서) 꼭 한 가지 소원이 있다.
마당쇠   무어냐?
변학도   (자기 무덤을 가리키며) 오늘이 바로 추석이라 손자
         놈이 저렇게 제물을 차려 놓았으니 저걸 좀 먹도록
         해주었으면 좋겠는데.
마당쇠   좋다! 그만한 소원을 못 들어 주겠느냐.
변학도   (제물을 먹기 시작한다.) 한 잔 같이 들었으면.

마당쇠　　나는 내 걸 먹겠다. (자기 무덤 앞으로 간다.)

변학도　　내 것이 더 좋으니 이걸 먹지.

마당쇠　　(벌떡 일어서면서) 그렇구나. 네 무덤 앞에는 온갖
　　　　　산해진미가 다 차려져 있구나. 보아하니 너의 손자
　　　　　도 도적놈인 모양이로구나. 너의 손자가 무얼 해먹
　　　　　고 사는지 몰라도 도적질을 안 하고서야 이런 제물
　　　　　을 차릴 수가 있았서?

변학도　　아마 그런 모양이야.

마당쇠　　너 죽을 때 아들에게 돈을 얼마나 물려주었나?

변학도　　이것저것 다 보태면 한 이십만 냥은 물려준 셈이지.

마당쇠　　아들이 손자에게 물려준 건 얼마나 되는가?

변학도　　모르긴 하지만. 아들 녀석도 똑똑한 편이었으니까.
　　　　　재물을 줄이지야 않았겠지.

마당쇠　　그렇다니까! (다시 화를 낸다.) 죽은 네가 아무리 잘
　　　　　못했다고 해도 소용이 없는 것이여. 살아 있는 네
　　　　　손자가 도적질을 하고 있다면 그게 문제란 말이여!

변학도　　그럼 어떻게 해야 되나. 그럼 내가 손자를 찾아가
　　　　　서 마음 고쳐먹으라고 꾸짖을까.

마당쇠　　좋다. 나는 내 손자를 찾아가서 용기를 내라고 격
　　　　　려할 것이여.

변학도　　지금 갈까?

마당쇠   가려면 꿈에 나타나야 할 건데 꿈에 나타나기에는
        아직 좀 일러. 자정은 넘어야 어울리지.
변학도   우선 술이나 마시자.
마당쇠   좋다.
변학도   둘의 술을 섞어 먹자. 아니야. 술을 섞어 먹으면 짬
        뽕이 되어서 몸에 해로울 텐데.
마당쇠   그건 산 사람의 경우고. 죽은 우리가 어디 몸이 있나.
변학도   그렇지 참.

        둘은 술을 마시며 달을 쳐다본다.

마당쇠   달이 밝구나.
변학도   정말 밝구나.
마당쇠   물소리도 좋구나.
변학도   바람소리도.
마당쇠   산 사람들 이런 묘한 기분을 모를 것이여.
변학도   올해 농사가 풍년이었으면 좋겠구나.
마당쇠   이제 너도 농사걱정을 하게 되었구나. 여하튼 반가
        운 일이야.
변학도   세상 소식을 좀 알아보자.
마당쇠   어떻게 알아볼까? (관중석을 향해서) 여보게 젊은이.

관중석   무슨 일이지?

마당쇠   올해 농사가 어떻던가?

관중석   되긴 잘된 편이여.

변학도   그거 다행한· 일이로구나.

관중석   그러나 그렇게 좋아할 것 못 돼.

마당쇠   왜? 내 손자는 무어라고 하던가?

관중석   기뻐하면서 한숨 쉬더라.

변학도   왜?

관중석   농사가 잘 되었으니 기뻐하고, 빚이 너무 많으니까
         한숨 쉬지.

마당쇠   그 녀석. 생각하던 대로구나. 무슨 빚인가?

관중석   장리, 고리채, 농협의 융자금, 그 밖에 사소한 빚이
         한두 가지가 아니라더군. 그리고 옛날 사람들은 설
         명해도 잘 모르겠지만 쌀값보다 다른 물가가 너무
         높아서 농사를 지어도 품값이 안 나온다고 한숨 쉬
         더군.

마당쇠   고생이 여전한 모양이구나. 옛날에 잘못되었던 일
         들이 아직 그대로 다 있나.

관중석   잊혀진 것도 있고 아직 그대로 있는 것도 있어.

마당쇠   그대로 남은 잘못은 어떻게 할 건가?

관중석   고치도록 싸워야지.

마당쇠   누가?

관중석   농민들이 그리고 여기 모인 우리들이. 싸울 수 있
          는 역사적 계기가 나타나기 시작했어.

마당쇠   (절을 넙죽이 하면서) 잘 부탁한다. 꼭 싸워서 우리
          손자가 잘살 수 있도록 해다오.

변학도   나도 동감이야.

무덤C   잘 싸워라.

무덤D   이겨라.

무덤E   믿는다.

마당쇠   (변학도에게) 너의 손자를 찾아가서 단단히 꾸짖어
          야 한다. 마음 고쳐먹지 않으면 가만히 두지 않겠
          다고 다짐해라. 분명히 말을 전하면 곤장 백만 대
          중 반은 감해준다.

변학도   나머지 반은?

마당쇠   니 손자가 마음을 고치면 감해준다.

변학도   허허. 내가 살고 죽는 것은 손자에게 달렸구나.

마당쇠   자, 들어가서 한잠 자고 자정이 넘거든 현몽하러
          가자.

변학도   그러도록 하자.

    둘 다 각각 자기 무덤으로 들어간다.

허주찬 궐기하다*

등장인물

허주찬(허)

허주찬 어머니(어머니)

석 사장

편집장

취재부장 김(김)

조사부장 박(박)

사진부장 이(이)

사환 순자(순자)

이자민 의원(이자민)

---

* 이 작품(2막 4장)은 1964년 10월 24일부터 26일까지 6회에 걸쳐 서울대학교 문리과대학 국어국문학과 연극회가 그 대학 소극장에서 처음으로 공연했다.

윤 비서

미스 리

제1막

제1장

무대

잡지사 편집실. 오른편으로 사장실로 통하는 문. 왼편으로 출입
문. 그리고 책상이 여섯 개 놓여 있다. 벽에는 "백만 인의 종합교
양지 《현대지성》 11월호 독점기사 오오무라(大村) 씨 내한"이라
고 쓰인 포스터가 붙어 있고, 그 외 전화 등 잡지사 편집실에 알
맞은 소도구들이 놓여 있다.

막이 열리면 어두운 무대에서 허주찬 혼자서 푸념을 하고 있다.

허　　　　난 도대체 어떻게 되는 건가? 매일 이 모양이니. 오
　　　　　늘만 해도 그렇잖나. 늦은 줄 알고 막 달려왔더니,
　　　　　제기랄, 내가 제일 먼저 출근한 게 아닌가 말이다.
　　　　　저희들은 매일 늦게 나오고 펀둥펀둥 놀면서도 나
　　　　　만 족쳐대니……. 잡아 잡수라지. 될 대로 되라
　　　　　지……. 내가 바보가 아닌 바에야……. 남보다 얼굴

이 못생긴 것도 아니잖나? 그렇지 그래. 참고 기다
리는 거야. 두고 보지. 내가 어떤 사람인가. 결국에
가서 누가 이기나.

무대 밝아진다. 허는 자기의 초라하고 떨어진 윗옷을 만지다가
창피스럽다는 듯이 벗어들고 옷걸이에다가 건다. 걸어 놓고도
안심이 안 돼서 만지작거릴 때 사환 순자 등장.

순자   아유 벌써 와 계시네요.
허   너 일찍 왔구나. (낡은 스웨터만 입은 채 자리에 와 앉
          는다.)
순자   저야 뭐 언제나 일찍 와야 하지 않아요. (청소를 시
          작하며) 날씨가 퍽 추워졌죠?
허   음, 뭐, 난 막 급히 왔더니 더운걸.
순자   급히 오긴 왜 급히 왔어요? 무슨 일이라도 났어요?
허   아무것도 아니야.
순자   아무것도 아닌데, 왜 급히 왔어요.
허   누가 널더러 간섭하랬나!
순자   어머, 간섭은 무슨 간섭이에요.
허   뭐라고?
순자   (입속으로) 괜히 저러시네.

허   아침부터 저게 왜 저래. (서랍에서 교정지를 한 묶음
         집어내서 교정을 보기 시작한다.) 재수 없군. 일거리
         가 이렇게나 많이 밀렸으니.

순자   (옷걸이의 먼지를 털다가) 어머나. 누가 옷을 벗어
         놓고 갔네요.

허   (목청을 높여) 그대로 가만두지 못해. 그 옷 말이야.

순자   아이, 깜짝이야. 난 또 누구 옷이라고.

허   (교정을 계속하며) 이놈의 거 왜 이리 오자가 많아.
         (교정지를 읽는다.) "시시껄렁하다고 보통 말하지만,
         시시와 껄렁은 그 의미가 다른 것으로 우선 그 어
         감부터가……" (읽기를 마치고) 편집장 오기 전에
         다 보기는 틀렸는데.

순자   먼지나 좀 훔치거든 앉든가 하세요.

허   (일어서며) 에이, 참!

순자   일을 너무 열심히 해도 손해예요. 그러니 모두들
         놀리지 않아요. (돌아서서 낄낄거리며) 주책씨라고.

허   뭐? 뭐라고? 이게 왜 오늘 아침부터 이리 부애를
         질러. 너 방금 뭐라고 했지!

순자   뭐라 긴 뭐랬어요.

허   어쩌고 어째!

김, 박 등장.

김   주책씨. 왜 그리 고함을 지르시오. 노총각 신세타령
        인가요?

박   주찬이, 왜 그래?

김   주찬씬 주책에다 또 겸해서 과잉충성이시군요. 벌
        써부터 일을 시작하시니.

박   (앉으며) 어이 추워. 이제 정말 겨울이 시작되나 보
        군. 난로는 언제 피워 줄지.

김   노랭이 사장이 그렇게 쉽게 피워 줄 것 같아요? 당
        분간은 난로 그림이라도 한 장 커다랗게 그려 붙여
        놓고 참는 수밖에 없지. 주찬씬 춥지 않으세요.

허   난, 난 괜찮은걸요. 일이 바빠서.

박   뭣 때문에 벌써 일을 하나? 아직 아홉 시도 되지
        않았는데.

김   (허의 차림을 한참 바라보다가) 오, 주책씨! 스웨터
        좋은 것 입고 계시는군요. 그래서 추위를 무릅쓰고
        윗옷을 벗고 계셨군요.

순자, 낄낄거리고 웃는다.

박   (순자에게) 뭐가 그렇게 우스워? 신문이나 가져 와.

전화가 울린다.

김   (전화를 잡으며 허에게) 하여튼 주책씨는 대단한 분
        이오. (전화에다) 네. 현대지성사입니다. 아, 구삼천
        선생님이십니까? 안녕하셨습니까? 원고료요? 이것
        참 죄송합니다. 며칠 더 기다려야 하시겠는데요. 실
        은 아직 8월호 분도 다 청산하지 못하고 있는 형편
        입니다. 네, 이것 참 면목이 없습니다.
박   직접 사장에게 바로 전화하라고 하시오.
김   (계속 전화에다) 네, 네, 죄송합니다. 사장님께 특별
        히 말씀드려보겠습니다. 네, 네, 안녕히 계십시오.
박   제기랄! 구삼천이가 왜 그래. 삼류시인이 더 지랄인
        데. 고료래야 기껏 삼만 원을 가지고.
김   (전화를 놓고) 매일 원고료 독촉 때문에 못살겠는
        걸. (허에게) 주책씨는 좋겠수다. 언제나 들어앉아
        교정만 보니, 원고료 독촉은 안 받아도 좋고. 그것
        만 해도 복을 타고 났수다.
허   글쎄올시다.
박   (신문을 보며) 물가는 나날이 오르고. 이거 어떻게

살지.

김　　이럴 줄 알았더라면 단식의 비결이라도 배워둘 걸
　　　그랬지.

　　화려한 차림의 이 등장.

이　　안녕하십니까?

김　　이 형은 점점 더 미남이 되어가니, 이거 어떻게 되
　　　는 거요?

박　　정말 보통 일이 아닌데.

이　　눈치가 그렇게들 빠르시니, 잡지사 기자로 썩기는
　　　아까운데요. 사실 오늘 본인은 본인의 일신상 거취
　　　문제에 대해 중대 성명을 발표하겠소.

김　　중대성명이라니?

이　　(목청을 돋우며) 에! 본인은 본인의 결혼식을 (청첩
　　　장을 내보이며) 본 청첩장에 인쇄된 바와 같이 거행
　　　하게 되었음을 자에 성명하노라. (청첩장을 한 장씩
　　　나눠 준다.)

허　　(힘없이) 이거 또 돈 나갔구나.

박　　이 형! 이런 법이 어디 있소. 소식도 없이 장가를
　　　가다니.

이   난 매사에 신중파니까.

김   아무튼 대단한 실력이로구나. 설마 번의야 않겠지?

이   번의할 사람은 따로 있지.

박, 김 그야 허허허!

박   그 동안 이 형도 청첩장 투자를 착실히 하지 않았
       소. 이제 이자까지 합해서 다 회수하게 되었으니
       축하할 만한 일이오.

허   이게 매일 남의 결혼에 장단만 치고 있으니.

김   도대체 주책씨는 언제 회수를 하는 거요. 매달 몇
       건씩 꼬박꼬박 돈을 냈으니 다 합하면 거액이 될
       터인데, 주책씨가 자선사업가가 아니라면 이제 원
       금의 일부라도 회수해야 될 게 아니오.

이   참. 총각계의 원로이신 허 형을 두고 제가 먼저 장
       가를 가다니.

허   모든 일이 제 순서대로 된다면야.

박   그렇지.

이   어쨌든 내 주찬 씨를 위해서 좋은 처녀 한 사람 꼭
       소개해 드리리다.

김   아니, 이 형은 모르셨소? 우리 허 형에게 미스 유라
       는 애인이 계신다는 걸.

허   미스 유가 아니라 미스 리요.

김　　참, 미스 리지.

이　　이거 실례했습니다. 허 형에게 애인이 있으신 것을 몰라 뵙고, 그, 그만 실언을 했습니다.

박　　또 놀리기 시작이군.

김　　놀리다니요.

허　　내가 사람도 좋지.

박　　자네도 빨리 결혼을 해야 하지 않겠나. 미스 리와의 관계는 요즈음 어떤가?

허　　다시는 안 만나기로 했다니깐요.

김　　그렇게 미스 리 때문에 애태우시더니. 그럼 번의하신 거로군요.

박　　번의가 아니라, 체념이오.

이　　그런 종교적인 체념의 경지에까지 이르는 사이에 비극적인 사건이 한두 가지가 아니었음이 능히 추측됩니다. 그 비극의 주인공이 다른 사람이 아니고 바로 허주찬 씨라.

허　　장가가는 사람은 이 형인데, 왜 나를 못살게 하는 거요!

김　　이 형의 결혼이야 있을 수 있는 일이지만 허 형의 경우는 여러 가지가 다른 거요. 다시 안 만나기로 했다는 비장한 각오부터가 극적인 요소를 내포하고 있지 않소.

허   그럼 난 결혼도 못할 사람이란 말이오.

이   해설은 그만두고 어서 여주인공이나 소개하시오.

김   여주인공으로 말하자면, 우리 허 형과 전혀 대조적
    인…… 화려하고, 사교적이고, 민첩하고, 날씬하고,
    상냥하고, 우아하고…… 이 형이 보아도 깜작 놀랄
    걸요.

박   어떻게 그렇게 잘 아시오.

김   무슨 말씀을…… 잘 알고 말고요. 직업은 타이피스
    트…… 나이는 방년 이십사 세.

박   쓸데없는 소리 그만들 해 둬요.

이   근무처는?

김   해동물산주식회사. 바로 옆 빌딩에 있는 것 말이오.

이   아직 그걸 모르고 있었다니. 이건 편집후기에 쓸
    만한 뉴스인데.

김   이 형이야 자신의 사업에 바빠서 남을 생각할 겨를
    이 없었겠지…… 그러니까 미스 리로 말하면.

허   더 이상 계속하면 당신들에게 못된 욕을 해주겠소.

김   허 형두 참. 난 다만 허 형의 애정세계에 관심이 많
    은 것뿐인데.

허   난 누구든지 내게 관심이 많은 걸 싫어하오.

이   그렇지만 여자인 경우에는 예외겠죠?

허   여자? …… 물론…… 그렇지.

김   그러지 말고 경과보고나 해줘요. 참 멋있게 생겼던
        데.

허   그렇지…… 멋있고 말고.

김   주찬 씨. 저희들이 여주인공을 만나 볼 수 없겠습
        니까? 수고스러우시다면 전화는 저희들이 걸겠습
        니다.

이   번호는 알고 있소?

김   찾아봅시다.

이   (전화번호부를 뒤적이며) 해동물산주식회사라?

허   (소리를 높여) 누굴 망신시키려는 거요!

박   그쯤 해 둡시다.

허   연애고 결혼이고 다 그만두기로 했다니깐요.

이   허 형도 이젠 용기가 다 죽으셨구면.

허   그건 오해요. 내가 세상을 단념했다는 것은 비관이
        아니고 낙관이오. 이제 나도 낙관이란 말이오.

이   그것 참 이해하기 힘든 논리인데.

허   암…… 아무도 모를 테지.

    편집장 등장.

편집장 내가 제일 늦었군.

김 춥지 않으세요.

편집장 어, 상당히 추워졌는데…… 그런데 허 기자는 무슨
이야기를 그렇게 열심히 하고 있는 거요.

허 글쎄올시다.

박 이 기자에게 중대 뉴스가 있습니다.

편집장 난 허주찬 씨의 것을 먼저 받을 줄 알았는데.

김 그러니 문제지요.

편집장 순자야! 너 공장에 가서 교정지 가져왔니?

순자 지금 가려고 해요.

편집장 빨리 가져와.

순자 퇴장.

편집장 전화 안 왔습디까?

박 고료 독촉 전화 왔댔습니다.

편집장 고료 지불이 늦어서 필자들을 다 놓치게 되었는데.

김 언제 된다는 말도 없습니까?

편집장 어제도 다시 사장에게 물어 보았더니, 이번 호 팔
리는 걸 보아가면서 결정하겠다니, 정말 딱한 노릇

이오.

김　　　네. 필자를 고려 중에 있습니다. 제목이 "한강변의 기적을 창조하기 위해서"니까, 저는 경제학 교수를 생각하고 있는데요.

편집장　나도 그렇게 생각하고 있었는데, 어제 사장 이야기가 국회의원들 중에서 택하는 것이 어떨까 하더군, 경제학 교수들은 자꾸 분석만 하고 희망을 고취시킬 줄은 모른다고.

김　　　국회의원이라고요?

박　　　국회의원들이 뭘 아나요.

편집장　현재 산업분과위원장이 누구던가요?

김　　　이자민 의원이지요.

편집장　그렇지, 내 정신 좀 보아. 어제 사장도 그분 이야기를 했지요. 그분에게 청탁하도록 합시다.

김　　　그런데 이자민 의원이 쉽게 써 줄는지.

편집장　하기야 명성에 비해 글을 적게 쓰는 편이고 또 몹시 바쁜 분이지만, 우선 가서 부탁해 보도록 합시다. 안 되면 사장이 직접 어떻게 해보겠다고도 하니.

김　　　쉽게 써 줄지 의문입니다.

허　　　(이자민 의원의 말이 나왔을 때부터 할 말이 있는 듯이 일어나려고 들먹들먹하다가, 갑자기 감격적인 큰 소리로) 써 주실 겁니다! 틀림없이 써 주실 겁니다!

편집장　(이해를 못하고) 무슨 말이오?

허　　(흥분돼서) 방금, 이자민 의원이라고 하시지 않았습니까? 꼭 써 주실 겁니다. 그분 보통 국회의원들과는 다릅니다. 다르고 말고요.

편집장　그분 잘 아나요?

허　　잘 알다 뿐입니까? 그분이야말로 저하고는…….

김　　어떻게 알았소?

허　　다 아는 수가 있지요. 개인적으로 잘 아는 사이지요……. 그러나 거기 가더라도 내 이야기는 하지 않는 게 좋을 겁니다.

박　　아니, 뭐가 어떻게 되었다고 그렇게 떠드는 거냐?

허　　아니지! 이자민 의원이 내게 악수를 청하면서, "고맙습니다. 꼭 한 번 찾아와 주십시오"라고 하지 않았겠나.

박　　언제 말이냐.

허　　지난 번 선거 때였어.

김　　(모두들 웃는다.) 선거 때라고!

허　　우연히 그분의 연설을 듣게 되었는데, 어떻게나 연설을 잘하던지, 그렇게만 된다면 나라가 바로…….그래서, 눈물이 나도록 박수를 쳤지. 그것뿐이었는

데도 그분이 연설을 마치고 내게 악수를 청하는 것
이 아닌가. 나는 그분이 보통 사람이 아닌 줄 알았
어. 꼭 당선될 줄 알았어.

모두들 폭소를 터뜨린다. 허는 웃음소리에 놀라 표정이 굳어진다.

편집장　무슨 소린지. 참!
김　　　주책씨는 역시 주책씨일 뿐이야!
허　　　뭐라고? …… 거, 거, 거짓말 같이 들리는 거요?
박　　　그만 해 둬!
편집장　허 기자!
허　　　네?
편집장　그렇게 잘 아는 사이라면 허 기자가 원고 청탁을
　　　　하러 가는 게 좋겠소.
허　　　뭐, 뭐? 절더러 가라고요? 절더러…….
김　　　그만한 사이인데 안 써 주겠소? 내 대신 가 보도록
　　　　하시오.
허　　　내가, 어떻게?
편집장　아니, 왜?
허　　　전 교정이나 보지 취재는 못해요. 모르는 사람 앞
　　　　에 가면 말문이 막히고…… 또…….

편집장　누가 모르는 사람에게 가라고 했소? 그만큼 친한
　　　　사이라고 떠드니 가라고 했지.

허　　　아는 사이라도 그래요. 더구나 아직도 그분을 한
　　　　번도 찾아가 보지 않았는데, 이제 새삼스럽게 원고
　　　　청탁서나 가지고 나타난다면 그게 될 일이오? 얼마
　　　　나 실망할 건가요?

박　　　원고 청탁하러 가진 않겠다고 하면서 왜 그런 이야
　　　　기를 꺼냈나?

허　　　아니, 한 번 찾아오라고 해서 그렇게 쉽게 갈 수가
　　　　있나? …… 이태조도 등극할 때 세 번이나 사양했
　　　　다는데.

김　　　그렇지 허주찬 씨가 국회의원 따위를 찾아갈 사람
　　　　이오.

이　　　그분이 찾아온다면 모르지만.

　　순자, 교정지를 가지고 등장.

편집장　허 기자! 말 같지 않은 잡담 치우고 교정이나 보시
　　　　오. 이렇게 많이 나왔으니 빨리 보아야 합니다. (허
　　　　가 보고 있던 교정지들을 가리키며) 저건 다 본 거요?

허　　　아직 다 못 보았는데요.

편집장　뭘 하고 있는 거요. 빨리 보지 않고!

허　　　네, 네, 쉬지 않고 보겠습니다.

편집장　조사부장!

허　　　(다시 돌아서며) 네?

편집장　아니 박 부장 말이오.

허　　　네. (절을 하고 물러선다.)

박　　　오늘이면 다 되겠습니다.

편집장　그리고, 사진부장!

이　　　네.

편집장　화보 내용이 내일 결정될 것이니, 내일은 카메라를
　　　　준비하시오.

이　　　알겠습니다.

편집장　취재부장! 특집물도 전부 중간 독촉을 해주시지요.

김　　　네. 알겠습니다.

사장 등장. 실내를 한 번 둘러보다가 벽에 걸린 허의 옷을 발견
하고 불쾌한 표정이다. 모두들 자리에 앉은 채 인사를 한다. 허
는 자리에서 일어나서 몸을 심하게 굽힌다.

사장　　(편집장에게로 가서) 원고청탁은 다 된 거요?

편집장　오늘로서 다 되겠습니다.

사장   (돌아서서 걸려 있는 허의 윗옷을 다시 보고선) 허 기
         자!

허   (급히 사장에게로 가며) 네?!

사장   아니요. 이리 올 건 없소. (위엄 있게) 잡지사란 원
         래 손님이 많이 드나드는 곳인 줄 여러분이 더 잘
         알고 있을 줄 믿소. 손님들을 대할 때는 용모가 단
         정해야지, 지저분하다는 인상을 주게 되면 기고가
         는 글을 안 쓰려고 하고 독자는 책을 안 보려고 하
         지 않겠소. 새삼스럽게 말하지 않더라도 잘 알겠지
         만, 이런 점에 좀 더 유의해 주셨으면 어떨까 하는
         데……. (사장실 쪽으로 걸어간다.)

허   사장님! 사실은 더워서 옷을…….

사장   (돌아서며) 아니요. 허 기자가 특별히 어떻다는 건
         아니오.

허   사장님 사실은, 사실은…….

   사장, 사장실로 퇴장. 일동 참았던 웃음을 터트린다.

김   주책씨 또 당하셨군.

이   볼만하던데.

박   제기럴 앉아라. 여하튼 오늘이 너로서는 재수 없는

날이다.

허   이것 참! 날 뭘로!

편집장   (웃음소리들을 누르며) 자 조용히. 일을 시작합시다.

김   (일어서며) 전, 나가 보겠습니다.

편집장   그렇게 하시지요. 일 있으면 중간에 전화로 연락해
            주십시오.

     김 퇴장.

편집장   허 기자.

허   (교정을 열심히 보고 있다가) 네?

편집장   윗옷을 입으시오. (허 아무 말 없이 옷걸이 있는 쪽으
            로 간다.)

박   월급을 넉넉하게 주어 봐.

이   거, 말조심하시오.

박   (일어서며) 나가 보겠습니다.

이   같이 갑시다.

편집장   원고청탁은 오늘로서 마치도록 합시다.

     박, 이 퇴장.
     허는 윗옷을 입고 자리에 가 앉는다.

편집장   (허에게로 가서) 아마 오늘 월급을 줄 눈치니 어떻게 해보도록 하시오. 사장도 그러는 것이 무리가 아닐 거요. 좀 생각해 보시오. 서로가 다 딱한 노릇이 아니오.

허   네, 네. 딱하고 말고요.

초인종이 한 번 길게 울린다.

편집장   (사장실로 퇴장.)

허   (일손을 멈추고 고개를 쳐들며) 젠장! 빌어먹을! 월급이 몇 푼 된다고, 한 달 밀가루 값도 안 되는데. 잡아 잡수라지! (순자 깔깔거리며 웃는다.) 요놈의 계집애! 너 왜 웃니!

순자   괜히 신경질이셔.

허   저 계집애가 아침부터 부애를 따글따글 긁어대더니 (순자 더욱 깔깔거린다. 허는 순자에게로 가서 순자의 책상을 치며) 월급을 많이 주어 봐라! 모두들 왜 이지랄이냐! 날 뭘로 아는 거냐! 내가 이래도 이자민 의원이 만나자고 해도 아직 안 찾아간 나야! 이 점을 똑똑히 알아야 돼! (무대 중앙으로 나서며) 내가

이래봬도 허생(許生)의 구대 종손이란 말이다. 허생
도 십 년 동안 참으려고 했던 거야! 참고 있는 사람
이 무서운 줄 알아야지……. 몇 푼 안 되는 월급을
이리 뜯어가고 저리 뜯어가고 도대체 이놈의 청첩
장은 모두 몇 장이나 되는 거냐? (주머니에서 청첩장
을 여러 장 꺼내서 관중을 향해 뿌린다.)

제2장
무대 1장과 같다.

허주찬을 제외한 전 사원들이 출근하여 각각 자기 자리에 앉아
서 일을 하고 있다.

편집장   이거. 어제 먹은 술이 아직 안 깨는데. 순자야. 물
        좀 가져오너라.

이   편집장님도 이젠 음주의 빈도를 지양하셔야 할 텐
        데요.

편집장   이 기자야 앞이 창창한 사람이지만 나야 뭐 이미
        다 된 인생인데 술마저 놓으면 무슨 재미로 살겠소.
        (새삼스레 생각이 난 듯) 그런데 오늘 허 기자가 왜
        이렇게 늦는 거요?

박   글쎄요. 어젯밤 저하고 술을 마시고 곧 헤어졌는데
            요.

이   그럼 무슨 일이라도 생긴 것이 아닙니까?

박   많이 마시지는 않았는데.

편집장   언제나 제일 먼저 출근하던 사람이 왜 이래? (순자
            에게) 늦겠다고 전화 오지 않았나?

순자   안 왔는데요.

편집장   교정도 이렇게나 많이 밀렸는데 어떻게 된 건가?

김   입고 올 옷이 없어서 결근했는지도 모르겠습니다.
            하기는 어제 너무 심했던 것 같아요.

박   심했던 걸 이제라도 아니 다행이오. 도대체 그러는
            법이 어디 있소?

김   정말 어제 사장이 허 형에게 너무한 것 같던데. 더
            구나 옷을 가지고 이야기했으니.

박   김 형이나 이 형도 주찬 씨를 왜 그리 못살게 구는
            거요.

김   우리야 뭐 허 형을 아끼는 의미에서…….

박   두 번만 아꼈다가는 생사람 잡겠수다.

편집장   사실은 허 기자처럼 성실한 사람도 드문데.

초인종이 한 번 길게 울리고 편집장 사장실로 퇴장했다가 다시

나온다.

편집장   이 부장도 잠깐 들어오시오.

편집장과 이 사장실로 퇴장.
그때 출입문을 두드리는 소리. 허주찬 어머니다.

어머니   (밖에서) 보이소. 말 좀 물어 보겠심더.
순자   (내다보며) 다른 데 가보세요. 여기는 아무도 살 사
          람이 없어요.
어머니   (밖에서) 거기 아이고 우리 아들놈이 여기서 일한다
          카든데……. 머라 카든가? 그놈의 이름이 하도 얄
          궂어서……. 옳지! 헌디지랄사라카든가.
순자   여기는 현대지성사예요.

협수룩한 시골 노파인 허의 어머니 머리에다 보퉁이를 이고 등
장.

어머니   그렇지 그래. (주위를 살피며) 보서 양반네들. 우리
          주찬이를 모르시는기요?
김   뭐 주찬이라고요?

박   (놀라며) 아니 아주머니 웬일이세요?

어머니   (몹시 반가워서) 아이고! 자네가 여 있었구마. 그래
       자네도 여 있다고 우리 주찬이가 카든 게 인자사
       생각이 나네.

박   어떻게 오셨습니까?

어머니   (다시 실내를 살펴보며) 그런데 우리 주찬이는 어데
       있노.

박   그렇지 않아도 아직 출근을 하지 않아서 저희들도
       기다리고 있는 중입니다. 주찬이 있는 집에 들르지
       않고 바로 이리로 오셨습니까?

어머니   새빅녘에 정거장에 내려서 바로 일로 오는 길일세.
       (덜컥 주저앉으면서) 원 그놈의 서울 질! 여가 거 같
       고 거가 여 겉고. 어디가 어딘지 통 알 수가 있어야
       제. (빨리 일어서며) 그런데 우리 주찬이는 우짠 일
       고?

박   별일 없을 겁니다. 이제 곧 나오겠지요.

어머니   나오다이? 가가 어디 갇히기라도 했나?

박   왜 그런 말씀을 하십니까? (의자를 내어 놓으며) 앉
       아 기다리시면 곧 올 겁니다.

어머니   앉고 말고 할 것도 없네. (넋두리조로) 그놈의 꿈이
       하도 괴상해서……. 큰물이 났는데 우리 주찬이가

물에 빠져서 허푸적 거리고 떠내려가민시로 사람 살리라고 괌을 안 치겠나……. 하도 꿈이 불길해서 허겁지겁 서울로 올라왔는데 기어이 무신 일이 생긴 모양인가부제.

박   절대로 아무 일도 없을 겁니다.

김   걱정 마세요. 곧 나올 겁니다.

어머니   그라문사 오직이나 좋겠습니까?

박   아침은 잡수셨습니까?

어머니   기차깐에서 요기를 했네. (비로소 생각난 듯이) 참 주찬이 줄라고 떡을 좀 해가 왔는데 (들고 온 보퉁이를 풀고 떡을 내놓으며) 자네 좀 들게.

박   뭘요. 넣어 두세요.

어머니   어서 들게……. 그래도 우리 주찬이가 자네캉 같이 있다니까 안심일세. (떡을 내밀며) 어서 들게. (김에게) 선상님도 좀 들어 보시이소.

김   네, 두었다가 먹겠습니다.

어머니   이랄 줄 알았드라면 우리 주찬이 있는 집으로 바로 갈 걸 그랬제. 난 집에는 없고 여 와 있는 줄 알았제.

박   이리로 오시길 잘 하셨습니다.

어머니   어데. 내가 가 있는 집으로 가 볼란다.

박   집을 아세요?

어머니   인자사 다 생각이 나네. 빠스를 타니 바로 가던데.

박   그러면 그리로 가셔서 푹 주무시기나 하세요. 주찬
       이가 어머님 못 뵙고 이리로 오면 제가 일러 주겠
       습니다.

어머니   그라면 그렇게 해주게. (문간에서 돌아서며 김에게)
       선상님도 볼일 보이소.

김   안녕히 가십시오.

어머니   (되돌아서며) 예. 예. (밖에서) 주찬이가 저래 점잖
       은 양반과 같이 일하는 걸 보니 인자 한숨 놓겠다.

    허의 어머니 퇴장, 박도 따라 퇴장.
    김과 순자 폭소를 터트린다.

김   그 어머니에 그 아들이구먼!

순자   할머니가 보통 수다가 아닌가 봐요. 전 처음에 떡
       장수인 줄 알았어요.

김   떡 장수? 난 꿀 장수인 줄 알았다.

순자   그래도 허 선생님보다는 훨씬 더 똑똑하신 것 같던
       데요.

김   하하하…….

　　박 등장.

박　　(걱정이 돼서) 이 친구가 어떻게 된 건가?

김　　그런데 주찬 씨가 정말 미스 리를 좋아하는 겁니까?

박　　나도 잘은 모르지만 미스 리도 어느 정도 주찬이에게 호감을 가지고 있는 모양이더군요. 그런데 글쎄 주찬이라는 친구가 영 용기를 내지 못하고 만날 때마다 자기는 바보라고만 하니 딱한 일이오.

순자　　어제 허 선생님 말씀이 다시는 안 만나기로 했다는 걸 보니 실연을 당한 게 아닐까요?

박　　어린애가 뭘 안다고.

순자　　어마 열여덟 살이나 먹었는데 제가 어린애예요.

김　　그럼 너도 알 건 다 안다는 말이로구나.

순자　　(돌아서서 발끈하며) 아이 김 선생님도 참!

김　　그럼 너도 연애해 봤니?

순자　　몰라요! (화를 내고 자리로 돌아간다.)

　　편집장과 이 사장실에서 등장.

302

편집장   화보가 걱정이오. 타이틀이 "서울의 비약적인 발전
        상"이라니……. 사장의 의도는 여러 가지 의욕적인
        면모들을 찍어 보라는 것인데 그런 게 어디 있어야
        지……. 이 부장 일이 까다롭게 되었소.

이   글쎄요, 이거 사장님 의도대로 쉽게 발견되었으면
        좋겠습니다만.

편집장   그러니 아이디어가 필요한 게 아니오. 사장의 의견
        은 특히 의식주의 변화 같은 미묘한 문제를 깊이
        파고들 수 있으면 좋겠다고 하지 않습디까?

이   취재부장, 좋은 아이디어가 없겠습니까?

김   당장은 아무 생각도 나지 않는데요.

박   희한한 소재가 발견될 듯도 합니다만…….

편집장   독자에게는 화보가 큰 매력인데……. 참 이자민 의
        원의 원고는 청탁이 되었다고 했지요?

김   네. 선뜻 승낙을 하더군요. 시간이 없다고 했더니
        길게는 쓸 수 없고 한 삼십 매 가량을 내일까지 써
        주기로 했습니다. 내일 두 시에 원고 받으러 가기
        로 했지요.

편집장   알고 보니 이자민 의원은 우리 사장과는 바둑 상대
        로도 아주 친한 사이더군요.

김   네. 이자민 의원도 그런 말을 합디다.

박   흥, 자기선전도 될 텐데 안 써줄 리 있겠소.

편집장   원고 찾으러 갈 때 사장도 같이 갔으면 하고 사진
        도 찍었으면 합니다.

김   그렇게 하지요.

편집장   참, 저 평론가 양재기 씨 원고는 어떻게 된 거요.
        한 번 다시 독촉해 보시오. (이에게) 그럼 우선 나
        가 화보감을 찾아보도록 하시오.

이   네.

카메라를 메고 이 퇴장.

김   (전화를 한다.) 아, 여보세요 양재기 선생님 댁입니
        까? 여기는 현대지성사인데요. 양재기 선생님 좀
        바꾸어 주십시오.

박   그 사람 한 번도 원고를 제때에 쓴 적이 없으면서
        하기야 사장은 제일 좋아하니까.

김   (전화 계속) 아, 양재기 선생님이세요? 현대지성 김
        기자입니다. 다름이 아니라 한 달 전에 부탁한 원
        고 때문에 전화 드리는 건데요. 아니 〈이것이 한국
        의 공동묘지다〉라는 글 말입니다. 아직 못 쓰셨다
        고요? 네, 꼭 부탁드리겠습니다. 사흘 안으로 써 주

셨으면 좋겠습니다. (전화를 놓고 편집장에게) 쓰겠
답니다.

편집장　알았소.

박　　　그 양반 유행가 가수 같은 글재주로 재기는 젠장
　　　　(밖에서 이 기자가 외치는 큰 소리가 들린다.)

이　　　(소리만) 편집장님, 이거 굉장한 화보감이 발견되었
　　　　습니다. 눈부신 발전상입니다! 특종입니다!

편집장　(놀라서) 뭐라고?

김　　　저 친구 왜 저래? 난데없이 특종이라니?

김과 박, 출입문 가까이로 간다.
이 등장.

이　　　(감격적으로) 눈부신 발전상입니다. 비약적인 발전
　　　　입니다!

박　　　무얼 가지고 그러나?

일동 출입문 쪽으로 시선이 집중된다.
새 양복을 입고 깨끗하게 이발을 한 허주찬, 바지 단추를 채우면
서 등장.

김   이런 눈부신 발전상이!

편집장   허 기자! 웬일이오?

박   기어코 양복을 사 입었구나?

이   (허의 손을 잡아끌며 편집장에게) 사장님의 의도와
          꼭 같습니다! 이것이 바로 의식주의 변화에서 나타
          난 비약적인 발전상이 아니고 무엇입니까! 일찍이
          어느 화보에도 등장한 일이 없는 참신한 테마가 아
          닙니까! 정말 의외로 쉽게 발견되는군요.

김   드디어 주책씨가 화보에 등장하는 역사적인 날이
          왔구나!

사장, 사장실에서 등장. 아무 말 없이 한 구석에서 이 광경을 보
고 서 있다.

이   (카메라를 쳐들고) 그럼 사진을 찍어야지요. 어떤 포
          즈가 좋을까.

허   (당황해서) 그만, 그만…… 제발…….

김   너무 사양하실 건 없습니다. (허를 끌고 나와 세운
          다.)

허   (포즈를 취하며 꼿꼿하게 섰다가 편집장을 향해서 허리
          를 굽히며) 죄송합니다.

이   자, 찍을 테니 바로 서세요. (허, 어색하게 굳은 표정
         으로 서 있다.)

이   하나, 둘.

편집장   (사장이 들어와 있는 걸 알고서) 자, 이제 장난은 그
         만둡시다.

허   (사장을 보고서) 사장님! 죄송합니다. 복장을 단정하
         게 하려니까 그만 이렇게 늦고 말았습니다. 저 저
         전당포는 아홉 시가 되어서야 문을 열고…… 그놈
         의 이발사는 빨리 해 달라는데도. 죄송합니다.

   사장, 아무 말 없이 사장실로 퇴장.

김   김샜군!

이   정말 특종인데!

편집장   허 기자.

허   (반가워서) 네.

편집장   교정이 이렇게나 많이 밀렸소. 빨리 보아야 합니다.

허   네. 쉬지 않고 보겠습니다. (교정지 받아들고 자리로
         돌아간다.)

편집장   그럼 사진부장은 나가 보도록 하시오.

이   이제는 아무런 아이디어도 떠오르지 않는데요.

편집장   농담은 그만두고. 그럼 사진 취재는 오후로 미루고
         허 기자가 보는 교정이나 나누어 보도록 하시오.

　사장, 사장실에서 등장.

사장   (편집장에게) 일거리가 많이 밀렸소?
편집장   아닙니다. 별로.
사장   그럼 같이 나가 봅시다. 점심을 사겠다는 사람이
         있으니. (나가다가 순자에게) 너 참 우리 집에 이걸
         갖다 주고 오너라. (주머니에서 봉투를 하나 꺼내 준
         다.)

　사장, 편집부장 퇴장.

이   (하품을 하며) 벌써 점심시간이라.
김   우린 점심 사겠다는 사람 없나?
이   아직 점심 생각은 없고…… 나가서 우선 당구나 한
        판 칩시다.
김   오늘은 내가 이길 걸요. (나가면서) 같이 안 나가겠
        소?
박   먼저들 나가 보시죠.

김, 이 퇴장.

박   자네 어머님 올라오셨던데 못 만났지?

허   우리 어머니가 오셨다고? 언제?

박   오늘 새벽에 서울역에 내렸다고 하시면서 여길 들
        렸더라.

허   (일어서면서) 어디 계시나?

박   너의 숙소로 가셨는데, 못 만난 거로구나.

허   아니 또 뭣 하러 올라오신 거야? 걱정거리만 더 장
        만하려고. (도로 앉는다.)

박   그런데 자네 양복은 웬일인가.

허   샀지. 얼마 줬을 것 같으냐? 그놈의 양복 장수 처음
        에는 사만 원이나 달라고 하더니 그래도 사람을 알
        아보는 눈이 있었든지 이천오백 원이나 깎아 주던
        데.

박   뭐라고? 그래, 도대체 어디서 샀나?

허   방산시장 옆 골목에서 샀다.

박   (양복을 만져보더니) 너, 참 사기 당했다. 사기! 이건
        이만 원짜리밖에 안 되는 형편없는 고물이다.

허   어쩌고 어째! 자넨 언제나 그렇게 앞뒤가 꽁꽁 막

힌 소리만 하는구나. 그러면서도 내 일이라면 꼬치 꼬치 캐고 간섭하고. 꼭 우리 어머니 같단 말이야……. 그런데 우리 어머니는 왜 올라오셨다던?

박   꿈이 불길해서 올라 오셨다더라.

허   그래, 그런 말을 듣고도 자넨 가만히 있었나? 도루 내려가시도록 하지 않고.

박   자네 숙소로 같으니 지금 가보도록 하게.

허   가볼 건 없어. 저녁에 만나면 되지.

박   그런데 제발 부탁이네. 내가 어제 저녁에 말한 대로 자네는 무슨 일에든지 잠자코나 있는 게 좋겠어. 괜히 헛소동 피우지 말고.

허   뭐라고? …… 사실은 어제 내가 사장한테 한바탕 해치우려고 했는데.

박   아니, 챙피당한 건 자넨데, 한바탕 해치우다니?

허   화 나는 대로 하면 다 때려 부수고 싶었지만 어디 그럴 수가 있어야지. 점잖게 참아 주었지.

박   그래, 자네 말이 옳으이.

허   사장이구 편집장이구 눈이 휘둥그레져서 쩔쩔맬 텐데, 어디 인정상 그럴 수가 있어야지.

박   인정상이라고?

허   다 두고 보아라. 때가 온다. 때가 오면 모두 다.

박   또 때가 온다는 소리로구나.

허   내 말은 모두 거짓말로 들리나? (크게) 자네를 친구
        로 믿은 게 잘못이로구나!

    김과 이 등장.

이   주책씨 무슨 연설이오?

김   막 당구장으로 들어가려다가 참 중대한 일이 생각
        나서 다시 온 거요. 하마터면 큰일 날 뻔했습니다
        그려.

박   중대한 일이라니?

김   주책씨. 양복을 새로 입으면 착복식을 해야 하는
        법이오.

이   착복식을 안 할 수가 있겠소. 오늘 당장 해야지.

허   그, 그, 그만둡시다. 살려주는 셈 치고 양복을 사버
        려서 도, 돈도 한 푼도 없지만, 오늘 저녁에는 안
        되오. 어머님이 와 계시는데.

김   큰일 날 소리요. 착복식을 할 때는 돈이 없다느니
        하는 투의 딴소리를 하면, 착복식 자체가 효과가
        없어지는 법이오. 우리야 괜찮지만 그 양복이 화를
        입는 거요.

허   이거 야단났는데……. 그럼, 착복식을 해야지.

이   착복식보다 더 중요한 일이 하나 있소!

김   뭐요? 뭐?

이   기적적인 사실을 미스 리에게 알리고 데이트를 청
       해야 할 게 아니오!

김   그렇지, 역시 이 형이 달라.

박   참견도 많구려! 벌써 약속되어 있는지 누가 아오?

김   (허에게) 참말이오?

허   다 그만두기로 했다는데도, 왜 자꾸 이러시오.

이   그만두다니? 그게 될 말이오. 자, 그럼 전화를 하는
       거요.

박   주책도 이제 헌 옷처럼 버릴 때가 되었는데.

김   (전화번호부를 뒤적이며) 해동물산주식회사라? 여기
       번호가 있구나. 그럼 내가 대신 불러 드리지. (전화
       에다) 여보세요, 거기가 해동물산주식회사입니까?

박   저런 사람들이 어디 있어!

김   (전화 계속) 네. 여기는 현대지성사입니다. 미스 리
       좀 바꾸어 주십시오. (허에게) 곧 나올 테니 자 받
       으시오. (수화기를 허에게 준다.)

허   (당황해서) 나 없다고 그러시오!

김   이쪽에서 먼저 전화를 했는데 없다니. 자 어서!

허   (이에게 끌려오면서) 이렇게 자의반 타의반으로 전
        화를 하면 안 되는데……. (마지못해 전화를 받아 쥐
        고) 여보세요. 이거 실례했습니다. 저…… 허주찬이
        란 사람입니다. 죄송합니다.

김   그렇게 저자세를 취할 필요는 없지 않소? 죄송하단
        말 그쯤하고 어서 용건을 이야기해야지.

허   (전화 계속) 죄송합니다. 그런데…… 네? 그랬던가
        요? 어디로 옮겼는지 모르겠다고요?

김   종로 네거리나 남대문 지하도나 아무 다방이나 대
        시오.

허   (전화 계속) 네, 제 말을 하며 전화를 기다렸다고?
        정말이죠? 고맙습니다. 만나게 되겠지요. 고맙습니
        다. 죄송합니다. (전화를 놓고 감격해서) 미스 리가
        날 그렇게까지 생각할 줄이야!

김   또 주책만 한바탕 부린 건 아니오?

박   (크게) 제발 좀 그만 해 둡시다.

김   뭐, 우리가 어쨌다는 거요?

이   (정색을 하고) 애매한 우리에게 핏대를 낼 것이 아
        니라, 사장에게 주찬 씨 챙피 건에 대해서 한번 따
        져 보시지.

허   (박을 말리며) 괜찮아.

김   박 형에게 그만한 용기가 있다면 우리도 뒤를 따르
          겠소! 자, 그럼 우리 박 형을 정식으로 선봉장으로
          초대합시다.

박   농담을 하자는 거요?

이   아니, 우리 허주찬 씨를 선봉장으로 추대합시다.

김   (허를 일으키며) 옳소! 일어나시오! 이 기회에 월급
          이야기도 하면 좋지 않소!

허   (힘 있게 일어서며) 좋다! 이제 때가 왔구나!

김, 이   선봉장 용기를!

허   (이리 저리 왔다 갔다 하며 책이고 사무용품들을 함부
          로 들었다 놓았다 하며) 때가 왔다! 사장만 와 봐라!

박   (허에게) 치워라! 치워!

김   선봉장! 우리가 뒤를 따르겠소!

허   (출입문을 쾅쾅 두들기며) 때가 왔다! 왔어! 내가 이
          래도 이 의원이 만나자고 해도 아직 안 찾아간 나
          야! 내가 이래도 허생의 구대 종손이야! 사장만 와
          봐라.

    사장, 편집장 등장.

허   억. (천천히 뒤로 넘어진다.)

제3장

　무대 같다.

　박은 그의 자리에서 원고를 쓰고 있고 허의 어머니 무대 중앙에
있다. 다른 사람은 없다.

어머니　　(박을 돌아보며) 여보게. 말이나 좀 해보게. 우리 주
　　　　　찬이한테 도대체 무슨 일이 일어났는가 말이다.

박　　　　염려 마세요. 별일 없을 겁니다.

어머니　　우리 주찬이가 우째 됐노? 어젯밤 집에도 안 오고
　　　　　또 여도 없으니 우째 걱정이 안 되겠노? 자네는 알
　　　　　민시도 날 속일라고 하제.

박　　　　아무 일도 아닙니다.

어머니　　아무 일도 아이라니? 차에 치었나? 누한테 맞았나?
　　　　　와 안죽도 안 온단 말이고?

박　　　　염려 마세요. 조금 전에 나간 김 기자란 사람의 말
　　　　　대로 국립호텔에서 하룻밤 무료 숙식을 했다고 말
　　　　　씀드리지 않았습니까.

어머니　　뭐라꼬? 내사 통 모를 소리대이.

박　　　　(되도록 침착하게) 그게 무슨 말인고 하면요, 너무

늦어서 집에 가기 싫은 사람들을 위해서 지어 놓은 큰 집에서 하룻밤 잤다는 거예요. 퍽 좋은 곳입니다.

어머니 그럼 이 애미가 온 줄도 몰랐단 말이가?

박 어머님 오셨다고 제가 말씀드렸습니다.

어머니 내가 온 줄 알면서도 거서 자! …… (분개해서) 이 애미가 그렇게도 싫단 말인가!

박 실은 어제 주찬이가 일찍 들어가려고 했는데, 직원 중에서 장가를 가는 친구가 기어이 술을 낸다고 해서 그만 늦고 말았습니다. 그리고 또…….

어머니 또라니?

박 주찬이가 새 양복을 해 입었다고 기어이 술을 먹게 되었습니다.

어머니 (반가워) 새 양복을 해 입었다고.

박 썩 좋은 양복입니다. 보시면 아실 테지만 놀랄 만합니다.

어머니 (좋아서) 오냐. 그래야지.

박 어쩌면 곧 며느리도 보실 것 같습니다. 이번에 오신 김에 며느리 될 사람도 만나보고 가세요.

어머니 (감탄하며) 아이고! 메누리를 보다니! (한탄조로) 전생에 무슨 죄를 지었시믄 아들 하나 다 키와도 메

누리를 못 보는가 신세한탄을 했더이.

전화가 울린다.

박   (전화에다) 이 부장이오? 난 박이오! 원고 때문에
        모두들 나갔지요. 편집장은 주찬이 때문에 나갔고,
        화보 되었소? 야단났는데……. 편집장의 독촉이 심
        하던데……. 자, 그럼 부지런히 뛰시오. 두 시 약
        속? 이자민 의원 사무실이지요. 김 형이 그리로 가
        겠지요. 잊어버릴 리 있겠소! …… 자, 그럼 수고하
        시오.

어머니   (갑자기 불안을 느껴) 여보게! 주찬이가 우짠 일로
        안죽 안 오는고……. 저 아까 말한 죽립호테루가
        어데고? 내가 가바야겠네.

박   가실 것까지는 없습니다. 이제 곧 올 겁니다. 누가
        데리러 갔으니깐요.

어머니   (푸념조로) 그놈의 꿈을 생각하모 등골에 식은땀이
        쫙 나네. 어제 밤에도 한 숨도 못 잤네.

박   꿈을 믿을 수 있나요? 염려마세요.

어머니   (깊은 한숨을 내쉬고) 아이고, 이년의 팔자야 그걸
        하나 아들이라고 믿고 살자니……. 그냥 무슨 변이

안 생기나 가슴이 덜컹덜컹 내리 앉고…… 세월인
지 네월인지 점점 더 심해가기만 하니.

어머니　남들이사 속도 모르고 우리 주찬이는 서울 와서 대
학하고 취직했다고 흠선을 해샀치만…… 그놈의 학
교고 취직이고 인자 몸서리가 난다. 너불매기 타죽
던 땅마지기라고 있던 걸 다 팔아가며 쌔가 빠지라
고 공부를 시켰더니 이래 될 줄 누가 알았노…….
지사 서울와 같이 살자카지만 지 하나도 먹고 살기
가 똥줄이 빠지는데 모자가 다 굶어죽기 마침 맞
지……. 그래도 촌에 있어야 품이라도 팔고 얻어라
도 묵지…… 아이고! 이년의 팔자야!

박　왜 자꾸 그런 말씀만 하십니까?

어머니　차라리 이놈의 회사고 뭐고 다 집어치우고 주찬이
도 촌으로 갔으믄 오죽이나 안 좋겠나?

박　촌으로 간다고 무슨 수가 나나요.

어머니　사람이 묵으나 굶으나 맘이 편해야 살제…… (다시
한숨을 쉬고) 이게 다 무슨 전생의 업인지…… (땅을
친다.)

험악한 꼴의 허주찬 구겨진 와이샤쓰 바람으로 등장.

어머니   (허를 보고) 아이고, 찬아!

허   (뒤로 물러서며) 어머니!

박   야! 이 친구야! 왜 이제 오느냐? 어머님이 얼마나
         기다렸다고!

어머니   (허의 꼴을 보고 놀라) 아이고! 이 상처는 우짠 일이
         고? 말이나 좀 해바라!

허   아무것도 아입니더.

어머니   (울면서) 야야! 우째 된노?

허   울긴 왜 울어요. 남 보기 챙피하게.

어머니   오냐, 무사하이 다행이다. 이 애미는 간장이 다 녹
         았다마는…… 그래도 내가 니를 놓고 삼신을 잘 빌
         었던 모양이다.

허   (박에게) 모두들 어딜 갔나?

박   취재 나갔어. 모두들 바쁘게 돌아다니는 판이야.

어머니   그런데 찬아. 니 옷이 와 이 꼴이고? 새로 마찼다는
         양복은 우에 됐노. 머리꼴은 이게 머꼬? 술을 얼마
         나 묵었길래 이 모양이고. 언제 철이 들래.

허   아니, 몰라요. 그놈의 착복식 때문에. 아 아니에요.
         자고 일어나니 이 모양이네요. 양복은 친구 집에
         두고……. 아니에요. 더러워서 세탁소에 맡겼어요.

어머니   이렇게 추운데.

허   지는 전 춥지 않아요.

어머니   찬아, 니 촌으로 안 갈래? 서울 오래 있다가는 큰일
         나겠다. 회사고 머고 다 그만두고 가자.

허   (박에게) 내 일거리 많이 밀렸지?

박   (허의 책상을 가리키며) 저 정도야.

허   제기럴!

어머니   찬아, 맘이 팬해야 살제.

허   (박에게) 그 자식들 또 뭐라고 지껄여댔겠지?

어머니   야. 찬아!

허   어머닌 집에 가서 계세요. 전 일 마치고 갈 테니깐요.

어머니   아니다. 오늘은 니를 꼭 붙잡고 있어야겠다.

허   여기는 회사 사무실이에요. 어머니 계실 데가 못
         되어요. 다른 사람이 다 들어올 텐데요.

어머니   그라문 문 앞에서 기다리고 있으모 안 되나. 니를
         두고 우째 간단 말이고.

박   자네도 어머니 모시고 집에 가 쉬도록 하게. 내가
         말 잘해 줄게.

허   (단호하게) 아니야! 난 할 일이 있어!

박   교정 말이냐? 그건 내가 보아줄게.

허   (격한 어조로) 시시하게스리 잡지사 일인 줄 아느
         냐? 그렇게밖에 생각이 안 되나?

어머니　(불안해서) 니가 또 무신 일을 저지를라고 카노? 니 배 안 고프나?

허　(퉁명스럽게) 괜찮아요.

어머니　니를 줄라고 떡을 좀 해왔다. …… 뭐라도 좀 묵어 야지.

허　싫어!

어머니　니가 또 와 이런 소리를 하노? 사람이 배 고프면 몬전디는 법이다. 내가 나가서 무울 거 좀 사올께.

박　그만두세요. 전화를 해서 시켜오면 돼요.

어머니　아니다. 내가 나가야 주찬이 입에 맞는 걸 사오지. (나간다.)

박　조심하세요.

　　어머니 퇴장.

허　(벌떡 일어나서) 빌어먹을 놈의 세상!

박　너 그 꼴이 뭐냐? 도대체 어떻게 된 거냐?

허　(처절하게) 기가 막혀서 말이 안 나온다. 순경이란 녀석이 내 말은 들어 보지도 않고 나를 잡아넣다니!

박　왜?

허　통금 위반에다 술주정…… 단속 기간이라고…… 도

둑을 잡으려다 양복을 잃어버린 것이 누군데…….
옛말에도 군칠도삼(軍七盜三)이라고 하더니 모두
다 한패다.

박　　언제 말이냐?

허　　언제긴 언제야 바로 어제 밤이지. 버스는 끊어졌고
합승을 기다리는데. 그놈의 착복식 때문에 어떤 아
이가 헐레벌떡 골목에서 뛰어나오더니…….

박　　좀 알아들을 수 있게 이야기해라.

허　　못 알아들을 게 뭐란 말이냐? 아 글쎄 뛰어나오더
니 "아저씨, 아저씨 우리 집에 도둑이 들었어요. 우
리 어머니는 순경을 데릴러 갔는데 아저씨라도 좀
와 주세요" 하지 않겠나? 그 말을 듣고서 도척인들
가만히 있을 수가 있겠나?

박　　도둑을 막으러 갔다가 왜 도둑을 맞았단 말인가?

허　　말 좀 들어 보고 되물어라……. 그 아이는 이 골목
저 골목 꼬부라져 들어가더니 여기라고 하는데, 보
니까 그 아이의 아버지인지 형인지 두 사람이 나와
서 서 있지 않겠나? 그래서 내가 "어떻게 되었습니
까?" 하고 물으니까 (소리를 높여) 두 사람은 아무
대답도 없이 내 입을 막고 목을 비틀며…….

박　　아니 이 못난 친구야. 무얼 믿고 뛰어 들어갔나?

허   (힘없이) 누가 그걸 알았나?…… 그 두 녀석이 그만
     내 양복을 그 귀중한 양복을…… (어조를 바꾸어)
     쓰러져 누웠다가 가까스로 일어나서 "양복! 양복!"
     하며 큰길까지 나오다가 순경을 만났지. (분개해서)
     아니 그놈의 순경이 연락을 받았으면 빨리 올 것이
     지! 그제야 나타나니! 그런데 그놈의 순경이, "양복,
     양복…… 이 근처에서 두 놈이…… 미스 리, 아니
     어머님이 와 계시는데……" 하고 아무리 고함을 질
     러·도, 순경은 사정을 모르고 나를 잡아넣다니!

박   자네 틀림없이 지금처럼 횡설수설 했을 텐데, 알아
     들을 게 뭐람. 하여튼 재수 없이 걸렸다. 밤거리에
     는 그런 함정이 많으니 조심해야지.

허   내가 함정에 걸렸다고? 그런 소리가 어디서 나오는
     거냐! (분명하게) 난 도적을 막으러 들어간 거야! 그
     런데 그놈의 순경이…….

박   말 같지 않은 소리 집어치워라!

허   뭐라고? (박의 멱살을 잡으면서) 너도 그놈들과 한
     패로구나!

박   진정해라. 하는 수 있나? 양복을 찾게 되면 찾는 거
     고, 그렇지 않으면 단념할 수밖에. (허의 상처를 만
     지며) 많이 다쳤구나.

허　　(뿌리치며) 놓아라! 이건 명예로운 상처다……. 이
　　　세상에는 믿을 놈이라고는 하나도 없다. 모두 죽일
　　　놈들뿐이다! (책상을 치며) 도대체 이런 일이 있을
　　　수 있냐 말이다!

박　　원통하지만 어쩌겠느냐? 어머님 아시기 전에 덮어
　　　두어라.

허　　어머니뿐만 아니라 온 세상이 다 알아야 할 일이다.
　　　철저히 따지겠다!

박　　따질 수 있으면 좋기야 좋지. 그러나 경찰이 그렇
　　　게 무성의할 수밖에 없는데, 어디 가서 따진단 말
　　　이냐? 자네 잘못이라고 자위나 해라.

허　　아니, 내가 뭘 잘못 했다는 거냐? 시키는 대로 일만
　　　하고 욕을 참고 살아온 내가, 뭘 잘못했다는 거냐?
　　　자네까지도 내가 잘못했다고만 생각하나?

박　　자네가 잘못했다는 건 아니야. 그렇게 생각하는 게
　　　편하단 말이지.

허　　(기가 막혀) 그럼 날더러 어떻게 하라는 거냐? 내일
　　　부터 다시 그 헌 양복을 입고 출근하고 아무 말도
　　　없이 일을 하란 말이냐? 한 달은 무얼 먹고 살고?

박　　그렇게만 하라는 건 아니야.

허　　그러면 사장에게 사정 이야기를 하고 입던 양복 한

벌만 달라고 밀가루 몇 푸대 얻어달라고 애원을 할
까? (어조를 바꾸어) 나는 이제 이 세상이 어떻다는
걸 완전히 알았다. 그래서 결심을 했다.

박　무슨 결심을?

허　꼭 자네에게만 미리 이야기해 주지. 이제 정말 때
가 온 거다! 이 더러운 세상과 싸울 때가 온 거다!

박　(의아해서) 아니, 또 때냐? 도대체 어떻게 하겠다는
거냐?

허　(감격적으로) 이자민 의원을 찾아가겠다! 이제 찾아
갈 때가 왔다! 가서 다 이야기 하겠다. ……다 듣고
나서 이자민 의원은 분명히 노기를 띤 음성으로
"세상에 이런 일이 있어서야 되겠소! 내일 국회 본
회의에서 국무총리를 불러다 놓고 따지겠소!" 하고
대답할 거다! 그렇게 되면 세칭 "허주찬양복사건"
은 사회의 큰 물의를 일으키지 않을 수 없을 거
고…… 각 신문에서도 "사회악의 표본"이라는 타이
틀로 사설에다 쓸 것이고…… 사회의 지탄을 받고
사장도, 양복 장수도, 경찰도, 도적도 모두 다 뉘우
치겠지! …… 그러나 그땐 이미 늦었어. 나는 흔연
히 사표를 내고, 찾아오는 사람도 다 물리치고 각
계의 동정이고 뭐고 다 거절하고 표연히 사라질 것

이다.

박   사라지다니?

허   그땐 어머니 말대로 시골로 내려가 묻히겠다.

박   생각은 좋다마는 한 가지도 실현성이 없으니 탈이다.

허   (화를 내며) 뭐라고! 실현성이 없다고?

박   우선 그 말을 듣고 이자민 의원이 그렇게 노할까?

허   자넨 이자민 의원을 모르니까 그런 소리를 하는 거
     야. 그분은 보통 국회의원들과는 근본적으로 다르
     단 말이다. 진정한 민의의 대변자…….

박   대변이고 소변이고…… 시골이 더 살기 어려운 곳
     인 줄 자네도 잘 알지 않나? 세상을 다 잊어 버리
     려면 죽는 수밖에 없어.

허   (더욱 큰 소리로) 너까지도 나를 전혀 이해하지 못
     하고 비웃기만 하고 있구나! 너를 가장 친한 친구
     라고 믿고서 이 결심까지도 이야기해 주었는데.

박   가장 친한 친구이기 때문에 그런 생각은 버리는 게
     좋다고 솔직하게 말해 주는 거야.

허   (단호하게) 넌 이제 내 친구가 아니다! 너도 나를 비
     웃기만 하는구나! 좋다! 난 이래도 긴 안목으로 살
     아온 사람이야. 너희들 속물들과는 근본적으로 달
     라. 내 기어코 이자민 의원을 찾아가서 온통 썩어

빠진 자들을 고발해야 되겠다. (나간다.)

박　　　(막으며) 주찬이. 그렇게까지 노할 건 없지 않나. 자네 어머니가 아시면 또 얼마나 놀라시겠나. 진정해라.

허　　　(뿌리치며) 중대한 결심을 한 사람에게는 가족은 문제가 안 되는 거야! (나가려고 한다.)

박　　　주찬이! 사장, 김 기자, 이 기자가 지금쯤 다 이자민 의원 사무실에서…….

허　　　(말을 가로채며) 그 자식들이 다 어쨌다는 거냐? 내가 아직도 그 자식들을 두려워할 줄 아느냐? 그 자식들을 나는 이제 적으로 선언하는 바이다. 놓아라! 내 가는 길을 막지 말아라!

　　허 퇴장. 동시에 허의 어머니 들어오다가 부딪쳐 쓰러진다. 사들고 오던 빵, 사과 등이 흩어진다.

어머니　　(쓰러져서 일어나려고 하며) 찬아! 찬아! 니 어데 가노! 박 군! 박 군! 우리 찬이를 따라가 보게!

박　　　아무것도 아니에요. 제가 따라 나가 볼 테니 안심하세요. 잠깐만 기다리세요.

박 퇴장.

어머니   (흩어진 것들을 주으며) 찬아! 찬아! 아이고, 전생에
　　　　　무슨 죄를 지어서 이런 팔자를 타고났는고……. 이
　　　　　놈의 세상살이 모질기도 해라! 아이고 이년의 팔자
　　　　　야!

막이 내린다.

제2막

무대

이자민 의원의 사무실. 의원용 책상 하나, 비서용 책상 둘이 놓
여 있고, 응접세트가 있다. 벽에는 "國泰民安"이라는 족자가 걸려
있다.

막이 열리면 의원은 그의 책상에 앉아 있고 김 기자, 이 기자, 윤
비서 그리고 미스 리 가 서 있다. 이가 막 사진을 찍으려는 순간
이다.

윤 비서   잘 찍어야 됩니다.

이   (이자민에게) 조금만 몸을 뒤로 물러서십시오. 얼굴
         을 좀 드시고.

이자민   (포즈를 취하고 미소를 지으며) 이만 하면 됐소?

이   (카메라를 눈에다 대고) 됐습니다, 찍습니다, 하나, 둘,
         셋, (플래시가 터지고 셔터를 누른다.) 잘 됐습니다.

김   (이자민에게) 그럼 저희들은 먼저 가 보겠습니다.
         원고를 이렇게까지 빨리 써 주셔서 어떻게 감사드
         려야 할지 모르겠습니다. (허리를 굽혀 인사하며) 사
         장님께서는 세 시경에 들리신다고 하시더군요.

이자민   네. 알고 있소.

이   감사합니다. 편안히 계십시오.

이자민   (손을 내밀며) 그러면 잘들 가시고 종종 찾아와 주
         십시오.

윤 비서   사진 나오거든 한 장 보내 주시고 시간 나는 대로
         자주 들려주십시오.

이   네. 물론이죠.

김   (나가며 윤 비서에게) 아직 취재할 게 많이 남아서
         이만 실례해야 되겠습니다.

   김, 이 퇴장.

윤 비서   의원님. 가실 시간이 되었는데요.

이자민   가다니?

윤 비서   피임도구 전시회가 오늘 시작되는데 테이프를 끊으
          시기로 하셨지 않았습니까? 시장과 의원님 두 분이
          참석하시기로 되었는데요.

이자민   아, 그렇지. 다른 일이라면 몰라도, 피임도구 전시
          회라면 잠시 다녀와야지.

윤 비서   (미스 리에게) 미스 리 나도 다녀오겠소.

이자민   (나가다가) 참, 현대지성사 석 사장이 오면 좀 기다
          리라고 하지. 오늘은 바둑을 한 수 두어야 겠군.

윤 비서   석 사장님과는 호적수시죠.

미스 리   (문까지 배웅을 하며) 안녕히 다녀오세요.

     이자민, 윤 비서 퇴장.

미스 리   (여기 저기 놓여 있는 찻잔을 쟁반에 담으며) 피임도
          구 전시회라고? (낄낄거리고 웃는다. 찻잔 옆에 있는
          메모지를 발견하고 들고 읽는다.) "후진국의 산업적
          발전 도상에 외자도입적 제반 문제에 관한 제반 검
          토" (피식 웃으며) 까마귀 소린지 고양이 소린지 한

마디도 모르겠는걸. 좀 더 적적 똑똑적으로 쓸 일
이지.

문에서 험한 노크소리.

미스 리　(무심히) 들어오세요.

문이 덜컥 열리더니 험악한 차림의 허주찬 급히 들어오다가 미
스 리와 부딪혀 쓰러진다.

미스 리　(허임을 알고 급히) 아니 주찬 씨, 주찬 씨 아니세요.
허　　　(놀라) 아. 글쎄 올시다. 도대체 이거 어떻게 된 거
　　　　요? 이게…… (뒤로 물러서며) 미스 리가 여기를 어
　　　　떻게…….
미스 리　저야 지난 달부터 여기로 출근했는걸요. 참 오랜만
　　　　이네요. 그런데 주찬 씨는 웬일이세요?
허　　　죄송합니다. 며칠 전에 해동물산으로 전화를 하니
　　　　직장을 옮기셨다고 하더군요. 그런데 오늘은……
　　　　(단호하게) 분명히 말하지요. 난 이자민 의원을 만
　　　　나러 왔습니다.
미스 리　좀 진정하시고 천천히 말하세요. 뭐가 그리 급해요.

허   천천히 말할 시간이 없소. (크게) 이자민 의원님 계
       십니까?

미스 리   주찬 씨는 여전하시군요. 의원님은 잠시 나갔어요.

허   나갔다고요? 언제 들어오십니까?

미스 리   좀 앉아서 말씀하세요. (어조를 다정히) 저도 주찬
       씨를 퍽 만날려고 했는데요.

허   (마지못해 앉으며) 네. 저도…… 그건 마찬가지입니
       다. 그렇지만 오늘은 (어조를 바꾸며) 저, 의원님을
       꼭 만나야 하겠는데.

미스 리   (허의 차림을 살피며) 그런데 그 꼴이 뭐에요?

허   네. 아, 난 미스 리를, 아니 오늘은 미스 리를 만나
       러 온 건 아니에요.

미스 리   어머나. 어떻든 이왕 오셨으니 저하고 이야기나 해요.

허   아닙니다. 그럴 시간이 없습니다. (일어서며) 고발
       해야 할 중대한 죄악을 발견했기 때문에 이자민 의
       원님을 찾아뵈러 온 것입니다. (감격적으로) 이제
       정말 때가 온 겁니다. 이제 이 허주찬이란 사람이
       누군지 분명히 알게 될 겁니다. (두리번거리며) 그
       런데 도대체 이 의원님은 어딜 가셨습니까?

미스 리   무슨 말씀을 하시는지 통 모르겠는데요. 이 의원님
       은 신문회관에서 열리는 피임도구 전시회에 가셨어

요. 곧 오실 거예요.

허   그럼 내가 거기 갔다 오겠소. (나가다가 돌아보며)

           이제 때가 온 거요.

미스 리   잠깐만! 잠깐만! (따라 나간다.)

허   글쎄올시다. 전 지금 굉장히 바쁩니다.

미스 리   잠깐만!

    허 퇴장.

미스 리   저 이가 왜 저럴까? 정신이상이 생긴 것 같지는 않

           는데 …… 혹시 이 의원님과 무슨 관계가? 내가 따

           라 나가 봐야지. (급히 책상을 정돈한다.)

    윤 비서 등장.

윤 비서   찾아온 사람 없소?

미스 리   없는데요. 의원님은 안 오세요?

윤 비서   석 사장님과 함께 오십니다.

미스 리   저 잠시 나갔다가 오겠어요.

윤 비서   그렇게 하시지요.

미스 리 출입문 쪽으로 간다.

이자민, 석 사장 등장.

미스 리, 석 사장에게 인사를 하고 급히 퇴장.

사장   바쁘신 중에 원고까지 다 써주시고…… 이것 참 고
             맙습니다.

이자민   뭘요. 난 항상 석 사장의 덕을 보고 있는 터인데.

사장   무슨 말씀을 하십니까? 미미한 제가 의원님과 친분
             관계에 있다는 것만 해도 영광이지요.

이자민   사장님은 너무 겸양이 많으시군요.

사장   겸양이 아니라 사실이지. 이 의원이야말로 진정
             한…….

이자민   (쾌활하게) 핫 핫 핫. 하기야 나는 적어도…….

사장   (기분 좋게) 허 허 허.

두 사람 마주 앉는다.

사장   그런데 의원님, 경제 전망이 어떨 것 같습니까?

이자민   (엄숙하게) 그게 그렇습니다. 저는 늘 이렇게 생각
             하고 있는데요. 경제 전망이 어떠냐, 정치 전망이
             어떠냐 하는 것보다 어떠한 관점에서 바라보느냐가

더 문제인 것 같습니다. 비관적인 심리 요인을 개
재시켜서는 안 될 테니깐요……. 그러니까 낙관적
이고도 희망적인 각도에서 본다면 분명히 건설적인
전망을 세울 수 있는 거죠.

사장   네네. 그렇습니다.

이자민   인구문제도 크지요. 방금도 피임도구 전시회에 테
이프를 끊고 오는 길입니다만. 거 잘 하는 일입니다.

사장   저 역시 그렇게 생각합니다.

이자민   지난번 방한한 일본 경제사절단의 오오무라 단장도
같은 견해를 가지고 있더군요.

사장   네, 네. 저희들 잡지사에서도 오오무라 씨의 인터뷰
기사를 실은 적이 있습니다. 대단한 분인 것 같던
데요.

이자민   그만하면 이야기가 통할 수 있는 사람입니다. 그런
데 이번에는 절더러 일본을 방문해달라고 메모를
보내오지 않았겠습니까.

사장   언제 떠나십니까? 신문사에서도 아직 그런 소식을
모르고 있던데요.

이자민   신문사에서 모르는 게 당연하지요. 아직 발표는 보
류하고 있으니깐요. 선뜻 승낙하기도 뭣 하고 고려
중입니다.

사장	그러시겠습니다.

이자민	참 잡지사는 경영이 잘 됩니까?

사장	(미소를 지으며) 웬걸요. 의원님께서도 뒤를 좀 보아
	주셔야겠습니다. 저…… 이번의 융자 문제도…….

이자민	내가 뭘…… 나도 힘써 보기는 하겠습니다.

사장	죄송합니다.

이자민	자! 따분한 얘기만 해서 안 되겠습니다. 우리 저 방
	에 가서 바둑이나 한 수 놓을까요?

사장	그것 좋습니다. 기다리고 있었던 참입니다.

두 사람 일어선다.

이자민	석 사장에게는 두 점을 놓고도 늘 지기만 하니…….

사장	하 하 하.

이자민	바둑을 시작한 지가 삼십 년이 넘었는데도 아직도
	칠급이라.

사장	하 하 하.

요란하게 웃으며 이자민, 사장 퇴장.

윤 비서	(전화를 받고 있다.) 네네 그렇습니다.

험악한 꼴을 한 허주찬 등장.

허   이자민 의원님 들어오셨습니까?

윤 비서   네, 들어오셨습니다. 어떻게 오셨지요?

허   기가 막혀. 어떻게 오다니요. 버스를 타고 오는 길
          입니다. 아니 누구냐고 물으셨습니까? 저 저 "현대
          지성"사 기자이긴 합니다만…….

윤 비서   (공손해져서) 네, 그렇습니까. 이거 실례했습니다.
          (의자를 내놓으며) 이리 앉으십시오.

허   (쪼그리고 앉으며) 부끄러운 직업입니다.

윤 비서   (허의 말에 주의하지 않고) 어디 원고에 잘못된 데가
          있나요. 워낙 급하게 쓴 것이 돼서.

허   (정색을 하며) 잘못된 점이라고요? 그게 무슨 말씀
          입니까? 이자민 의원 같은 분에게 과오가 있을 수
          있겠습니까? 그런 말씀 아예 마십시오.

윤 비서   그래도 모르지요. 워낙 급히 써서 안심이 안 됩니
          다. 그 사진은 《현대지성》 화보에 낼 것입니까?

허   왜 자꾸 《현대지성》을 들추십니까? 저는 대단한
          잡지라고 생각하지 않습니다.

윤 비서   하하! 겸양을 하시는군요.

허   (화를 내며 큰 소리로) 겸양이라고요? 아니, 이 의원
           님 비서까지도 저를 겸양밖에 할 줄 모르는 사람으
           로 취급하십니까? 겸양 같은 것은 깨끗이 버리기로
           각오했기 때문에 이렇게 찾아뵈온 겁니다. 이 점을
           분명히 아셔야 됩니다!

윤 비서   (의아해서) 아니 그게 무슨 말씀입니까? 전혀 이해
           하지 못하겠는데요.

허   (비웃으며) 이해 못하시겠다고요? 당연한 일입니다.
           역시 당신도 절 이해하지 못하는 속물들 중의 하나
           군요. 그러나 당신의 이해를 구하러 온 건 아닙니다.

윤 비서   아니 이분이? 그러면 현대지성사에서 오신 게 아닙
           니까?

허   분명하게 말하겠습니다. 시시하게스리 《현대지성》
           기자의 자격으로 온 것은 결코 아닙니다.

윤 비서   그럼 어떻게 된 겁니까?

허   이해 못하는 게 당연하다고 하지 않았습니까. 당신
           을 만나러 온 게 아니고 이자민 의원을 만나러 왔
           습니다! 이 자 민.

옆방에서 소리가 들린다. 여보게 윤 군, 윤 군!

허   (그 소리를 듣고 용기를 얻어) 비서인 당신과는 이 이
        상 더 이야기할 필요성을 느끼지 않습니다. 지금
        당신이 하실 일은 저를 의원님에게 안내하는 것밖
        에 없습니다.

윤 비서 말씀 삼가시오!

허   말씀 삼가라고요? 이 세상에 득실거려대는 속물들
        하고는 이제 대화할 필요성을 느끼지 않습니다! 자!
        보십시오! 어제까지의 허주찬과는 전혀 딴 사람입
        니다.

윤 비서 의원님은 지금 안 계십니다. 다음에 오시오.

허   안 계신다고요? 그 따위 거짓말이 어디 있습니까?
        속물근성이 철저하시군요. 거룩하신 이자민 의원님
        비서로서는 부끄러운 일입니다. 그러면 저 방에서
        말씀하시고 계시는 분이 누구십니까? 절 이 의원님
        을 모르는 사람으로 취급합니까?

윤 비서 (허를 밀어내며) 나가시오. 이 의원님은 당신 같은
        사람을 만날 필요가 없습니다! 당장 나가시오!

허   (뿌리치며) 당신이 나가라 할 권리가 없소! 나는 방
        문해 달라는 초청을 받고 온 사람이오! (이자민이
        있는 방 쪽으로 간다.)

이자민 등장.

허   (이자민을 보자, 깊은 절을 하며 감격적인 목소리로)
          오! 존경하옵는 의원님 그 동안 편안하셨습니까?

이자민   (멀끔히 허를 바라보며) 누구시더라?

허   (놀라) 의원님까지도 절 못 알아보시다니요? 저번
          선거 때 악수까지 하시고 꼭 찾아와 달라고…….

이자민   (아는 체하며) 네. 그렇습니까. 유권자시로군요. 이
          리 앉으십시오.

허   (공손하게 앉으며) 제가 이렇게 갑작스럽게 찾아뵙
          게 된 것은…… 다름이 아니오라 중대한 부탁이 있
          어서 입니다. ……이자민 의원님이 아니시고는 아
          무도…….

이자민   네? 무슨 부탁인데요?

허   (열을 올려) 저 개인적인 부탁이라기보다는 엄청난
          사회적인 문제입니다!

이자민   뭔데요?

허   (웅변 원고를 외우듯이) 사회가 썩었다는 사실은 저
          도 일찍부터 알았습니다만 저의 양복사건같이 어처
          구니없는 일은 처음일 겁니다. 정말 그럴 수는 없
          습니다. 이는 저 개인적인 비극이라기보다는 사회

340

적인 비극이며, 국가적인 비극이며, 동시에 인류 전
체의 비극입니다! 따라서 이는 마땅히 고발되어야
합니다! 제가 선두에 나서서 싸우겠습니다.

이자민   (불쾌해서) 무슨 말이요?

    사장 등장. 허를 보고 놀라며 이맛살을 찌푸린다.

허   (더 큰소리로) 우선 국회에서 발언을 하셔서 세상에
널리 알려야 합니다. 사장도, 양복 장수도, 도적도,
순경도…… 시멘트 장수도, 밀가루 장수도!

이자민   (일어서며) 여보게 윤 군! 자네하고 이야기하게!

윤 비서   (허를 사납게 끌어내며) 저리로 가셔서 상세한 이야
기를 저에게 해주십시오.

허   (뿌리치며) 아니요. 존경하옵는 이 의원님, 내일이
라도 당장 발언을 하셔야 할 문제입니다.

사장   (허를 쏘아보며) 허 기자 아니오?

허   (사장인 줄 알고 질겁을 하며) 앗! 사장님!

사장   아니 허 기자! 이게 웬 일이오? 이런 추태가 어디
있소!

허   (물러나며) 아닙니다! 아닙니다!

이자민   (허와 사장을 번갈아 바라보며) 어떻게 된 거요?

사장   (이자민에게 허리를 굽히며) 사실은!

허   (사장에게 다가가며) 아닙니다. 아닙니다.

사장   (허를 노려보다가 다시 이자민에게 허리를 굽히며) 이
         거 사실은…….

허   (사장에게 다가가며) 아닙니다. 아닙니다.

윤 비서   (허를 끌어내며) 이분이 단단히 돌았군요. 나갑시다.
         나가!

문이 열리더니 박 등장. 실내의 광경을 바라보다가 아무 말도 못
하고 퇴장.

사장   (이자민에게) 이거 죄송하게 되었습니다.

이자민   어떻게 된 겁니까? 저 사람이 사장네 잡지사 기자
         입니까?

사장   (허리를 굽실거리며) 이거 죄송합니다. 저런 정신이
         상자 같은 녀석이 있어서 말썽을 부리더니, 그만
         이렇게까지 되고 말았습니다.

이자민   (불쾌해서) 허허! 여하튼 안됐습니다. (허를 가리키
         며) 저런 자는 인간개조 하기에도 늦은 감이 있습
         니다.

사장   정말 죄송스럽습니다. 가서 저녁이라도 같이 했으

면 좋겠습니다.

이자민	여하튼 나갑시다. (앞서 나간다.)

사장	(따라 나가다 허에게로 돌아서서 큰소리로) 내 얼굴에 똥칠을 해도 분수가 있지. (날카롭게) 어서 나가! 당장 파면이오!

허	(멍하게) 글쎄올시다.

이자민, 사장 퇴장.

윤 비서	(허의 멱살을 잡아 끌면서) 이 죽일 놈아! 미쳤거든 방구석에 가만히 쳐박혀 있을 것이지, 여기가 어딘 줄 알고 함부로 난동을 하는 거냐!

허	글쎄올시다. 제가 죽일 놈입니다. 죽여도 좋습니다. 갈갈이 사지를 찢어도 좋아요. 네, 어차피 죽을 놈입니다. 한 번 죽지 두 번 죽지는 않을 테니깐요.

윤 비서	(허의 멱살을 놓으며) 그럼 빨리 없어져! 경찰에 알리기 전에.

허	고맙습니다. 죄송합니다.

미스 리 등장.

미스 리   (허에게로 달려가며) 주찬 씨! (울면서) 주찬 씨! (윤
          비서에게) 이분이 무얼 잘못했다는 거예요! 이분이
          무얼 잘못했다는 거예요!

     윤 비서 물러선다.

허   날 잡아먹겠다는 거냐? 잡아먹혀 주지. 더 살고 싶
          은 생각이 없으니까.

     미스 리, 허에게로 다가가다가 도로 물러선다.

허   내가 사라지는 게 그렇게도 소원이란 말이냐? 이
          개새끼들아!

     막이 내린다.

잡문

채석장 근처

어디로 갈까? 오늘 같은 날은 약장수도 없을 것 같다. 약장수가 굵고 징그러운 뱀을 목에다 감고, 무어라고 입에 거품을 품으면서 지껄이는 것을 구경하면서 시간을 보내던 맛, 뱀이 빨간 혀를 날름거리던 모습…… 꼭 수박 맛처럼 되살아 오른다. 그런데 어디로 갈까? 李箱의 〈날개〉를 읽으면, 거기 나오는 녀석은 제 여편네에게 온 손님이 갈 때까지만 거리에서 서성거리면 되는데, 난 언제까지나 이렇게 고된 시간을 보내야 되나?

채석장이로군. 돌을 다듬는군. 그거 재미있다. 여기저기 앉고 서고 누워 있는 돌 돌 돌…… 그런데 모두 다 왜 저리 탐탁지 않은 희부연 얼굴들을 하고 있나? 아니다. 돌도 나처럼 무료한 시간을 보내야 되나 보다. 그리고 또 피곤하고. 그러면 나처럼 어쩌다가 지난날을 생각해 보기도 하겠지. 이렇게 멋쩍게 끌려 나와 조회하는 초등학교 아이들처럼 줄을 서 있는 화강석들의 지난날은? 지층의 저 밑쪽에서 쌓이고 쌓였던 것이었겠지. 무엇이 그처럼 겹겹이 쌓였고, 왜 그처럼 눌려야 되었던가? 프로메테우스보다 더한 형벌을. 무슨 죄? 하늘에 반항한 죄? 하늘이 열려야 한다고, 날이 밝아야 한다고?

돌이 어디로 실려 가는군. 어디로 갈까? 가서 어떻게 될까? 비석이 되겠지. 그래서 무슨 이름이나 어떤 글씨라고 자기네와는 아무런 상관도 없는 비문을 낯짝이나 허리통에다 달고 얼마나 쑥스럽게 서 있어야 할까? 누구의 무덤을 위해서? 누구의 쓰레기 같은 지난날을 위해서? 그것만은 아니다. 밋밋하고 멋없는 돌부처가 되어, 자기 것도 아닌 기도나 칭송을 열쩍게 받아넘겨야 되겠지. 얼마나 얼굴이 간지러울까? 무슨 기막힌 죄 값이란 말이냐? 누구의 장난이냐?

고개를 떨어트리고 저주의 망치를 내려치는 석공. 다듬어놓은 망두석을 싣고 무덤으로 가는 늙은 마부. 참말 아무것도 모르지. 다만 자기네 가슴속이 외롭고 텅 비었기 때문에 어쩔 수 없이 망치를 내려치고, 마차를 끌고 가는 것이지. 제 가슴을 가르고 심장을 잘라내는 것이지. 나도 석공도 마부도 무슨 연극인지 모르고 무대에 올라선 어릿광대다.

언제쯤 연극이 끝날까? 그건 모른다. 언제까지나 계속할 거다. 그렇다면 얼마쯤 가다가 나는 또 무엇으로 분장을 바꾸게 될까? 그렇다. 돌로 바뀔 것이다. 이 어떻게 되어야만 할 가슴속 거기에 하나하나 가라앉은 외치지 못한 사연들, 갑갑한 이야기들…… 마침내 모두 돌이 되리라. 그래서 저 밑에 누워 있으리라. 또 어느 날에는 그 돌도, 나도 이렇게 끌려 나와서 이렇게 쩡쩡 갈라질 것이다.

아 그러면 한 번도 입 밖에 낸 적이 없는 그 안쪽의 이야기들이 허옇게 햇살에 드러나겠지. 그것은 끔찍한 일이다. "우리 임금님 귀는 나귀의 귀." 어느 날은, 먼 훗날 어느 때는 이렇게 외치고 말 거다. 그 날은 나도 석공도 마부도 돌도 하늘을 향해, 저처럼 아무렇지도 않은 듯이 돌아앉은 하늘의 벽을 향해 이렇게 외치고 말 거다. 아 황홀하게 빛날 그 날이여.

어디로 갈까? 채석장도 이제 재미가 없다. 어떻게 이 괴로운 시간을 보내야 하나? 다시 집으로 갈까? 이 자리에 쓰러지고 싶다. 그러나 쓰러질 수는 없다. 어디로라도 가야 한다. 가서 지금 이 상태가 아닌 다른 무엇이 되어야 한다. 어디로 갈까?

狗犬說

글을 모르는 무식꾼을 나무랄 때 魚・魯를 구별하지 못한다고
한다. 魚는 물고기이고 魯는 孔子님의 나라인 노나라인데, 모양
이 닮았다고 해서 같은 글자라고 여기면 핀잔을 들어 마땅하다.
그런데 狗・犬을 구별하지 못하는 것은 그보다 훨씬 더 심하다.
狗자와 犬자는 모양이 다르니 같은 글자라고 할 사람은 없다. 판
독에서 착오가 생기는 것은 아니다. 狗와 犬이 다 같이 '개'이기
도 하고 'dog'이기도 하다고 여기는 무식은 글자를 잘못 보아서
생기지 않고 실물을 혼동해서 생기니 증세가 위중하다.

우리말에서는 狗와 犬을 가리지 않고 '개'라는 말만 쓰는 것은
둘을 갈라 말할 필요가 없게 되었기 때문이다. 狗만 남고 犬은
없어져 "狗인 개"와 "犬인 개"를 다른 말로 지칭하지 않아도 혼

선이 생기지 않게 되었다. 그런데 洋夷의 나라에는 우리와는 반대로 狗는 없어지고 犬만 남았다. 그쪽에서 'dog'(또는 'Hund', 'chien')이라고 하는 것은 狗가 아니고 犬이다. 狗는 없고 犬만 있기 때문에, 犬을 지칭하는 'dog' 외에 狗를 지칭하는 다른 말은 없다.

그런데 한자에는 狗자와 犬자가 다 있어, 양쪽을 함께 거론할 수 있다. 인류가 원래 狗와 犬을 둘 다 기르다가 한쪽에서는 狗를, 다른 쪽에서는 犬을 택하게 된 내력을 한자가 알려주고 있다. 우리는 잊고 있던 것이 밖에서 들어오자 犬이로구나 하고 아무 착오 없이 바로 알아차리도록 하니 한자야말로 유식의 원천임을 새삼스럽게 확인할 수 있다. 한자를 익히지 못한 洋夷는 狗를 지칭하는 말을 모르는 무식꾼이라 우리네 犬을 자기네 'dog'이라고 오해할 수밖에 없다.

혼란을 막기 위해 狗자와 犬자의 새김을 정리하자. '狗'는 "개狗"로, '犬'은 "dog 犬"으로 새긴다고 字典에다 명시하자. 그래서 狗와 犬, '개'와 'dog'을 혼동하지 않게 해야 한다. 孔子님의 가르침을 받들어, 이름을 바르게 하는 正名의 이치를 분명하게 하고 시비를 가리는 데 근본이 되는 줄 알아야 한다. 國狗는 이름을 우리말로 짓고, 洋犬에는 반드시 洋名을 붙여 분별을 이미 잘하고 있다고 할 것은 아니다. 狗·犬을 구분하는 원론마저 엄정하게 가다듬어야 한다. 春秋大義가 여기서 비롯한다.

狗와 犬은 어떻게 다른가? 狗는 식용이고 犬은 용도가 다른 점이 가장 두드러진 차이점이다. 狗肉이니 狗湯이니 하는 말은 있어도, 犬肉이니 犬湯이니 하는 말은 하지 않는다. 猛犬이나 愛犬을 猛狗나 愛狗라고는 하지도 않는다. 愛狗란 狗肉을 즐겨 먹는 것을 일컫는 말이다. 愛犬家는 愛狗家를 원수로 여기는데 사랑하는 방법뿐만 아니라 사랑하는 대상 또한 같지 않으니 다툴 필요가 없다고 분명하게 말할 수 있다.

그러나 시비가 국제적으로 벌어지고 문명의 충돌처럼 되어 이 정도로 수습할 수 없게 되었다. 우리가 狗를 먹는 것을 보고 洋夷는 자기네의 'dog'을 먹는다고 오해하면서 분개한다. 정작 분개해야 할 당사자는 洋夷가 아니고 우리다. 洋夷의 침범 이래로 洋犬이 수없이 들어와 國狗를 몰아내다시피 했다. 사람은 혈통을 보존한 것이 얼마나 다행인가. 생각하면 놀랄 일이다. 狗는 찾기 어려워 犬肉을 狗肉이라고 속여 파는 상술이 유행한다. 전에는 羊頭狗肉을 나무랐는데, 지금은 狗頭犬肉 때문에 견딜 수 없게 되었다.

狗肉은 원래 班常이나 빈부를 가리지 않고 누구든지 먹을 수 있었다. 牛肉이나 羊肉은 물론 豚肉보다도 격이 낮았다. 姜甑山이 일찍 上等民인 농민이 즐겨 먹으니 狗肉이 上等肉이라고 설파했다. 狗肉은 지체가 낮아 훌륭하다는 것을 깨달은 이답게 지적한 명언이다. 그런데 지금은 어떤가? 돈 자랑을 하는 이들은 어떻게 구해서라도 진품 狗肉을 즐기려고 하지만, 그렇지 못한 가난뱅이는 犬肉을 앞에 두고 어린 시절 시골의 狗肉 추억담으로 허전함을 달래기나 하는 세태가 되었으니 개탄스럽다.

狗를 먹는 것은 야만스럽고 犬을 사랑하는 것은 문명인답다고 한다. 그것이 그릇된 수작임을 오직 한 마디로 잘라 말할 수 있다. 몸집의 크기를 보자. 狗는 몸집이 예사로운 크기이지만, 犬은 너무 크거나 아주 작다. 猛犬은 황소만 하고, 愛犬은 쥐새끼 같다. 저절로 이렇게 되었겠는가? 자연으로 생긴 적당한 크기의 모습을 사람이 어거지로 주무르는 횡포를 함부로 저질러 한쪽은 마구 키우고, 다른 쪽은 너무 줄인 누천년의 악행이 분명하게 나타나 있어 증거를 인멸할 길이 없다. 이런 것을 種子改良이라고 일컬어 口業마저 망치고 있다.

狗는 산야를 뛰어다니면서 저희들끼리 즐겁게 논다. 犬은 끈으로 목을 맨 신세가 되어 사람에게 끌려 다닌다. 犬들끼리 어쩌다가 만나면 반가워 길길이 뛰는데, 무정한 인간이 잠시의 여유도 주지 않고 끌고 간다. 洋夷의 나라 한가운데인 프랑스를 가 보면, 남녀가 함께 산책할 때에는 쥐새끼 愛犬을 뒤따르게 하고, 여자 혼자 나설 때에는 황소 猛犬을 앞세운다. 이런 기이한 풍속을 부러워하면서 일본에서 열심히 흉내 내고 있다. 우리나라도 꼭 같이 오염되지 않을까 크게 걱정된다.

한 번 나서 한 번 죽는 것은 사람이든 짐승이든 마찬가지이다. 짧은 삶이라도 자유롭게 누리고 신명나게 뛰노는 것과 남에게 끌려 다니면서 구질구질하게 연명하는 것 가운데 어느 쪽이 바람직한가는 狗·犬도 가릴 수 있을 것이다. 狗·犬이 내 말을 듣고 올바르게 판단해 주지 않은 것이 크게 유감스럽다. 깊이 감추어 두어야 할 이 글이 불행히도 狗·犬 수준의 식견도 지니지 못한 下愚들에게 발각되어 공연히 비방이나 사지 않을까 두렵다.

책의 수명

옛날 책은 고의로 훼손하지 않으면 천 년 넘게 견디는데, 지금 나오는 책은 잘 모신다 해도 백 년을 가지 못한다. 이것은 종이의 수명을 두고 하는 말이다. 종이의 수명이 그만큼 단축되었다. 원가를 절감하면서 대량생산을 하는 기술이 상품의 효용 기간을 줄여 판매고를 늘리는 상술과 함께 발달해, 다른 모든 것과 마찬가지로 종이도 쉽사리 망가져 못쓰게 만들었다. 그 때문에 종이로 만드는 책이 단명하지 않을 수 없게 되었다.

그러나 종이의 수명과 책의 수명은 반드시 일치하지 않는다. 책에는 두 가지 수명이 있다. 종이가 견디는 한도인 외형수명이 있고, 책 자체의 유용성인 내용수명이 있다. 책의 수명을 논하려면 두 가지 수명을 비교해보아야 한다. 오늘날의 책 가운데 내용수명이 외형수명만큼이라도 긴 것이, 종이가 견디는 기간 동안 두고두고 읽히는 것이 얼마나 되는가? 이것이 문제이다.

대형서점을 가득 메운 엄청난 양의 책은 나온 지 얼마 되는 것들인가? 근래의 신간은 거의 다 한두 살에 지나지 않고 열 살이면 원로 격이다. 그러니 외형수명이 짧다고 걱정할 일은 아니다. 내용수명이 짧은 책은 외형수명을 더 줄이는 것이 마땅하다. 내용수명이 끝난 책은 아무 자취도 없이 사르러지도록 하는 기술을 개발할 만하다. 그래야 쓰레기를 줄일 수 있다.

소중한 것은 외형수명이 아닌 내용수명이다. 내용수명이 길면 외형수명은 늘릴 수 있다. 다시 찍어내면 외형수명이 얼마든지 연장된다. 지금 우리가 읽는 고전은 원래의 외형을 지니고 있지 않다. 백 년도 가지 않는 종이에 담겨 천 년 이상의 수명을 누리고 있다. 오늘날의 말로 바뀌어 거듭 다시 태어나고 있다.

책의 외형수명이 길 때에는 내용수명도 길었다. 그러다가 외형수명과 내용수명이 함께 단축된 것이 당연하다고 할 것은 아니다. 상품의 수명 단축을 이익 증대의 방법으로 삼는 오늘날의 상술이 책의 내용수명마저 단축시키는 것은 인위적인 조작이므로 그대로 받아들일 수 없다.

부당한 책동에 말려들지 않고, 싸우면서 노력해야 한다. 이 시대의 책에도 내용수명이 천 년은 가는 것들이 있어 먼 후손과 만나야 한다. 그래서 대한민국의 시대에도 기술의 노예나 상술

의 피해자가 아닌 진정한 탐구자도 있었다고 증언할 수 있어야
한다.

하산 길의 즐거움

2000년 10월 23일이라고 기억된다. 그 날 강의를 하면서 학생들에게 이제 내 학문이 등산은 끝내고 하산을 시작한다고 했다. 마지막 저술로 구상한 《세계문학사의 전개》 초고를 끝장까지 집필한 소감을 그렇게 말했다. 쓴 글을 고치고 다듬는 데서 하산이 시작된다. 새로운 탐구는 더 하지 않고 이미 해 놓은 작업을 가다듬고 되돌아보는 것이 하산이다.

학문에는 정상이랄 곳이 없어 얼마든지 더 올라갈 수 있다. 그러나 올라가기만 하겠다는 것은 잘못이다. 더 올라가는 것은 뒤에 오는 사람들이 할 일이다. 그렇게 할 수 있는 길을 개척하는 데 기여한 것이 최대의 보람이다. 어느 누구라도 한 평생만 보장되어 있다는 엄연한 사실을 직시하고, 적절한 시기에 하산을 시작해야 한다. 하산을 착실하게 해야 등산할 때 저지른 잘못을 바로잡을 수 있고, 기여한 바가 더욱 분명해진다.

등산을 무리하게 하면 반드시 사고가 난다. 등산만 계속하다가 날이 저물어도 하산은 하지 못하고 마는 것 자체가 커다란 사고이다. 등산을 계속한다고 착각하면서 사실은 하산을 하는 경우는 더욱 위험하다. 길이 아닌 가시덤불로 치닫다가 실종되고 만다. 엉뚱한 곳을 헤집고 억지 논리를 펴는 것이 실종의 증후이다.

나이를 돌아보지 않고 "나는 아직 젊다"고 자부하면서 언제까지나 등산만 하겠다는 것은 만용이다. 자기는 예외라고 믿는 망상은 버려야 한다. 필생의 역작인 큰 책을 만년에 쓰겠다고 하는 것은 좋은 시간은 술이나 마시면서 허비하다가 저물녘이 되자 갑자기 분발해 태산준령을 기어오르겠다는 것과 다름이 없는 위험하기 이를 데 없는 발상이다.

등산은 그만 하고 하산을 시작해야 하는 시점을 정확하게 잡기 어렵다. 나는 예순한 살에 이르러서야 결단을 내렸으니, 너무 늦었다고 할 수 있다. 지나치게 높이 올라 난감하게 되었다. 내려다보이는 길이 멀고 아득해 두렵기도 하다. 하산 도중에 힘이 빠져 주저앉을 수도 있다. 시간이 모자라지 않을까 걱정되기도 한다. 등산보다 하산이 더 어렵다고 마음속으로 되풀이해서 말해야 실수하지 않는다. 제반 여건을 고려해 하산 작전을 면밀하게 구상해야 한다.

하산 작전의 근거는 하산 철학이어야 한다. 일찍이 花潭 선생은 "그친다"는 뜻의 "止"자로 좌우명을 삼으라고 했다. 그치고 물러날 줄 아는 것이 가장 큰 공부라고 했다. 모든 것을 그만두고 아무 일 없는 상태에서 무엇을 이루었는지 다시 살펴야 더 큰 것을 얻는다고 했다. 그 경지에 이르러야 하산을 제대로 할 수 있다.

학문에서는 올라간 길과 다른 길을 택하는 하산이 가능하지 않다. 올라간 길로 다시 내려와야 한다. 맨 나중에 쓴 책을 먼저 다듬어 내고, 그보다 앞서 한 일을 하나씩 돌아보면서 과거를 향해 나아가야 한다. 하산 길에도 험한 고개가 있다. 제3판까지 낸 《한국문학통사》를 한 번 더 고쳐 제4판을 내자면, 적어도 이태 동안 진땀을 흘려야 할 판이다. 그 뒤에 다시 길을 재촉해, 그 동안 해온 연구를 되짚어가면서 곳곳에 널려 있는 잘못을 찾아내 바로잡을 수 있기를 간절하게 바란다.

하산에는 모험을 하는 흥분도 미지의 세계에 들어서는 감격도 없다. 올라온 길로 되돌아 내려가니 지루하기만 하다. 어디가 어딘지 알고 있어서 새삼스러운 느낌이 없다. 그러기에 등산은 힘이 좋을 때, 하산은 철이 들어서 할 일이다. 순서를 바꿀 수는 없다. 등산은 용기로 할 수 있지만, 하산에는 지혜가 필요하다.

이제 하산 길을 사랑해야 한다. 하산의 즐거움을 누려야 한다. 멀리까지 내려다보이니 갑갑하지 않고, 힘이 덜 들어 숨을 돌릴 수 있지 않는가. 해질녘의 풍경은 한낮보다 더욱 아름답다. 올라가던 길을 내려오면서 다시 살피니 등산할 때에는 보지 못하던 것들이 보이고, 어디서 어떻게 실수했는지 알아차릴 수 있다. 산의 전모는 하산할 때 파악된다. 새삼스럽게 깨달아 안 바를 다음의 등산가들에게 전해 주면 긴요하게 쓰일 것이다.

등산만 대단하게 여기고, 하산이라는 말은 무슨 사고가 났을 때나 쓰는 것은 부당하다. 산에 오르내리는 사람을 등산가라고만 하고 하산가라고는 하지 않는 것은 편파적인 처사이다. 등산은 하산으로 완성되고, 등산가는 하산가여야 한다. 나는 이제부터 하산가로 자처하면서 하산을 예찬하기로 한다. 하산 길의 즐거움을 새로운 보람으로 삼는다.

아내의 전시회

아내는 부부가 되어 함께 산 37년의 세월 동안 나를 위해 희생했다. 여섯 남매를 둔 집 맏며느리로 시집와 세 아이를 낳아 기르면서, 내가 하고 싶은 공부를 마음껏 하고 쓰고 싶은 책을 얼마든지 쓸 수 있게 돌보아주고 도와주었다. 아내가 하고 싶어 하던 일은 그만두고 꿈을 접었다.

그러다가 아이들이 자라 어느 정도 시간 여유가 생기자, 그림을 그리기 시작했다. 對山 金東洙 선생의 문하에서 세월을 보내면서 묵묵히 붓을 들고 도를 닦았다. 처음에는 아무렇지도 않게 보이던 그림이 차츰 눈을 뜨더니, 산천을 바라보고, 맑은 기운을 마시고, 서서히 날아올랐다. 깊이 감추어두었던 재능이 있어서인가, 훌륭한 스승을 만난 덕분인가, 어떤 평가도 바라지 않고 오직 그리는 데만 마음을 주었기 때문인가. 내가 보기에는 작은 기적이라고 할 것이 일어났다.

지난해 내가 학술원상을 받을 때, 상을 주는 쪽에서 기어코 사양하는 아내도 단상에 불러 올리더니 상장은 내게 주고, 상금은 아내에게 주었다. 우리 둘이 공동수상자가 되어 마땅하다는 것을 어떻게 그렇게까지 잘 알았을까. 아내가 받은 상금은 무엇에다 쓸까 하고 의논하다가 이 전시회를 열게 되었다. 아내는 올해 환갑을 맞이하므로 이 전시회로 잔치를 삼기로 한다.

아내가 그린 그림은 나의 오랜 꿈이다. 나도 고등학교 시절에는 그림을 그리려고 하다가 뜻을 이루지 못하고, 문학을 그 대안으로 삼고서, 창작에서 비평으로, 비평에서 연구로 방향을 바꾸어 오늘에 이르렀다. 아내는 나를 위해 모든 것을 희생하더니 막판에 이르러서는 내가 접어두었던 꿈을 실현하다니, 이 무슨 기이한 일인가?

나와 아내가 공동수상자였듯이, 이 전시회는 아내와 나의 공동전시회라고 하면 말이 되는가, 되지 않는가?

덧붙이는 말

七旬이 되니 지나온 자취를 되돌아보고 싶어진다. 연구 생활의 결산 보고라고 할 수 있는 《세계·지방화시대의 한국학 10 학문하는 보람》(대구: 계명대학교출판부, 2009)을 내는 것만으로 마음이 차지 않아 별난 책을 하나 더 마련한다. 오랜 동안 이리저리 돌아다니면서 문학창작에서도 갖가지 별난 시도를 한 내막을 고백한다.

그림을 그리다가 문학으로 대신하고, 창작에서 비평으로, 비평에서 연구로 방향을 돌려 오늘날까지 살아왔다. 창작에 대한 미련이 남아 있고, 그림에 대한 그리움은 더 크다. 그리움을 달랠 그림은 모두 사라지고 없어 다시 그려 전시회라도 열려고 한다. 창작에 대한 미련을 되새기려고 남아 있는 작품들을 모아

책을 내기로 한다.

50년도 더 되는 기간 동안 이따금 남긴 내심의 증언이고 편력의 자취이다. 모두 그것대로 소중하기는 해도 내놓기는 주저된다. 고쳐야 할 곳들이 있어 그대로 둘 수 없고, 고치면 시간의 흐름이 지워진다. 손질을 최소한으로 줄이고, 문학 갈래에 따라 순서를 정해 수록한다. 창작집은 뜻밖이라고 여기지 말고 관심을 가지고 읽어주기를 부탁한다.

시 〈電柱〉는 1955년 고등학교 1학년 때 교우지에 발표한 것이다. 〈山寺의 한낮〉, 〈어느 해거름에〉, 〈影〉, 이 세 편은 고등학교 3학년 시절인 1957년 작품이며, 《自畵像들 4290 慶北高等 文藝班》이라고 한 시집에 수록했다. 〈雅歌〉는 1959년 대학 2학년 때 써서 서울대학교 문리과대학 신문 《새 세대》에 발표했다. 지면에 발표한 시가 몇 편 더 있어 찾고 있다. 《새 세대》에 1961년경에 한꺼번에 발표한 시 서너 편, 1963년 1월에 낸 정오평단의 동인지 《비평작업》에 실은 〈춤추는 의식〉이라는 장시를 기억하고 있으나 구하지 못해 널리 도움을 청한다는 광고를 홈페이지에 내고도 뜻을 이루지 못했다.

〈산의 장송곡〉이라고 한 소설은 1958년 대학 1학년 때 서울대학교 《대학신문》 현상모집에 당선된 작품이다. 다른 소설 세 편은, 영남대학교 교수로 재직하던 1980년 초에 권력을 잡은 군부의 책동으로 해직될 조짐이 있어 소설가로 전업하기로 작정하

고 단시간에 써 내려간 것들이다. 당장 써먹을 수 있는 밑천이
주변에서 일어난 일들뿐이어서, 셋 다 당시의 대학사회를 풍자
한 내용이다. 다행인지 불행인지 전업이 성사되지 않아 원고로
만 가지고 있다가 처음 내놓는다. 시대가 달라져 지금은 납득하
기 어려운 대목이 적지 않으나 조금만 손질하고, 또랑광대의 아
니리 같은 것들을 몇 마디 보탰다.

〈원귀 마당쇠〉는 1963년 서울대학교 향토개척단의 '鄕土意識
招魂굿'에서 공연했다. 신작 탈춤이며, 탈도 내가 만들었다. 그런
일이 있었던 경위를 위에서 든 책《세계·지방화시대의 한국학
10 학문하는 보람》에서 자세하게 말했다. 〈허주찬 궐기하다〉는
1964년 서울대학교 국어국문학과에서 한 연극의 대본이다. 희곡
은 서로 아주 다른 것들 두 편뿐이다.

잡문이라고 할 것은 많이 썼지만 다섯만 골라 내놓는다. 〈채
석장 근처〉는 1958년 대학 1학년 때 서울대학교《대학신문》현
상모집에 소설 〈산의 장송곡〉과 함께 당선된 수필이다. 〈狗犬
說〉은 1990년대 어느 해에, 〈책의 수명〉은 2001년에 써서 널리
알려지지 않은 잡지에 실었던 것들의 개고본이다. 〈하산 길의
즐거움〉은 지면에 발표하지 않고 인터넷에 올리기만 한 글이다.
〈아내의 전시회〉는 2001년에 열린 '禪林 許晶 山水畫展 山水間에
나도 절로' 圖錄 해설문이다.

한 자리에 모아 놓고 보니 얼마 되지 않은 작품들의 됨됨이나

말투가 서로 너무 달라 놀라지 않을 수 없다. 세월이 흐르는 동안 끊임없는 변신을 하면서 별의별 짓을 다 했다. 내가 하나가 아니고 여럿이어서 계속 다툰 것 같다는 말이 더 적합하다. 어째서 그랬던가? 의문을 던지기만 하고 대답하지는 못한다.

세상에 태어나 만 70년이 되는 2009년 8월 9일

조동일